COLLECTION FOLIO

Roland Dubillard

Les diablogues

et autres inventions
à deux voix

Gallimard

Je dédie amicalement ce recueil à Philippe de Chérisey, qui ajouta longtemps ses saynètes aux miennes pour nos « Grégoire et Amédée ».

Jacques Seiler a joué avec Marc Dudicourt un « show » composé de plusieurs des textes ici reproduits.

Joués par Claude Piéplu et l'auteur dans une mise en scène de Jean Chouquet, Les Diablogues *sont le dernier spectacle admis au théâtre de la Michodière par Pierre Fresnay.*

LES DIABLOGUES

LE CONCERT

Avant le lever de rideau diffusé par des haut-parleurs, d'abord confondu avec le murmure du public, puis plus fort :

LE PRÉSENTATEUR

Mesdames, Mesdemoiselles, Messieurs, le concert que nous vous proposons d'écouter ce soir, et qui, rappelons-le, vous sera directement transmis en direct de la salle du Purgatoire, à Kamennberg, a été enregistré il y a un peu plus d'un mois lors du festival qui fut donné en cette ville, à l'occasion du second centenaire de la première communion du grand compositeur autrichien, Sigmund Freud, dont le monde entier célèbre aujourd'hui solennellement le onzième cinquantenaire de la naissance de son glorieux grand-père, le peintre et compositeur borgne, Jean-Sébastien Lavergne, mort on le sait tragiquement, il y a un peu plus de huit mois, entre les mains criminelles d'un vieil artisan du faubourg Saint-Antoine.

Ce concert, entièrement consacré aux œuvres de celui qu'on a surnommé à juste titre, semble-t-il : l'enfant divin, commencera par une œuvre de celui-ci. Composée pour hautbois, clavecin, orchestre à cordes et quatuor à pétrole, la Symphonie opus nonante marque, comme d'un caillou aux facettes exceptionnellement multicolores, le tournant qui, de la première manière du génial musicien, nous mène directement à la huitième, en passant d'un seul bond par-dessus toutes les autres.

Tant au point de vue rythmique, en effet, qu'au point de vue mélodique, tant au point de vue orchestral qu'au point de vue du confort des exécutants, cette œuvre monumentale, certes, mais pas seulement monumentale, représente pour ainsi dire comme le germe avant-coureur du Requiem pour marteau et violon, l'un détruisant l'autre, qui marquera de son sceau le dernier soupir de cette grande âme.

On notera à cet égard, et tout particulièrement, le fameux Lamentabile du troisième mouvement, l'Ad libitum du quatrième, et, dans ce même quatrième mouvement, la vingt-huitième double croche à partir de la droite, double croche dont Richard Wagner a dit : « J'aurais aimé l'écrire » et qui annonce curieusement Mendelssohn.

C'est en mimile nonante-huit que le jeune Sigmund composa cette symphonie dont on a pu dire qu'elle ne fut jamais « écrite », tant, ici, le signifié par la flûte efface le signifiant par le tambour, pour ne rien dire de la pédale. Récemment anobli, le jeune Freud étant alors âgé de neuf mois résidait à la cour de l'archiduc d'Eau-Froide, un peu à côté du robinet, dans ces jardins enchantés que Goethe, l'immense Goethe, traversa bien souvent, la plume à la main, le regard pensif, au bras du sévère Eckermann, parmi les grondements d'une Révolution française déjà lointaine.

Et ce n'est certes pas seulement une légende qu'on nous rapporte : ces grondements, le génial nouveau-né n'eut sans doute pas le tort de les vouloir transposer, peut-être pas tous (certains grincements ou grognements, par exemple, ne nous ont pas été conservés), mais trois ou quatre au moins de ces phénomènes fracassants de la Révolution française, le jeune Sigmund eut certainement le dessein, et non seulement le dessein mais le génie, de les transposer dans cette symphonie Opus Nonante, dédiée, on le sait, à Rouget de Lisle, et que par conséquent la postérité n'a pas eu tort de surnommer : la Symphonie Levrette.

Car, entre autres grondements, revient dans cette symphonie, comme un leitmotiv inlassablement répété par le quatuor à pétrole, le grondement pathétique d'une petite chienne, d'une levrette, dont on ne sait pas bien à qui elle appartenait, sinon à Marie-Antoinette, du moins à l'une de ses suivantes. Certains exégètes n'ont pas hésité à faire intervenir, dans cette histoire déjà bien lourde de levrettes, le nom et la mémoire d'André Chénier.

La Symphonie Levrette, de Sigmund Freud, qui vous sera donnée ce soir dans le cadre du Festival d'Arcachon-Limoges, sera exécutée par les huîtres de l'Orchestre Psychanalytique de But en Blanc, sous la direction de Jacques Lacan, avec le concours du quatuor à pétrole des usines Renault et des solistes du Purgatoire national : Eugène Label, Hautbois, et Madame Armande Armince de l'Armergue au clavecin bien trempé.

Mouvements : par ordre alphabétique, Ariette, Ballade, Ballet, Barcarolle, Berceuse, Bourrée, Branle, Canon, Cantate, Caprice, Cavatine, Chacone, Comédie lyrique, Concerto, Courante, Élégie, Entrée, Fandango, Fanfare, Farce, Finale, Fugue, Gaillarde, Gavotte, Gigue, Marche, Mazurka, Messe, Meringue, Morceau, Motet, Ouverture, Passacaille, Pavane, Polonaise, Polka, Pouf, Prélude, Prestissimo ma non troppo, Rigodon, Sarabande, Sonate, Tango, Variations.

Vaïdé, Voïette, Vaïavou, ter Goundzerte pour nérétripoumos koukounère phis bibic, kaï piss, Moussmilloumos tu bi, erk' arniriott directo pass « Salle du Purgatoire de Kamennberg », one gourgo among enregistrattufuriett in occase tur bicentirimuche tur magnus compostrine Sigmund Freud, tur pies Tutti-quanti gromidéroumène bi cinquanturimuche tur youpi tur oblalane papa, Jean-Sébastien Lavergne.

Les trois coups, le rideau se lève.

LA LEÇON DE PIANO

Un joue une note.

DEUX : Non, j'ai dit do.

UN, *chante et joue* : Do.

DEUX : Vous dites do, mais vous me faites un ré.

UN : Je vous fais un ré, moi ?

DEUX : Mais oui, vous me faites un ré. Et comment !

UN : Ah ? Je sais pas comment vous arrivez à faire une différence.

DEUX : Allons, allons ! Une différence ! Y a qu'à regarder ! Où sont les deux petites notes noires ?

UN : Euh... Une deux trois : c'est pas celles-là... Là !

Il joue.

DEUX : Eh bien, je vous ai dit cent fois que le do, c'était juste devant les deux petites notes noires.

UN : Ah ! Ah ! oui ! Ah !

DEUX : Bon. Alors qu'est-ce que vous attendez. Faites-le-moi, ce do.

UN : Eh ! c'est que... eh-eh-eh !

DEUX : Quoi : eh-eh-eh ?

UN : Ben, c'est qu'il y en a plusieurs, des notes comme vous dites, juste devant deux petites notes noires.

DEUX : Prenez n'importe laquelle ! Celle qui est devant votre nombril !

UN : Ah bon, parce que c'est toutes des dos, toutes ces notes-là ?

DEUX : Oui.

UN : Ah bon. Eh bien dites donc, vous en avez des dos, sur votre piano. 1, 2, 3, 4, 5, 6, 7 dos, rien que ça. Et celui-là là-haut en plus, mais on ne peut pas dire que c'est vraiment un do, puisqu'il est pas devant deux petites notes noires, vu qu'à cet endroit-là, c'est la fin du piano. Après c'est du bois.

Il cogne.

DEUX : Oui, eh ben, c'est un do quand même.

UN : Eh ben comme ça, ça vous en fait huit. Huit dos. C'est un piano de luxe, hein, votre piano ? C'est un Pleyel, hein ?

DEUX : Écoutez, Monsieur, nous sommes là pour travailler, pas pour faire de la théorie. Sur tous les pianos, y en a huit, des dos, Monsieur, si vous voulez savoir. Maintenant voulez-vous avoir l'obligeance de m'en jouer un.

UN : Bon. Je vais vous jouer, voyons, voyons... Je vais vous jouer celui-là. Pas d'objection ?

DEUX : Oui, eh ben, ça nous verrons. Quand vous l'aurez joué, je vous dirai ce que j'en pense.

Un temps.

DEUX : Alors ?

UN : Une seconde. Attendez que je me rappelle... Sais plus, tiens !... C'est drôle, c'est des trucs qu'on se dit : « Je m'en souviendrai, c'est pas difficile ! » et puis résultat, ça m'est complètement sorti de la tête, vous voyez.

DEUX : Quoi ? Je viens de vous dire où il était, ce do ! Jouez-le !

UN : Je le vois bien, ce do : il est là ! Mais pour ce qui est de le jouer, je suis désolé, professeur, mais je ne me rappelle plus comment on fait.

DEUX : Écoutez, Monsieur, vous n'êtes vraiment pas doué. Comment on fait ! On appuie dessus, tout simplement ! Être obligé de vous rappeler cette notion élémentaire alors que nous en sommes à notre 15e leçon, voyons, Monsieur, qu'est-ce que vous voulez que je pense !

UN : Ah non, là, alors, là, non ! Vous me prenez réellement pour un imbécile. Appuyez dessus ! Je sais bien qu'il faut lui appuyer dessus, à ce do. D'ailleurs y a pas qu'à lui qu'il faut appuyer dessus, toutes les notes c'est pareil Ça n'est pas difficile. Tenez, regardez, histoire de rire, levez-vous un peu de la banquette, que je me lève, vous allez voir comment je vais vous appuyer une bonne douzaine de notes d'un seul coup, tiens...

Fracas : il s'assied sur le clavier.

... rien qu'avec mes fesses !

DEUX : Voulez-vous ! Monsieur, un piano... Rasseyez-vous sur la banquette ! Et tout de suite !

UN : Eh là, doucement, jeune homme. Je vous préviens dès à présent que je ne tolérerai pas que vous me manquiez de respect. N'oubliez pas que je pourrais être votre grand-père.

DEUX : Je ne l'oublie pas, Monsieur, mais mon piano est mon instrument de travail, je n'ai que lui dans la vie et...

UN : Et n'oubliez pas non plus que je vous paye.

DEUX : Sans doute, Monsieur, mais, dans votre intérêt même, je tiens à ce que les leçons que je vous donne, restent euh...

UN : Je plaisantais, Monsieur. Je voulais simplement vous montrer que toutes ces touches, je sais fort bien qu'elles sont faites pour qu'on appuie dessus.

DEUX : Ça dépend avec quoi, Monsieur.

UN : Justement : nous y voilà. Voulez-vous m'aider à tirer la banquette... Ce do, Monsieur le professeur, ce do que voici devant nous, vous allez encore me dire que je ne suis pas doué ! Je me rappelle parfaitement qu'il faut que j'appuie dessus, mais je ne me rappelle pas du tout avec quoi.

DEUX : Ordinairement, on appuie sur les touches d'un piano avec ses doigts, Monsieur.

UN : Mais ce do-là, précisément. Monsieur, avec les doigts de quelle main faut-il que j'appuie dessus ?

DEUX : Avec les doigts d'une main, Monsieur, d'une main prise au hasard.

UN : Alors, on appuie sur n'importe quel do avec les doigts de n'importe quelle main ?

DEUX : Oui, Monsieur. Ça dépend de ce qu'on veut

en faire par la suite, de ce do, n'est-ce pas ? Mais nous n'en sommes pas encore là.

UN : Bon. Alors disons n'importe quelle main : celle-ci par exemple. Pour éviter toute confusion, je vais mettre l'autre dans ma poche... Alors.

DEUX : Do, Monsieur ! J'ai dit do.

UN : Avec quel doigt ? Parce qu'il faut encore choisir.

DEUX : N'importe quel doigt, Monsieur.

UN : Je m'en doutais. Écoutez Monsieur, ce sont drôles de leçons que les vôtres. Qu'est-ce que vous m'avez appris aujourd'hui ? Que je pouvais jouer n'importe quel do en appuyant dessus avec n'importe quel doigt de n'importe quelle main. Dites tout de suite que vous me laissez me débrouiller. Tenez, le voilà, votre do ! *(Il joue ré et chante :)* Do !

DEUX : Vous dites do, mais vous me faites ré !

UN : Pouvez pas le savoir, vous regardiez pas.

DEUX : Mais enfin, Monsieur, pourquoi voulez-vous apprendre à jouer du piano ?

UN : Ce n'est pas moi qui veux, Monsieur, je vous jure bien. C'est mon papa et ma maman.

LE PING-PONG

UN : Taping !
DEUX : Tapong ! } plusieurs fois
UN : Taping !
DEUX : Tapong ! Vous aimez le...
UN : Taping !
DEUX : Tapong !... le ping-pong ?...
UN : Taping ! Quoi ?
DEUX : Tapong ! Je dis...
UN : Taping !
DEUX : Tapong !... Est-ce que vous aimez...
UN : Taping !... Le ping-pong ?
DEUX : Tapong ! Oui.
UN : Taping ! Et comment !
DEUX : Tapong !
UN : Taping ! Et vous ?
DEUX : Tapong ! Pas moi.
UN : Taping !
DEUX : Tapong !
UN : Taping !
DEUX : Tapong ! } dix fois, de plus en plus vite.
UN : Taping !

DEUX : Tic ! Poc ! Poc ! Poc, poc, poc, pocpocpocpocpoc. Bien joué.

UN : Ça fait 21 à 18.

DEUX : Eh ben !

UN : Ouf. Vous vous défendez pas mal.

DEUX : Oh ! Ça fait cinq ans que j'ai pas joué.

UN : Tiens ! Votre cousine Paulette, Georges m'a dit l'autre jour, qu'elle aussi, ça faisait cinq ans qu'elle avait pas joué. La dernière fois que vous avez joué, ça devait être ensemble.

DEUX : Non. J'ai jamais joué avec ma cousine Paulette. La dernière fois que j'ai joué, c'était avec Georges.

UN : À cette époque-là, il était fort.

DEUX : Oui, mais y avait cinq ans qu'il avait pas joué. Il avait plus les réflexes. Et vous, il y a longtemps que vous avez pas joué ?

UN : Oh là là, oui. Y a cinq ans. Je me rappelle bien, la dernière fois que j'ai joué, c'était avec ma cousine Paulette, à Limoges.

DEUX : Comment ! Vous aussi, vous avez une cousine qui s'appelle Paulette ?

UN : Depuis le temps que je vous en parle !

DEUX : J'avais pas réalisé. J'ai cru que c'était de la mienne que vous me parliez.

UN : Votre cousine Paulette ? Je la connais pas.

DEUX : Je croyais.

UN : Non, non. Qu'est-ce qu'on fait ? On change de côté ?

DEUX : Oui. Ça m'étonne que vous ne connaissiez pas ma cousine Paulette.

UN : Ça n'a rien d'étonnant, on la voit jamais. Ce qui est drôle, c'est que vous ne connaissiez pas la mienne, de cousine Paulette.

DEUX : Faudra que vous me présentiez.

UN : Ce qui serait amusant, surtout, ce serait de les présenter l'une à l'autre.

DEUX : Vaut mieux pas. Comme je la connais, ma cousine Paulette, elle croirait que c'est une farce, elle voudrait plus me voir.

UN : Oui, la mienne aussi. À vous de servir.

DEUX : Et puis dans le fond, vous savez... Pom-pong !

UN : Taping !

DEUX : Tapong !

UN : Taping-pouf, poc, poc poc poc.

DEUX : Dans le fond... — Il n'est pas trop haut, le filet !

UN : Je crois pas. 1-0.

DEUX : La balle s'il vous plaît...

UN : Et youp !

DEUX : Dans le fond, votre cousine Paulette et ma cousine Paulette, c'est peut-être la même. De cousine Paulette. Pom-pong !

UN : Ta-pfuit ! Eh ben ! Votre service, il est en progrès. Je l'ai pas vu passer.

DEUX : Parce que du fait qu'on les a jamais vues ensemble...

UN *cherche la balle* : Ensemble ! Toutes les deux ?

DEUX : Non, tous les deux, nous, ensemble, on n'a jamais vu une des cousines Paulette.

UN : Je trouve pas la balle.

DEUX : Si tous les deux ensemble on n'en avait vu qu'une, de cousine Paulette, la vôtre ou la mienne, on aurait bien vu si c'était la même. Regardez voir dans l'aquarium, peut-être qu'elle est tombée dedans.

UN : Ah oui, la voilà. Oui...

Revenant.

Ç'aurait été aussi bien, d'ailleurs si vous tout seul ou moi tout seul on avait vu les deux cousines Paulette ensemble. Parce que du fait qu'elles auraient été ensemble, on aurait su que ce n'était pas la même. De cousine Paulette. 2-0. À vous de servir.

DEUX : Lancez, Lancez. Remarquez...

UN : Et youp.

DEUX : Eh, là, dites, vous pourriez essuyer la balle avant de me l'envoyer. J'ai de l'eau plein la figure.

UN : C'est pas sale.

DEUX : Pas sale, j'en sais rien. Moi, je le connais pas, ce poisson.

UN : C'est pas un poisson, c'est un hippocampe.

DEUX : Prêt ?

UN : Prêt.

DEUX : Pompong ! Pouf... poc, poc, poc. Il est trop haut ce filet.

UN : Qu'est-ce que vous disiez ?

DEUX : Je disais : Pompong !

UN : Taping !
DEUX : Tapong ! } six fois

Je disais... remarquez...

UN : Taping !

Un temps.

DEUX : Oui. Eh ben ce coup-là, la balle, on peut lui dire adieu.

UN : Oui. Elle redescendra pas.

DEUX : Pas d'idée de taper dessus comme ça.

UN : C'est l'habitude du tennis. Et puis ça fait tout de même cinq ans que j'ai pas joué.

DEUX : Oui, mais ça, vous savez, ça fait partie des règles du ping-pong. Pour y jouer, faut toujours qu'on y ait pas joué depuis cinq ans. Je n'ai jamais joué qu'avec des gens que ça faisait au moins cinq ans qu'ils y avaient pas joué, comme moi.

UN : Enfin, tant pis.

DEUX : Je vais tout de même chercher dans le tiroir, si des fois il y en aurait pas une autre.

UN : Vous aviez commencé à dire quelque chose.

DEUX : Oui. Je disais que ça m'étonnerait que ma cousine Paulette et la vôtre soient la même, de cousine Paulette. Parce que pour ça, il faudrait que nous soyons un peu de la même famille, tous les deux.

UN : C'est pas invraisemblable.

DEUX : Non, mais ça se saurait.

UN : Vous en trouvez une ?

DEUX : J'en ai trouvé une, oui, mais c'est pas une balle de ping-pong.

UN : C'est quoi ?

DEUX : C'est une pièce de cinq francs.

UN : C'est pourtant pas pareil. Comment peut-on prendre une pièce de cinq francs pour une balle de ping-pong ?

DEUX : J'ai bien vu tout de suite que c'était pas une pièce de cinq francs. Mais comme c'était une balle de ping-pong que je cherchais, il a bien fallu que je me demande si c'en était pas une.

UN : C'est drôle, les hippocampes.

DEUX : Ça y est, en voilà une.

UN : Une, c'est déjà bien. Mais avez-vous vérifié une quoi c'était ? Parce que si c'est pas une balle de ping-pong, ça n'avance à rien.

DEUX : Oui, oui, c'est une balle de ping-pong. Vous venez ?

UN : C'est vrai, tout de même, que ça ressemble rudement à un cheval.

DEUX : 3-1, ça fait. Vous venez ?

UN : On se demande comment on le sait, d'ailleurs, que ça ressemble à un cheval. Parce que moi, je n'ai jamais vu un cheval et un hippocampe côte à côte.

DEUX : Moi non plus. Prêt ?

UN : Et comme, d'autre part, la première fois que j'ai vu un hippocampe je ne l'ai pas du tout confondu avec un cheval, je me demande d'où peut bien me venir le sentiment qu'ils se ressemblent.

DEUX : Ça fait 3-1. Prêt ?

UN : Oui, prêt.

DEUX : Ça, y a pas de doute que ce qui devrait frapper d'abord, quand on voit un hippocampe, c'est que c'est extrêmement différent d'un cheval.

UN : C'est même tellement différent que pour penser à un cheval en voyant un hippocampe, la première réflexion qui vient c'est qu'il faut être cinglé.

DEUX : Oui. C'est peut-être que tous les gens qui regardent des hippocampes sont des cinglés. Prêt ?

UN : Allez-y. Ou bien que la contemplation des hippocampes rend fou.

DEUX : Pompong !

UN : Pitrac !

DEUX : Pitruc !

UN : Pitrac !

DEUX : Pitruc !

UN : Pi-pouf, tric, tric, tric, tric.

DEUX : Elle est cassée.

UN : On ne peut pas jouer avec ça.

DEUX : Pas de chance. Pour une fois que je gagne

B.B. OU MUSICOLOGIE

À jouer avec des temps de réflexion très longs.

UN : Parce qu'il y a une chose qu'il faut jamais oublier, n'est-ce pas ? Une chose qu'il faut avoir tout le temps présente à l'esprit, sans ça on ne comprend pas... C'est qu'à ce moment-là, au moment où il écrivait ça... eh ben, il était sourd.

DEUX, *après un temps* : Beethoven.

UN : Beethoven. Sourd. Et sourd des deux oreilles.

DEUX : Ouais...

UN : Ouais !

DEUX : Ouais, mais quand même : c'est pas avec ses oreilles qu'il écrivait ? hein ?

UN : Beethoven ?

DEUX : Beethoven.

UN : Non. Je n'ai pas dit ça.

DEUX : Il écrivait comme tout le monde, Beethoven. Avec ses doigts. C'est pas parce qu'il était sourd qu'il ne pouvait pas écrire.

UN : Non.

DEUX : Alors, faut pas dire ça.

UN : Quoi : ça ?

DEUX : Eh bien : ce que vous dites.

Un temps.

UN : Quoi, quoi... Il n'était pas sourd, Beethoven ?

DEUX : Si.

UN : Alors ?

DEUX : Mais c'est pas ça qui l'empêchait d'écrire.

UN : Justement ! C'est ça, qui est extraordinaire !

DEUX : Extraordinaire ! Mais mon pauvre ami, moi qui vous parle, quand il faut que j'écrive, vous savez ce que je fais ?

UN : Non.

DEUX : Je me bouche les oreilles. Pour ne pas entendre les autos — le raffut qu'ils font dans la rue. Avec de la cire, je me les bouche.

UN : Les oreilles ?

DEUX : Les oreilles.

UN : Eh bien ça prouve que vous n'êtes pas Beethoven, voilà tout.

DEUX : Moi ?

UN : Mais oui, vous, parfaitement. Ne faites pas la bête.

Un temps.

DEUX : Beethoven ! Moi !

UN : Vous, oui. Pas Beethoven, bien sûr : vous.

DEUX : Mais je ne vous ai jamais dit que j'étais Beethoven !

UN : Je sais bien que vous n'êtes pas Beethoven...

DEUX : Seulement quoi ?

UN : Seulement vous faites comme lui.

DEUX : Pour écrire !

UN : Pour écrire, oui. Vous l'imitez.

DEUX : Je me bouche les oreilles ?

UN : Oui.

DEUX : Oh, ben naturellement, c'est moi qui vous l'ai dit.

Un temps.

De là à conclure que je me prends pour Beethoven... Dites !...

UN : Y a qu'un pas.

DEUX : Oui, mais y a un pas.

UN : Et un pas de géant. Parce que vous avez beau vous boucher les oreilles pour écrire, eh ben, ce que vous écrivez, hein !...

DEUX : C'est pas de la musique.

UN : C'est pas de la musique.

DEUX : Non.

UN : Non.

DEUX : C'est plutôt une lettre à ma petite sœur, par exemple.

UN : Eh oui.

DEUX : Remarquez...

UN : C'est joli quand même !

DEUX : Oui.

UN : Mais c'est pas de la musique.

DEUX : Non.

UN : Je ne vous le fais pas dire.

DEUX : Non. Vous ne me faites rien dire du tout. Je dis ce que je veux.

UN : Que vous dites.

DEUX : Et ce qui prouve que j'ai raison, c'est que Bach, hein ?

UN : Bach...

DEUX : Jean-Sébastien.

UN : Bach, oui. Eh ben ?

DEUX : Eh ben, il était pas sourd.

UN : Non. Mais Bach, c'est pas pareil.

DEUX : Non, c'est pas pareil.

UN : C'est un classique.

DEUX : C'est un classique, Bach.

UN : Bach.

DEUX : Bach. Tandis que Beethoven...

UN : C'est le contraire.

DEUX : Voilà. C'est le contraire. Beethoven. Bach.

UN : Pas exactement.

DEUX : Non.

UN : Bach.

DEUX : Le contraire ?

UN : De Beethoven.

DEUX : Bach ? Non.

UN : Non.

DEUX : C'est de la musique quand même. On a beau dire ceci, on a beau dire cela, eh ben tous les deux, hein ?

UN : C'est de la musique. D'ailleurs, Beethoven lui-même, quand il était plus jeune, quand il avait dans les...

DEUX : Oui, quand il avait l'âge de Bach...

UN : Eh bien, Beethoven lui-même, il était pas sourd.

DEUX : Du tout.

UN : Du tout.

DEUX : À cette époque-là, Beethoven, il aurait entendu voler une mouche.

UN : Oh ! plus que ça. Deux, trois, quatre mouches, il aurait entendu voler.

DEUX : Surtout qu'il y en avait, des mouches, à cette époque-là.

UN : Oui.

DEUX : Oui.

UN : M'enfin tout ça, c'est de l'histoire, c'est de la musicologie, on va pas discuter...

DEUX : Non. Du moment que nous, on n'est pas sourd, eh ben...

UN : Eh ben...

DEUX : Eh ben... *(rires).*

MARIAGES

DEUX : Pour se rendre célèbres, il n'y a pas à chercher plus loin. Qu'est-ce que vous en pensez ?

UN : Non, je ne crois pas.

DEUX : Et puis après, nous nous séparons, et alors moi, si vous voulez, je fais le tour du monde.

UN : Oui, à cheval.

DEUX : Non, pas à cheval. Je ne supporte pas le cheval.

UN : Oh ben alors.

DEUX : Du reste, les chevaux ne me supportent pas non plus.

UN : Qu'est-ce que vous leur avez fait ?

DEUX : Rien. On n'est pas pareils.

UN : De toute façon, le tour du monde, hein... Et puis non, vous voyez, je ne crois pas.

DEUX : Bon, alors on ne se marie pas.

UN : Non.

DEUX : Alors, trouvez-en un autre de moyen pour qu'on parle de nous dans les journaux !

UN : Je ne sais pas. On pourrait peut-être faire un détournement...

DEUX : D'avion ?

UN : Non, un détournement de mineur, par exemple.

DEUX : Il n'y a plus de mineurs.

UN : Ou un détournement d'autobus. Il y a le 68 pas loin.

DEUX : Je ne vois pas ce qu'on gagnerait à le faire changer de terminus. Là ou ailleurs, un terminus, c'est un terminus.

UN : Moi j'essaierais bien de traverser quelque chose en matelas pneumatique : le Massif central, par exemple.

DEUX : J'ai déjà essayé. Ça ne m'a pas rendu célèbre.

UN : En tout cas, je ne veux pas me marier avec vous, ça c'est sûr.

DEUX : Expliquez-moi pourquoi.

UN : D'abord on n'est pas du même sexe. Je veux dire du sexe qu'il faut l'un par rapport à l'autre.

DEUX : Oui, mais on dirait qu'on ne s'en est pas aperçu. C'est ça qui intéresserait les journaux. Et alors vous, en même temps, vous seriez champion de saut à la perche, et moi je serais prince héritier d'un pays limitrophe.

UN : Vous m'aviez dit capitaine de dirigeable.

DEUX : C'est trop voyant. Ils demanderaient tout de suite à me photographier au volant de mon dirigeable, il me faudrait même une petite flottille de dirigeables à leur montrer, et des dirigeables, je n'en ai pas.

UN : Ça, c'est pas un problème, parce que je vous ai dit : la cousine Paulette ne demandera pas mieux que de vous prêter le sien, de dirigeable. Simplement, faudra qu'elle le regonfle.

DEUX : De quand il date, son dirigeable ?

UN : 1900... 192...

DEUX : Il lui pétera à la figure, son dirigeable, à la cousine Paulette.

UN : Et puis, c'est pas ça, je vous dis : non, même prince héritier d'un pays limitrophe, je ne me marierai pas avec vous. D'abord, vous ne me plaisez pas suffisamment...

DEUX : On divorcerait tout de suite !

UN : ... et puis, vous avez beau dire tout ce que vous voudrez, ça fait équivoque.

DEUX : Tout de suite, on divorce ! Et je fais le tour du monde pour vous oublier !

UN : Et alors, qu'est-ce qu'elle dira, ma femme, si on divorce, vous et moi ? Elle est contre le divorce, ma femme.

DEUX : Évidemment, il vaudrait mieux que vous divorciez d'abord, elle et vous.

UN : Oui, mais elle est contre le divorce.

DEUX : La mienne aussi.

Bruit d'insecte ou de vélomoteur lointain.

DEUX : Qu'est-ce que c'est que ça ?

UN : C'est les moustiques.

DEUX : Les moustiques ?

UN : Oui. J'ai organisé une course de moustiques

sur la Seine, cet après-midi, pour faire parler de moi.

DEUX : Pour faire parler qui, de vous ?

UN : Je ne sais pas.

DEUX : Toujours le même problème.

UN : Il y a des moments où je me demande si je ne ferais pas mieux de parler de moi-même tout seul.

DEUX : Ça ne vous rapporterait rien.

UN : Ça dépend. Avec des photographies.

DEUX : Vous avez une fesse plus haute que l'autre ! Et puis non : vous n'êtes pas assez intéressant pour que quelqu'un parle de vous.

UN : Si ! moi. Je parle assez bien de moi pour être intéressant.

DEUX : Et si je vous tue, là, tout à coup, vous ne pensez pas que...

UN : On parlerait de moi dans les journaux ?

DEUX : Oui.

UN : Si. Mais alors, là, franchement, je préfère encore me marier avec vous, et faire du saut à la perche.

DEUX : Ah !

UN : Je préfère même qu'on ne parle pas du tout de moi dans les journaux.

DEUX : Alors, ne vous plaignez pas si les journaux préfèrent parler d'autre chose.

UN : Ils finiront bien par parler de nous, à force de faire ce qu'on fait.

DEUX : Du théâtre ?...

UN : Oui.

DEUX : Pour le Gala de l'Union ? Je préférerais avoir le Nobel. Pas vous ?

UN : Si. Mais on n'est pas là pour s'amuser.

LE SKETCH DE PAULETTE

UN : On y va ?

DEUX : On y va.

UN : *Bonjour.*

DEUX : *Bonjour.*

UN : *Bonjour.*

DEUX : *Bonjour.*

UN : *Bonjour.*

DEUX : *Bonjour.*

UN : *Bonjour.*

DEUX : *Bonjour.*

UN : *Bonjour.*

DEUX : Oh, dites, vous trouvez ça drôle ?

UN : Bien sûr que c'est drôle. C'est ce qu'on appelle le comique de répétition.

DEUX : Oui, oh ! Répéter, ça peut être drôle, mais ça dépend de ce qu'on répète. Moi, ça m'étonnerait bien que vous arriviez à faire rire quelqu'un en répétant : « Bonjour, bonjour », comme ça.

UN : De toute façon, je ne suis pas responsable, ce n'est pas de moi. C'est de Paulette.

DEUX : Je sais.

UN : On lit ?

DEUX : Oui ! *Alors, comment allez-vous ?*

UN : *Je vais à pied comme toujours.*

DEUX : *Mais où est-ce que vous allez à pied ?*

UN : *Ici. Quand j'ai envie d'aller quelque part, je m'arrange toujours pour aller où je suis. Comme ça je n'ai pas à me déranger.*

DEUX : *Ah ! ça pour vous déranger, vous ! c'est pas une petite affaire. Vous préférez déranger les autres.*

UN : *Mieux vaut déranger les autres que d'être dérangé par les autruches.*

DEUX : *Quelles uches ?*

UN : *Les uches et coutumes, naturellement.*

DEUX : *Toujours la plaisanterie qui fait pchit !*

UN : *Bonjour.*

DEUX : *Bonjour.*

UN : *Bonjour.*

DEUX : *Bonjour.*

UN : *Bonjour.*

DEUX : Ça peut pas faire rire ! C'est pas possible ! On sent tout de suite que c'est un procédé ! Ah je vous jure, la cousine Paulette, je l'aime bien, et puis c'est bien gentil à elle d'avoir eu l'idée de nous écrire un truc, tout ça c'est très bien, mais le seul ennui, c'est que son comique, il ne fera rire personne. Elle sait pas ce que c'est que d'être drôle.

UN : Oh, ben... nous non plus.

DEUX : Non, mais nous, on n'essaye pas. Nous on se contente d'être intelligent et d'incarner la bêtise de notre époque.

UN : Ça, c'est un journaliste qui l'a dit, mon vieux,

hein ? Faut pas croire tout ce que vous lisez dans le journal.

DEUX : Enfin, ce : « bonjour bonjour », qui revient tout le temps, dans son truc, à la cousine Paulette, moi je trouve ça scolaire. On lui a dit à l'école que ça faisait rire de répéter des trucs, alors elle répète des trucs, et résultat, ça faire rire personne. Et puis tout ça, ça me rend triste parce que ça prouve que Paulette, elle n'a rien compris à notre genre d'esprit.

UN : De toute façon, on ne peut pas faire autrement que de le lui jouer, son truc ! C'est pour le coup qu'elle se vexerait.

DEUX : Oui, mais si elle se vexe pas, vous pouvez être tranquille que l'année prochaine elle nous en enverra un autre.

UN : Et puis ce qui est embêtant, aussi, c'est que nous deux, on sait pas jouer. Causer, ça va, mais s'il fallait qu'on écrive tout ce qu'on dit avant de le dire, vous parlez d'un boulot ! et en plus on le dirait mal.

DEUX : Bien sûr. Nous, ce qu'on a, c'est qu'on est spontané. On parle à la va-comme-je-te-pousse. Pendant qu'elle y était, Paulette, pourquoi elle ne nous l'a pas écrit en vers, son dialogue !

UN : Enfin, qu'est-ce que vous voulez... Tout ça, ça ne nous rajeunit pas.

DEUX : Non, mais elle non plus.

UN : *Comment va votre sœur ?*

DEUX : Ma sœur ? Ah ! Ma sœur...

DEUX : *Ma sœur ? Comment elle va ?*

UN : *Oui.*

DEUX : *Ça dépend des jours. Et votre femme ?*

UN : *Ma femme ? Ah ! vous parlez d'une histoire ! Figurez-vous que je me suis marié avec elle, il y a deux ans !*

DEUX : *Non ! Ça par exemple ! je croyais que c'était avec ma sœur que vous vous étiez marié !*

UN : *Mais mon cher, moi aussi ! En entrant à l'église, je l'ai bien regardée, c'était votre sœur. En sortant, je me suis retrouvé au bras de ma femme. Je ne sais pas comment ça se fait.*

DEUX : *Moi non plus. Je ne sais pas comment ça se fait. D'ailleurs, c'est une question que je me pose très souvent ça : comment ça se fait.*

UN : *Ah oui ?*

DEUX : *Oui. À chaque fois que je vois un camembert, c'est ça que je me dis : comment ça se fait.*

UN : *On ne sait pas.*

DEUX : *Non. Les camemberts, ça se fait tout seul. Les mariages aussi.*

UN : *Ah non ! Pour qu'un camembert se fasse, il suffit d'un camembert. Mais pour un mariage, faut être deux.*

DEUX : *Oui. Et votre sœur, à vous, comment elle va ?*

UN : *Elle va comme ça. Je ne savais pas que vous la connaissiez, ma sœur.*

DEUX : *Elle non plus, elle ne le savait pas.*

UN : *Et vous ?*

DEUX : *Moi ? je ne la connaissais pas non plus. C'est après, qu'on s'est aperçu qu'on se connaissait.*

UN : *Après quoi ?*

DEUX : *Après le dîner. C'était chez Georges. Il croyait qu'on se connaissait, alors il nous a mis l'un en face de l'autre. Au début du dîner on ne se connaissait pas et puis brusquement en plein milieu du canard en croûte, on s'est aperçu tous les deux que nos pieds, pendant qu'on faisait pas attention, eh ben, ils avaient fait connaissance. Alors, comme on se connaissait du pied, de proche en proche, on s'est connu de tout le reste, jusqu'au moment où votre sœur et moi, tout à coup, on s'est écrié : tiens ! mais je vous connais ! On s'est écrié ça juste à la fin du dîner.*

UN : *C'était un dinénarrable, votre dîner.*

DEUX : Non, ne dites pas que c'est un « dinénarrable ». Elle se rend pas compte, la cousine Paulette : les calembours, ça fait mauvais genre. Pourtant, elle aurait dû s'en apercevoir, qu'on en fait jamais d'habitude. C'est pas drôle.

UN : Ben si vous trouvez que le reste est plus drôle, vous ! Cette histoire de pied ! Jamais on ne croira que c'est de nous. Sauf que les pieds, ça va par paire, comme tous les deux vous et moi, mais vraiment !...

DEUX : Ça, c'est pas sûr, voyez-vous, parce que de toute façon, comme nous incarnons la bêtise de notre époque, et son désarroi, n'est-ce pas... eh bien, ça se peut très bien qu'il y ait des journalistes qui trouvent ça à la fois drôle et profond.

UN : Vous les prenez vraiment pour des imbéciles.

DEUX : Pas tous. On repart.

UN : *Et votre sœur ?*

DEUX : *Quoi, ma sœur ?*

UN : *Pas ma femme, bien sûr.*

DEUX : *Ah ! ma sœur ! Oh ! elle est trop petite.*

UN : Un temps. Elle a marqué : un temps.

DEUX : Oui. Ça, je ne vois pas pourquoi. Parce que

si ça veut dire : le temps de réfléchir à ce qu'on vient de dire, la cousine Paulette, elle se fait des illusions. Le mieux, c'est de glisser.

UN : Non, ça doit être un temps simplement pour aérer le texte, qui est un peu dense.

DEUX : Oui. Enfin, tout ça.

UN : *Bonjour.*

DEUX : *Bonjour.*

UN : *Bonjour.*

DEUX : *Bonjour.*

UN : *Bonjour.*

DEUX : *Bonjour.*

Et ainsi de suite.

DEUX : Je suppose qu'en écrivant ça, la cousine Paulette, elle devait se tordre.

UN : Possible.

UN : *Et le commerce, comment il va ?*

DEUX : *Il périclite.*

UN : *Il peut pas se passer d'Iclite ?*

DEUX : *Si. C'est Iclite qui peut pas se passer de lui.*

UN : *Il n'a qu'à se passer d'autre chose.*

DEUX : *Il se passe bien des choses.*

UN : *Qu'est-ce qui se passe ?*

DEUX : *Vous n'avez qu'à lire le journal.*

UN : *Oui. Je l'achèterai demain.*

DEUX : *Il sera trop tard.*

UN : *Pourquoi ?*

DEUX : *Ce sera plus le même journal.*

UN : *Ça m'est égal, c'est pas pour le lire.*

DEUX : *C'est pour quoi faire ?*

UN : *Devinez.*

DEUX : Elle se rend pas compte, la cousine Paulette.

UN : Je ne savais pas qu'elle aimait ce genre de plaisanterie.

DEUX : Ça fait rien, y aura qu'à couper.

UN : Allez, venez donc prendre l'apéritif, ça vaudra mieux.

DEUX : Où ?

UN, *plaisant* : Je ne sais pas. Dans un verre.

DEUX, *plaisant également* : À pied ?

UN : Oui, c'est pas loin.

Ils rigolent d'être si drôles.

DEUX : Mieux vaut se rincer les dents dans un verre à pied que de se rincer les pieds dans un verre à dents.

AU RESTAURANT

DEUX : Garçon !

UN : Garçon.

DEUX : C'est ici ?

UN : C'est ici.

DEUX : Il y a du monde.

UN : Il y a personne.

DEUX : C'est pareil, on n'est bien nulle part. Ça n'a pas l'air d'un restaurant.

UN : Ce n'est pas un restaurant. C'est un restaurant turc.

DEUX : Garçon !

UN : Je boirais bien quelque chose.

DEUX : Je vous retiens avec votre restaurant turc.

UN : Je crois que le mieux, si vous avez faim, ce serait de s'en aller.

DEUX : C'est exactement ce que vous m'avez dit chez moi tout à l'heure.

UN : Non. Tout à l'heure, c'est moi qui avais faim.

DEUX : Oui, et vous m'avez dit : le mieux puisque j'ai faim, ce serait qu'on s'en aille.

UN : Pas de ma faute s'il n'y a rien à manger chez vous.

DEUX : Alors nous sommes partis. Résultat...

UN : Résultat, je n'ai plus faim. C'est un résultat.

DEUX : Oui, seulement c'est moi qui commence à avoir faim. À cette heure-ci.

UN : Drelin drelin !

DEUX : Pourquoi vous faites : drelin drelin ?

UN : Ça, c'est vous qui m'avez appris le truc, le jour où la sonnette marchait pas, vous avez fait : drelin drelin. Vous m'avez même dit que c'était du Molière.

DEUX : Oui, drelin drelin c'est dans le malade malgré lui. Non, dans le médecin imaginaire.

UN : Tous les malades, c'est malgré eux qu'ils sont malades, et tous les médecins, c'est des médecins imaginaires. Molière, il aurait pas écrit des platitudes pareilles.

DEUX : C'est dans le malade imaginaire, je veux dire. Drelin drelin.

UN : Eh bien moi, je dis ding ding, parce que pour appeler le garçon, on prend son couteau et on frappe sur son verre. Ça fait ding ding. Seulement, comme je n'ai pas de couteau, et que je n'ai pas de verre non plus, je fais ding ding tout seul, avec ma bouche. Ding ding.

DEUX : Oui. Eh bien, ça ne fait pas venir le garçon. Depuis trois quarts d'heure qu'on est là ! Ah, c'est bien une idée à vous, de venir au restaurant quand on a faim.

UN : Moi, ce qui m'étonne, c'est que vous ayez encore faim. Parce que moi, quand j'ai vu passer le lapin aux épinards, là-bas, tout à l'heure, eh bien ça m'a coupé l'appétit.

DEUX : Bien sûr, si vous avez pris ça pour un lapin aux épinards, je comprends que ça vous ait dégoûté. C'était l'omelette à la mode du chef.

UN : Non, non, non. J'ai parfaitement reconnu la forme du lapin. C'était un lapin en décomposition. Je sais bien comment c'est fait, un lapin en décomposition.

DEUX : Mais non. On l'aurait senti.

UN : Oh, mais je l'ai senti.

DEUX : Pourquoi voulez-vous qu'ils servent du lapin en décomposition, dans ce restaurant ? Personne ne viendrait plus.

UN : Justement. Personne ne vient plus. Regardez autour de vous. Y a personne. Ce qui fait illusion, c'est les bougies.

DEUX : Ah, ben si, tout de même, regardez là-bas, au fond, dans la petite salle, y a une réunion de messieurs.

UN : Ah oui. Ça doit être un banquet.

DEUX : Oui. Les regardez pas comme ça, ils nous ont vus.

UN : Ils n'ont pas l'air de s'amuser follement. Qu'est-ce que ça peut être ?

DEUX : Des anciens élèves, sûrement.

UN : Ça devait être pour eux, le lapin aux épinards.

DEUX : Ben vous voyez, ils n'en sont pas morts.

UN : Oh, ils n'ont pas bonne mine.

DEUX : Ah, mais je les connais !

UN : Comment, vous les connaissez ! tous ?

DEUX : Oui.

UN : Qui c'est ?

DEUX : C'est nous.

UN : Oh, non ! Vous peut-être, mais pas moi, c'est pas possible.

DEUX : Si, tous les deux. Vous ne savez pas observer. Regardez bien l'horloge, juste derrière eux, au-dessus de leur tête.

UN : Je la vois, oui. Elle n'a rien de spécial.

DEUX : Rien de spécial, non ! Mais essayez donc un peu de lire l'heure qu'il est, à cette horloge.

UN : Ah oui, tiens, c'est curieux. Elle a été montée à l'envers, cette horloge.

DEUX : Vous êtes bête, vous savez !... Regardez leurs vestons, à ces bonshommes.

UN : Ils ont des vestons, oui.

DEUX : Eh bien c'est pas des vestons ordinaires. Au lieu de se boutonner la gauche sur la droite, hein... allons, allons, un petit effort.

UN : Ah oui. Ils ont boutonné leurs vestons à l'envers. La droite sur la gauche. Eh bien, vous, vous êtes rudement observateur.

DEUX : Oui, mais vous, vous êtes vraiment bouché.

UN : Pourquoi ils les ont boutonnés comme ça, leurs vestons ? Dites, c'est peut-être ça qu'on appelle des invertis ?

DEUX : Des quoi ? Non, mais vous êtes complètement... complètement... complètement...

UN : Complètement stupéfait, oui. En tout cas, c'est sûrement des étrangers.

DEUX : Complètement !

UN : Ça doit être des Turcs.

DEUX : Ah non, mais vous êtes complètement...

UN : Ah, mais vous m'agacez ! Vous n'arrêtez pas de me dire que je suis complètement, complètement ! Complètement quoi ? Surveillez-vous, mon vieux, vous devenez complètement, euh...

DEUX : Non, mais il est complètement...

UN : Ah ! Ça suffit comme ça !

DEUX : Oh ! Je n'aurais jamais cru ça de vous !

UN : Vous feriez mieux de regarder les Turcs. C'est des gens très curieux. Regardez, y en a la moitié qui piquent une espèce de crise, regardez ! ils s'arrachent les cheveux ! Ça doit être une tradition, à la fin des repas, chez les Turcs... Ah non, mais réellement ça devient de l'hystérie ! Ils sont tout rouges ! Dites, ça ne doit pas être des Turcs, vous savez. Ils sont plus civilisés que ça, les Turcs.

DEUX : C'est pas des Turcs, andouille ! C'est une glace. Le gars qui s'arrache les cheveux, c'est moi, et celui qui a l'air d'une andouille, c'est vous.

UN : Ah ? c'est nous ? — Jamais j'aurais cru que nous étions aussi nombreux. Qu'est-ce que vous prenez ?

DEUX : C'est la carte ?

UN : C'est la carte.

CARTE

Un et Deux la lisent ensemble et alternativement.

La terrine du chef

Le pied du chef
Le museau du chef
L'œil du chef
Les turqueries farcies à la grecque
Les salopes milanaises
L'œuf cocu
Le trou normand
La truite de Schubert
La poule salée sur canapé
La vieille andouille
Le frein de grenouille à disques
L'escargot venu tout seul sur commande
(8 jours d'avance)
La saucisse du chef dans son étui
Le matelot breton en hachis à la salade fixe
La salade mobile
Le Chirac sauce madère
La banane en gondole
Le laissez-pisser de mouton
Le bœuf en tube
Le changement de garniture
Le dentier neuf pommes pont neuf
Le cure-dent du chef
Le paf du chef selon grosseur
Non ! le pif du chef
Non ! le pouf du chef
Non ! le pif paf pouf du chef
Le cornichon maison
La maison du chef
La gueule du client
Les fruits du labeur

Le café turc
Le qu'a pas fait exprès
La table garnie
Les sièges
Le restaurant
Les bougies
La carpette
Maison du chef

UN : Moi, je prends un radis maison, une garniture garnie et une garçonnière meublée.

DEUX : Je ne vous conseille pas la garçonnière meublée, on dirait du sable.

UN : Je croyais que c'était un genre de jardinière.

DEUX : La jardinière à la Cosaque, c'est bon, mais c'est pas la saison.

UN : Je prendrais bien « l'œuf servi dans sa poule », mais je me connais, je ne dormirai pas de la nuit. Alors je terminerai par un veau nature.

DEUX : Et avec ça, on se tape un pichet ?

UN : Un pichet de quoi ?

DEUX : Un pichet d'eau.

UN : Drôle d'idée de servir l'eau en pichet.

DEUX : Ça doit leur revenir moins cher. Pour moi, il est mort.

UN : Qui ?

DEUX : Le garçon.

UN : Non. On l'aurait entendu.

DEUX : Pas forcément. Il y a des gens qui meurent sans faire de bruit.

UN : Oui, mais pas les gens qui portent de la vaisselle.

DEUX : N'empêche, c'est pas un endroit où il faut venir quand on a faim, votre restaurant.

UN : Vous avez toujours faim ?

DEUX : Non. Je n'ai plus faim du tout. J'aurais plutôt envie d'aller au cinéma.

UN : Vous avez un tempérament instable.

DEUX : Non, mais vous m'avez coupé l'appétit. J'ai une barre sur l'estomac.

UN : Eh bien moi, je sens que je recommence à avoir faim. J'ai un tempérament cyclique : ça va, ça vient, ça se promène.

DEUX : Ding, ding ! L'addition !

UN : Comment l'addition ? on n'a rien consommé !

DEUX : Au restaurant, il y a toujours une addition. Ça serait trop commode : on entre, on s'installe, on bavarde et puis hop, on s'en va sans rien payer ! Ma parole, c'est la première fois que vous entrez dans un restaurant !

UN : Oh, mais c'est que j'ai très faim. On s'en va ?

DEUX : Je me demande pourquoi je resterais dans ce restaurant, puisque je n'ai pas faim, et je me demande pourquoi vous y resteriez, puisque vous avez faim.

UN : Alors en route. Tenez, voilà les Turcs qui s'en vont aussi.

DEUX : Dites pas de bêtises.

UN : Ah oui, c'est vrai, je suis bête. Dites-moi, vous êtes sûr que c'est nous, tous ces gens ? Moi, ça m'étonne.

DEUX : Garçon, l'addition !

UN : Le voilà qui arrive.

DEUX : Oui. Ah, ça ! quand c'est pour l'addition, ils sont tout de suite là.

HUIT MILLIMÈTRES

UN : Alors, je vais vous voir quand vous étiez tout petit ?

DEUX : J'étais vraiment petit, vous savez, quand j'étais petit. Vous ne pouvez pas vous rendre compte. Ça va vous surprendre.

UN : Pensez-vous. Je le sais bien, allez, que vous avez été petit.

DEUX : Ah ? Ça se voit ? Je ne croyais pas que ça m'avait laissé des traces.

UN : Non. À vous voir, on ne dirait pas. Vous avez sûrement grandi d'une manière très régulière. J'ai beau chercher, je ne vois rien en vous qui soit resté petit.

DEUX : Ça s'est fait tout doucement. Je suis devenu grand de partout. Mais vous allez voir. Vous aurez du mal à me reconnaître.

UN : Je peux fermer la lumière ?

DEUX : Une petite seconde encore. Et puis vous verrez aussi mon arrière-grand-mère... pas toute petite, bien sûr. À ce moment-là, elle était déjà grande. Mais tout de même, ça fait quelque chose.

UN : C'est du huit millimètres...

DEUX : Pas un de plus, pas un de moins. Mon enfance tout entière tient sur une pellicule de huit millimètres de large.

UN : Le cinéma, moi, mon père il préférait l'aquarelle. Il ne m'y mettait jamais, d'ailleurs, dans ses aquarelles.

DEUX : Les enfants, ça bouge trop, pour les peintres.

UN : Ce n'est pas ça. Je n'ai jamais bougé beaucoup. Mais mon père trouvait que j'avais trop mauvaise mine, toujours. Je n'avais pas assez de couleurs pour réussir dans l'aquarelle. Mon père me disait : va-t'en de là, tu es trop pâle, mon petit, tu ferais moche.

DEUX : C'est un vieux projecteur, vous savez. Il manque des pièces. Mais ça va marcher. Si vous pouviez poser votre pied sur le socle.

UN : Bien sûr, bien sûr.

DEUX : Ah oui, mais retirez votre soulier d'abord. Je m'excuse de vous demander ça, mais vous voyez : avec la main droite, je tourne la manivelle, avec la main gauche, je tire sur le bout du film qui sort, parce que la rembobineuse, il y en a plus, et mon pied droit, je suis obligé de l'introduire dans le mécanisme, sans ça, l'ampoule ne s'allume pas ; c'est une chose que je n'ai jamais comprise.

UN : Et avec votre pied gauche, tout de même, vous ne faites rien ?

DEUX : Si. Je me sers de mon pied gauche pour tenir debout. Ah, c'est un appareil qu'il faut connaître, je ne dis pas ; il fonctionne depuis 1920 avec une difficulté croissante.

UN : Il n'y a pas que lui qui éprouve une difficulté croissante à fonctionner depuis 1920. L'essentiel est qu'il fonctionne. Prenez mon pied et placez-le vous-même.

DEUX : Merci. C'est exactement le pied dont j'ai besoin.

UN : Eh, dites ! c'est rudement chaud !

DEUX : Si votre chaussette prend feu, je vous le dirai.

UN : Voilà. Vous savez à quoi elles ressemblent vos bobines ? À de gros escargots, comme on en trouve en plastique dans les supermarchés, avec la garniture à part.

DEUX : C'est vrai, oui. C'est une espèce de grosse coquille, une bobine. Mais ce n'est pas un escargot qui va en sortir, vous allez voir : c'est bien plus beau.

UN : Une huître ?

DEUX : Non. Ma bobine. La bobine que j'avais quand j'étais petit. Déjà plus grand qu'une huître, mais encore petit. Vous allez me voir prendre mon bain sur la plage d'Arcachon.

UN : Chouette. Je ferme la lumière.

DEUX : Allez-y. Je tourne la manivelle. Vous voyez ? Ça y est, me voilà.

UN : C'est vous, ça ?

DEUX : Vous me reconnaissez pas ?

UN : Si, bien sûr, mais où ?

DEUX : Ah ben, c'est trop tard, c'est passé. Ah, mais non, je suis bête, me voilà. Cette fois c'est moi, je me reconnais.

UN : Alors, ce qu'il y avait avant, c'était quoi ?

DEUX : C'était l'amorce du film, rien du tout,

quoi... c'est là que ça commence. Vous voyez comme je fais trempette ?

UN : Il y avait de la brume, hein ?

DEUX : Attendez, que je voie... non ! c'est pas moi, c'est Charles, vous savez, l'oncle Charles !

UN : Ah... non : moi, mon oncle Charles, il ne s'appelait pas Charles.

DEUX : Quand même, on le reconnaît bien à son ventre. Vous voyez son ventre ? Ah ben non, c'est maman.

UN : Ah oui ? Et le ventre, alors, qu'est-ce que ça peut être.

DEUX : Ça doit pas être un ventre. Non, ce n'est pas un ventre, c'est moi.

UN : Ah zut : j'ai pas eu le temps de vous reconnaître. Oh, la belle brune !

DEUX : Oui : c'était une grande chienne qu'on avait. Voilà ma mère en gros plan.

UN : Elle fait des grosses vagues.

DEUX : Vous avez raison, c'est pas ma mère, c'est la baie d'Arcachon. Maintenant, on a l'impression qu'il y a de l'orage, mais c'est ma tante Emma qui obstrue l'objectif avec son chapeau.

UN : Vous savez, j'ai mon pied qui me brûle. C'est pas ma chaussure qui brûle, ce qu'on sent ?

DEUX : Attendez. Qui c'est ce gros-là, avec ces grosses moustaches ? Zut, il s'en va. Je ne l'ai pas reconnu.

UN : C'était un cheval.

DEUX : Vous croyez ? Ce que je suis content de revoir tout ça ! Voilà Paupaul, non, c'est encore mon oncle, non, c'est moi, ah non, c'est un meuble. Et celui-là je le connais pas. Mais c'est vous mon vieux !

UN : Je n'ai jamais mis les pieds à Arcachon. Par contre, les pieds, j'en ai un qui me brûle.

DEUX : Ah ! voilà la scène du feu d'artifice.

UN : C'est tout noir.

DEUX : Forcément, ça se passe la nuit. Faut attendre les fusées.

UN : C'est long. Il a fait nuit longtemps, cette nuit-là ?

DEUX : Oui... je ne me rappelais pas que c'était si long... oui... oui... eh bien ça ne doit pas être la nuit, voyez-vous... si ça se prolonge encore, c'est pas la nuit, c'est probablement tous les plombs qui ont sauté.

MUSIQUE DE PLACARD

UN : Tsimm !
DEUX : Tsimm !
UN : Ratapataplan !
DEUX : Tsimm !
UN : Bof !...

Pause.

UN : C'est pas beau, ça ?
DEUX : Si, c'est beau.
UN : C'est pas de la musique ?
DEUX : Si.

UN : Qu'est-ce qu'on a besoin d'un grand orchestre, avec des instruments à cordes, des instruments à vent, pourquoi pas des instruments à plume, sans compter les percussions et un von Karajan ? Où c'est qu'elle est la musique dans tout ça ?

DEUX : Tout ça c'est du bruit tout autour de la musique, c'est un emballage qui fait de l'effet sur les masses populaires, voilà tout.

UN : Quand on aime vraiment la musique, on n'a pas besoin de tout ça.

DEUX : Non. Mais tout de même, je le trouve un peu austère, votre concerto.

UN : Ça, c'est parce que j'ai voulu. C'est pas un concerto grosso, mon concerto. C'est plutôt un brandebourgeois, que j'ai voulu faire. J'ai pas cherché l'effet à tout prix, moi, ce qui m'intéresse surtout c'est la solidité de la construction. Alors forcément, ça donne une impression de sobriété.

DEUX : Tout de même, moi je trouve que vous avez tort de vous priver des avantages de la mélodie. Vous savez, les gens, ils aiment bien pouvoir chanter la musique qu'ils entendent.

UN : Les gens, les gens, on n'a pas besoin des gens. La musique ça n'a rien à voir avec les gens. Moi, la musique, c'est un plaisir intime que je cherche dedans. Et je peux dire que je le trouve, parce que je ne sais ce que vous ça vous a fait, mais moi ça m'a fait rudement plaisir de le jouer à deux, mon concerto. Depuis le temps que je me cassais la tête à le jouer tout seul, dans ce placard ! Vous comprenez, on a beau faire, ça c'est un concerto qu'il faut être deux pour le jouer.

DEUX : Oui. Vous croyez vraiment qu'on ne pourrait pas aller le jouer ailleurs que dans ce placard votre concerto ? J'étouffe moi.

UN : Non, il vaut mieux pas. D'abord ça convient très bien à son caractère intime. C'est beaucoup plus intime que la musique de chambre, c'est vraiment ce qu'on peut appeler de la musique de placard. Et puis, ce qu'il y a surtout, c'est que ma femme est là.

DEUX : Elle n'aime pas votre musique ?

UN : Non. Je dois dire que ça, ça a été une des déceptions les plus douloureuses de ma vie. À chaque fois qu'elle voit que je compose, et pourtant ça fait pas de bruit, quand je compose, eh bien elle me jette un verre d'eau à la figure. Et je vous assure, quand on est plongé dans une composition musicale qui vous absorbe complètement, au point qu'on ne fait plus attention à rien... (tenez ! hier en écrivant ça, je me suis aperçu tout à coup que je bavais !) — eh bien quand on est dans un état comme ça, c'est pas agréable de recevoir un verre d'eau dans la figure !

DEUX : Faudrait vivre tout seul, quand on est artiste.

UN : Et quand c'est l'être qu'on aime le plus au monde qui vous fait ça, faut vraiment avoir la musique dans le sang pour continuer à en faire. Ah mon pauvre ami, non, non je ne suis guère heureux. J'ai bien du mal à vivre.

DEUX : Mais si, vous êtes heureux. Vous avez votre art. Votre souffrance, si vous avez la force morale de l'exprimer dans votre musique, vous êtes sauvé.

UN : Oui, peut-être. Mais je ne suis pas sûr d'avoir du génie.

DEUX : Mais si, vous en avez.

UN : Vous allez voir, l'andante de mon concerto, tout à l'heure. Toute ma tristesse, j'ai fait passer dedans. Vous verrez.

DEUX : Pourtant le premier mouvement m'a paru d'une franche gaieté.

UN : Fallait bien. Le contraste, c'est indispensable, dans l'art.

DEUX : On pourrait peut-être entrouvrir la porte du placard ?

UN : Non, non, surtout ! Si ma femme nous entend, elle va ouvrir la radio plein gaz, à l'endroit où il y a du rock'n'roll. Il y aura plus moyen de jouer de la musique. Et puis, en plus, elle ne vous fera rien pour le dîner.

DEUX : Alors, continuons, la bougie va s'éteindre.

UN : Non, j'aimerais qu'on reprenne le premier mouvement, parce que vous n'y étiez pas.

DEUX : Oh ben forcément, c'était la première fois. Déchiffrer, c'est pas commode.

UN : Allons-y. Vous y êtes ?

DEUX : J'y suis.

Ils jouent ensemble la partition ci-après.

UN : Un deux trois...

Un poursuit tandis que Deux essoufflé s'arrête et crie.

DEUX : Hep ! Hep ! Hep !

UN : C'est dur, hein ?

DEUX : Ce ne serait pas beau, si c'était pas dur.

UN : Mais... Vous ne jouez pas dans le mouvement.

DEUX : Je sais bien. Je manque de souffle. Je manquerais moins de souffle, d'ailleurs, si votre bougie faisait un peu moins de fumée. Vous devriez la changer, je pleure comme un veau.

UN : Oui, ben... faut que je fasse des économies. Si ma femme s'aperçoit que je dépense en bougies l'argent du ménage, je peux dire adieu à la musique.

DEUX : Ce serait dommage, parce que c'est beau.

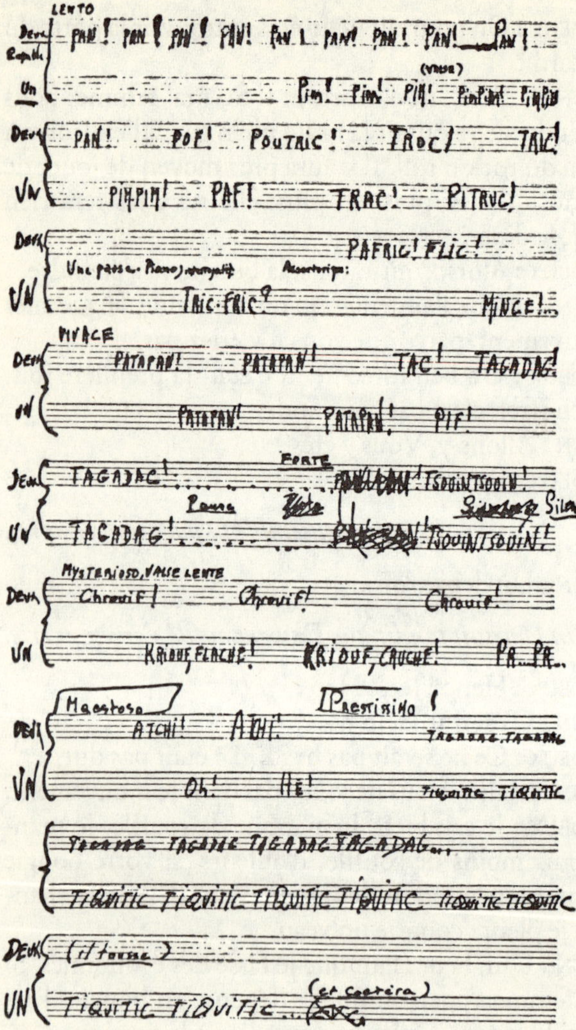
LENTO
PAN! PAN! PAN! PAN! PAN! PAN! PAN! PAN! PAN!
PIM! PIM! PIM! PIMPIM! PIMPIM
DEUX PAN! POF! POUTRIC! TROC! TRIC!
UN PIMPIM! PAF! TRAC! PITRUC!
PAFRIC! FLIC!
TRIC-FRIC? MINCE!...
VIVACE
DEUX PATAPAN! PATAPAN! TAC! TAGADAG!
PATAPAN! PATAPAN! PIF!
FORTE
TAGADAG! TSOUINTSOUIN!
SILENCE
UN TAGADAG! TSOUINTSOUIN!
MYSTERIOSO, VALSE LENTE
DEUX Chrouif! Chrouif! Chrouif!
UN KRIOUF, FLACHE! KRIOUF, CRUCHE! PR...PR...
Maestoso
PRESTISSIMO!
ATCHI! ATCHI!
UN Oh! Hé! TIQUITIC TIQUITIC
TIQUITIC TIQUITIC TIQUITIC TIQUITIC
DEUX (il tousse)
(et caetera)
UN TIQUITIC TIQUITIC...

C'est fou ce qu'il y a comme trouvailles, dans votre morceau. J'aurais pas cru qu'on pouvait faire des choses aussi touffues et complexes, et variées, et tout, rien qu'avec des tagadag et des patapan.

UN : Vous voyez ? Moi-même je m'embrouille, tellement c'est riche, comme matière. Et vous voulez en plus que j'introduise de la mélodie là-dedans, et des harmonies, et des instruments, et des Karajan ? Allons, allons, c'est pas sérieux. S'il s'était rendu compte de ça, Beethoven, il aurait pas écrit ce qu'il a écrit.

DEUX : À la seconde audition, on comprend mieux, déjà. Tenez, y a un passage que je trouve épatant, c'est quand ça fait : Patapan, patapan, patapan, tacpiftagadag, pan pan, et puis tout de suite après, tout doucement l'introduction du : pim, pim... pim-pim... Et puis alors, une trouvaille c'est le tsouin-tsouin de la fin.

UN : Oui. Oh, ça, le tsouin-tsouin, c'est déjà une concession au goût du public. Mais vous allez voir l'andante.

DEUX : Trop tard, la bougie s'est éteinte.

UN : Ça fait rien, ça commence par un solo, je le sais par cœur, je vais vous le jouer.

DEUX : On ferait peut-être mieux d'aller dîner, votre femme doit se demander ce qu'on est devenu.

UN : Oh, me parlez plus de ma femme. Qu'est-ce que c'est qu'une femme, à côté de la musique. D'abord, les femmes, ça meurt.

DEUX : Moi, ce que j'en dis, c'était plutôt par politesse. Je vous écoute, mais faites vite.

UN : Je peux pas faire vite, c'est un andante.

DEUX : Allez-y.

UN : Hum, hum. Ratapataplan... tapataplan... pataplan... taplan... plan... Ratapataplan... tapataplan... pataplan... c'est là que vous intervenez taplan... plan...

DEUX : J'ai un briquet. Allez-y.

UN : Ratapataplan... tapataplan...

DEUX : Badabadaboum !

UN : Pataplan !

DEUX : Dabadaboum !

UN : Taplan !

DEUX : Badaboum !

UN : Plan !

DEUX : Dadoum !

UN : Vous voyez, c'est un genre de fugue.

DEUX : Oui, c'est triste.

UN : Mais c'est beau.

DEUX : « Beau ». Oui.

CONSULTATION

UN : Bien. Bien. Très bien. Eh bien mettez-vous à votre aise, Monsieur, euh... comment donc ?

DEUX : Commandon.

UN : Monsieur Commandon. Nous allons voir ce qu'on peut faire pour améliorer votre état.

DEUX : Oui. Il y a aussi le veau, qui me donne des vertiges.

UN : Nous verrons, nous verrons. Je vais d'abord vous demander, s'il vous plaît, qui vous a donné mon adresse.

DEUX : Eh bien, docteur, voilà, je suis venu à vous progressivement. J'ai consulté un certain nombre de spécialistes. J'avais remarqué que j'éprouvais un malaise à chaque fois que je prenais un bain. Un malaise dans les gencives. J'ai donc fait venir mon plombier. Car il m'avait semblé que mon malaise pouvait avoir son origine dans le robinet gauche de ma baignoire qui grinçait.

UN : En effet, il n'est pas rare de constater des troubles assez voisins de ceux que vous m'avez décrits, dans certains cas de vrombissement de tuyauterie.

DEUX : N'est-ce pas ? Mon hypothèse n'était pas invraisemblable. Cependant, mon plombier, dès sa première visite, m'a détrompé.

UN : Votre plombier, comment s'appelle-t-il ?

DEUX : Tolstoï, il s'appelle. Léon Tolstoï. Mais c'est un homme tout simple.

UN : Un excellent plombier, en tout cas. Je le connais.

DEUX : Il m'a dit : Monsieur, votre robinet n'a rien. Si vous grincez des dents, ça doit venir des dents. Et il m'a donné l'adresse d'un dentiste. J'y suis été.

UN : C'était monsieur... ?

DEUX : Mon dentiste ?

UN : Oui.

DEUX : Legrand.

UN : Michel Legrand ?

DEUX : Non : Alexandre Legrand. Mais c'est un homme tout simple.

UN : Je le connais, c'est un excellent dentiste.

DEUX : Alors, il m'a dit : En effet, votre malaise aux gencives ne vient certainement pas d'un défaut de votre robinet. Vous avez une dent à la mâchoire supérieure qui ne fonctionne plus que d'une patte, je vais essayer de vous arranger ça avec mon vilebrequin. Il prend son vilebrequin, il me vilebrequine ma deuxième prémolaire en haut à droite, là... Au bout d'une heure, il me dit : Ça va pour aujourd'hui, revenez demain. Le lendemain, il me vilebrequine plus sérieusement, enfin bref, il me vilebrequine ma dent pendant quatre jours, et le cinquième jour, il me dit : Désolé, je ne peux pas aller plus loin, si je vais plus loin, ce n'est plus de mon ressort, est-ce que vous avez encore mal à votre dent ? Je lui dis, non, plus du tout, maintenant ça commence à me faire mal à l'œil ; c'est ce que je dis, qu'il me dit, je vais vous donner l'adresse d'un oculiste.

UN : Quel oculiste vous a-t-il indiqué ?

DEUX : Le docteur Kuklops.

UN : Je le connais, c'est un excellent ophtalmologue.

DEUX : Alors le docteur Kuklops me regarde l'œil avec son œil, longuement, d'autant plus longuement que puisque vous le connaissez vous savez qu'il est borgne, n'est-ce pas ?

UN : Il y a une dizaine d'années en effet, le docteur Kuklops a eu des démêlés assez violents avec sa femme.

DEUX : Il me sort mon œil, il me le nettoie, il me le remet dans son orbite, et il me dit : Rien à dire à votre œil, il est mûr, oui, mais il ne pourrira pas de sitôt, non, ce qui cloche, ce n'est pas votre œil, c'est ce qu'il y a dedans. Vous vivez dans un intérieur mal peint, les couleurs de vos murs vous énervent la rétine, et c'est ce qui cause votre malaise. Alors il m'a donné l'adresse d'un peintre en bâtiment. Monsieur Mathieu.

UN : Selon ? Mathieu ?

DEUX : Non. Fess, Mathieu.

UN : Bon peintre, Mathieu. Mais ce n'est pas l'évangile.

DEUX : Mathieu arrive donc chez moi, il me repeint mon appartement en violet, rouge vif, noir et vert-de-gris, avec un mur rose bonbon dans chaque pièce pour atténuer l'effet de l'ensemble. À la fin, il me demande : Alors, vous avez encore mal aux yeux ? Non, je lui réponds, maintenant je n'ai plus mal aux yeux, j'ai mal partout. Et en effet, j'avais mal partout. Ah, il me dit, si vous avez mal partout, c'est plus mon boulot, ce qu'il vous faut, c'est la médecine générale.

UN : Très juste.

DEUX : Alors il m'adresse au docteur Honoris.

UN : Honoris Bidon ?

DEUX : Non, Honoris Causa.

UN : Je le connais aussi. Excellent généraliste.

DEUX : Il m'examine, il m'ausculte, il me chatouille et à la fin il me dit : Pour moi, vous n'avez rien. Si vous avez quelque chose, c'est une chose qui n'est pas du tout de mon ressort, c'est une maladie. Je vais vous indiquer un spécialiste pour ça. Et il m'a donné votre adresse.

UN : En effet, je suis spécialiste des maladies. Bon. Nous allons voir ça. D'abord, une question : de quelle maladie souffrez-vous ?

DEUX : Eh bien, euh... Je vous avouerai que c'est un peu pour que vous me le disiez, si je suis venu vous voir.

UN : Oh, alors... Ce ne doit pas être bien sérieux. Je vais vous ausculter, malgré tout, par acquit de conscience. Votre nombril, je vous prie.

DEUX : Voilà.

UN : Je vais appuyer dessus avec mon doigt, vous me direz l'impression que ça vous fait.

DEUX : Hé !

UN : Alors ? Quelle impression avez-vous eue ?

DEUX : L'impression d'être une sonnette dont le bouton ne marche pas.

UN : Bon. Laissez votre nombril à découvert. Maintenant, je vais vous donner un bon coup de pied dedans. Attendez que je prenne mon élan. Un, deux, trois, et une deux trois, pan !

DEUX : Ouf.

UN : Alors ? Vous avez toujours mal partout ?

DEUX : Non, j'ai mal au ventre.

UN : Eh bien, que voulez-vous que je vous dise ? C'est normal.

DEUX : Ah ?

UN : Ce que vous avez, ce n'est pas une maladie, c'est un cas spécial. Je vais vous donner l'adresse d'un spécialiste des cas spéciaux : le docteur Ambroise Paré, rue Ambroise-Paré.

DEUX : Je vous remercie, docteur. Combien vous dois-je ?

UN : Oh, puisque vous êtes un cas spécial, je ne vous prendrai que... voyons... oui, tenez : ce sera six cents francs.

DEUX : Vous êtes trop aimable.

LE COMPTE-GOUTTES

UN : 1, 2, 3, 4, 5, 6, 7, 8, 9 et 10. Dix gouttes, il m'a dit le docteur. Dans un peu d'eau sucrée, avant les deux principaux repas.

DEUX : Vous êtes sûr que vous en avez mis dix ? Moi, j'en ai compté douze.

UN : Vous êtes sûr ?

DEUX : Je me suis peut-être trompé. J'en ai compté treize, mais la dernière on n'en parle pas, c'était une bulle. Enfin, ça n'a pas d'importance. L'important c'est que vous, vous soyez sûr de votre compte.

UN : Sûr, sûr... Comment voulez-vous que je sois sûr. Faudrait que je recompte.

DEUX : Moi, à votre place, je recompterais, parce que sur le flacon, c'est marqué : « Ne pas dépasser la dose prescrite ».

UN : Ben oui, mais comment voulez-vous que je les recompte, moi ! Les gouttes, maintenant, on ne les voit plus. Elles se sont mélangées dans le verre.

DEUX : Oh ben alors, ça fait rien.

UN : Comment, ça fait rien.

DEUX : Ben oui, du moment qu'elles se sont mélangées, c'est plus des gouttes. C'est une flaque. Il peut pas y en avoir douze... Il ne peut pas y en avoir dix non plus d'ailleurs.

UN : Alors je me demande vraiment pourquoi je me serais donné la peine de les compter avec mon compte-gouttes !

DEUX : Ah moi aussi ! C'est des drôles de gouttes ! Je ne sais pas comment vous avez pu les compter, parce que dans le flacon, j'en vois pas non plus.

UN : Mais mon pauvre ami, c'est dans le compte-gouttes qu'elles étaient ! D'ailleurs c'est bien simple, je vais les remettre dedans.

DEUX : Oh, elles voudront pas y retourner.

UN : Je voudrais bien voir ça ! Avec un compte-gouttes comme j'en ai un !

DEUX : C'est vrai qu'il est superbe.

UN : Je pense bien ! C'est un compte-gouttes de Besançon. Y a pas plus puissant comme compte-gouttes. Vous allez voir comment elles vont y remonter et plus vite que ça.

DEUX : Vous croyez qu'elles vont y remonter dans l'ordre ?

UN : Non, mais ça ne fait rien. Le docteur, il a dit dix gouttes, il n'a pas spécifié qu'il fallait que je les choisisse particulièrement.

DEUX : Ça ne fait rien, ça ne doit pas être bon pour la santé, des gouttes qui se sont mélangées comme ça.

UN : L'essentiel, c'est que ce soit des gouttes. Et puis regardez bien, parce que je vous préviens que ça va plus vite dans ce sens-là que dans l'autre.

DEUX : Allez-y. Je suis curieux de voir ça.

UN : Youpe !

DEUX : Non, pas youpe, ffuite, ça a fait. Ffuite.

UN : Voilà ce que j'appelle un compte-gouttes. Un outil soigné comme ça, je vous jure qu'on peut faire du bon boulot avec.

DEUX : Oui, seulement elles sont remontées trop vite, vos gouttes. Vous n'avez pas eu le temps de les compter.

UN : J'ai pas essayé. Un compte-gouttes, si vous saviez un peu ce que c'est, ça ne fonctionne que dans un sens.

DEUX : Ah.

UN : Ça compte les gouttes qui sortent, pas les gouttes qui rentrent. Y a un sens quoi. C'est comme les tire-bouchons.

DEUX : Oh, ça hein...

UN : Quoi : Oh ça ?... Les tire-bouchons, ça tire les bouchons vers le haut, le compte-gouttes ça pousse les gouttes vers le bas.

DEUX : Vous êtes sûr que c'est vraiment un compte-gouttes de Besançon ?

UN : Tout ce qu'il y a de plus authentique. C'est maman qui l'a acheté là-bas.

DEUX : Elle est de Besançon votre maman ?

UN : Oui.

DEUX : Oui... ça vous savez, ce n'est pas une raison, parce qu'y a pas que votre maman qui soit de Besançon. Y a des tas de gens qui sont de Besançon. Et puis il me semble qu'un compte-gouttes vraiment perfectionné, ça devrait compter les gouttes dans les deux sens : quand elles entrent et quand elles sortent.

UN : Je vous demande un peu à quoi ça servirait de les compter deux fois, les gouttes, pour un compte-gouttes. Et puis ça aurait l'air malin si on trouvait pas le même compte la deuxième fois.

DEUX : C'est pourtant ce que vous êtes obligé de faire en ce moment, des les compter une deuxième fois, vos gouttes.

UN : Oui, mais ça, c'est de ma faute. Quand on compte quelque chose, faut faire attention ; si j'avais fait attention, j'aurais pas besoin de les compter une deuxième fois.

DEUX : Ah bon, parce qu'en plus c'est vous qui devez faire attention. C'est vous qui devez les compter, vos gouttes. Le compte-gouttes, lui, il ne compte rien du tout.

UN : Et alors ? Le tire-bouchon non plus, il tire pas tout seul, faut y mettre du sien.

DEUX : Si c'est tout à fait comme un tire-bouchon, j'appelle ça un compte-gouttes moi, j'appelle ça un pousse-gouttes. C'est un pousse-gouttes. Votre maman s'est fait avoir.

UN : Ah ça bien sûr, si j'avais de l'argent à gaspiller, je m'achèterais un compte-gouttes automatique.

DEUX : Ça se trouve, ça ?

UN : Forcément puisque tous les taxis, ils en ont un. Oui, sous le tableau de bord. Ça fait tictac et ça marche tout seul.

DEUX : C'est pas les gouttes que ça compte, ça, c'est les kilomètres.

UN : Allons ! Les chauffeurs de taxi, ils n'ont aucune raison de compter les kilomètres, parce que les kilomètres, c'est pas à eux, alors, ils peuvent pas les vendre.

DEUX : Alors à quoi il leur sert leur compteur ?

UN : À compter les gouttes d'essence. C'est un compte-gouttes.

DEUX : Ah !

UN : Vous permettez que je compte mes gouttes ?

DEUX : Attendez ! Montrez-les-moi d'abord. Bon. Alors : où c'est que vous les voyez vos gouttes ?

UN : Je peux pas vous les montrer puisqu'elles ne sont pas faites.

DEUX : Je me demande vraiment à quel moment elles existent vos prétendues gouttes.

UN : Pas avant que je les fasse sortir.

DEUX : Vous ?

UN : Moi. Du compte-gouttes.

DEUX : Alors non seulement il est pas capable de les compter, mais il est même pas capable de les faire tout seul ! C'est pas lui, le compte-gouttes ! Le compte-gouttes ? Le compte-gouttes, c'est vous !

UN : Un compte-gouttes c'est comme une trompette. Pour jouer de la trompette, il faut une trompette et un trompette.

DEUX : Une trompette et un trompette, ça fait deux trompettes.

UN : Non.

DEUX : Non ! Alors si vous-mêmes ne savez pas compter ! Une trompette et un trompette, ça fait quoi ?

UN : Ça fait de la musique.

DEUX : De la musique... Eh bien je ne vous le fais

pas dire. La musique, c'est comme les gouttes. On peut pas la compter. Parce que ça existe juste au moment où ça sort de la trompette, avant y en a pas, après y en a plus.

UN : Avant y en a pas ! Mais si y en avait avant que je les compte, mes gouttes, j'aurais pas besoin de compte-gouttes ! Je pourrais les compter avec mes doigts !

DEUX : Si vous pouviez les compter avec vos doigts, ce serait pas des gouttes.

UN : Ce serait quoi ?

DEUX : Des billes.

UN : Des billes ?

DEUX : Des billes.

UN : C'est ça qui serait bon pour ma santé.

DEUX : S'agit pas de santé, s'agit de compter. Prenez un sac de billes.

UN : Pour quoi faire ?

DEUX : On va faire de l'arithmétique, vous allez voir.

UN : Je préférerais faire des gouttes.

DEUX : On ne fait pas de l'arithmétique avec des gouttes. Y a qu'à ouvrir n'importe quel traité d'arithmétique, tenez, voilà le Chénevier, eh ben tout de suite il vous dit : Prenez un sac de billes. Jamais il ne vous dira : prenez un sac de gouttes. Alors prenez un sac de billes.

UN : C'est bien pour vous faire plaisir.

DEUX, *lisant l'authentique « Précis d'Arithmétique » de Chévenier, Hachette, 1931* : Combien y a-t-il de billes dans ce sac ?

UN : Je vais vous dire ça.

DEUX : Ah ben non ! si vous comptez, c'est trop facile ! Attendez. Combien y a-t-il de poulets dans cette cage ?

UN : ...

DEUX : Combien y a-t-il de maisons dans cette rue ? Combien y a-t-il de fenêtres dans cette caserne ?

UN : Laquelle ?

DEUX : N'importe laquelle.

UN : Eh ben...

DEUX : « Eh ben ! » La réponse à ces diverses questions est un nombre. Quatre roues c'est une roue puis encore une roue puis encore une roue... puis encore une roue. Quatre pieds c'est un pied *(etc.)*... Quatre soldats c'est un soldat, etc. Nous pourrions écrire : quatre point-point-point, c'est un point-point-point puis encore un point-point-point *(etc.)*..., et mettre toujours le même mot à la place de point-point-point, et là il y a une liste : marron, encrier, couteau, homme, fauteuil...

UN : Gouttes...

DEUX : Non, pas gouttes ! goutte ça y est pas.

UN : Ça devrait y être parce que quatre gouttes, c'est une goutte, puis encore une goutte, puis encore une goutte puis encore une goutte.

DEUX : Non ! Ça, ça fait pas quatre gouttes, ça fait une fuite. Prenez un sac de billes.

UN : Encore ?

DEUX : Gardez celui que vous avez, on ne le dira pas. Sortons-en une que nous mettons sur la table.

UN : Voilà.

DEUX : Sortons-en une autre. Il y en a alors sur la table une et...

UN : Deux.

DEUX : Non pas deux. Une et deux ça fait trois. Il y en a une et une. Nous dirons qu'il y en a deux. Si nous en posons une autre encore sur la table, il y en aura ?...

UN : Trois.

DEUX : Vous êtes sûr ? Ah oui, vous avez raison. « Nous dirons qu'il y en aura trois. »

UN : C'est peut-être pas la peine de dire ça.

DEUX : Attendez. « Avant cette opération il n'y avait pas de billes sur la table. Nous dirons qu'il y en avait ?... »

UN : Pas.

DEUX : Non, pas pas. « Nous dirons qu'il y en avait zéro. Zéro est un nombre qui exprime l'absence d'objet. » Eh bien l'absence d'objet, la voilà. Elles sont absentes, vos gouttes. Y en a zéro ici, y en a zéro là et y en aura toujours zéro. « Prenez un sac de billes ! »

UN : Encore ! Vous croyez que c'est comme ça que vous avez appris l'arithmétique, vous ?

DEUX : Non, mais c'est comme ça que j'ai appris à jouer aux billes.

UN : Allez, rendez-moi mon compte-gouttes, parce que c'est pas en jouant aux billes que j'arriverai à me purger, moi.

DEUX : Qu'est-ce que vous voulez, je ne sais plus quoi vous dire, moi.

UN : Eh bien ne me dites plus rien.

DEUX : Comptez-les, vos gouttes ! Elles vont encore se mélanger, et ce sera comme si vous n'aviez rien fait, avec votre Besançon ! Tandis que moi, mes billes, pas besoin de compte-billes, elles se comptent toutes seules. Et je suis bien sûr que si je les compte, ça va pas faire une flaque. Vous allez voir.

UN : Vous permettez que je compte mes billes. Mes gouilles ? mes gouttes ?

DEUX : Ça ne me gêne pas. Une, deux, trois *(etc.)*... douze...

UN : Une, deux, trois *(etc.)*... Dix. Dix.

DEUX : Douze.

UN : Vous êtes sûr ?

DEUX : Non.

UN : Je vais tout de même en retirer deux. C'est plus prudent.

DEUX : C'est avec votre compte-gouttes que vous comptez les retirer ?

UN : Oui.

DEUX : Vous savez bien que vous ne pouvez pas les compter à reculons, vos deux gouttes, c'est vous qui l'avez dit.

UN : Vous avez raison. Eh bien je vais les compter directement. Avec ma bouche.

DEUX : Oh, non ! c'est pas prudent ! Surtout ne dépassez pas la dose prescrite ! Attendez, je vais compter avec vous.

Un boit le contenu du verre avec des bruits de déglutition à chaque goulée. Deux les compte en observant les mouvements de la pomme d'Adam.

DEUX : Une, deux, trois *(etc.)*... onze ! J'en ai compté onze !

UN : Dix. La onzième... *(Il rote.)*... c'était une bulle.

NOSTALGIE

UN : À ce moment-là, vous tombez dans la rue Boissy-d'Anglas, vous la prenez à droite, vous tombez dans la rue du Faubourg-Saint-Honoré, vous la prenez à gauche, vous tombez dans la rue Royale, vous la prenez à droite, vous tombez place de la Concorde, vous la traversez, et aussitôt traversé le pont, vous tombez dans le boulevard Saint-Germain que vous enfilez à gauche, ensuite de quoi vous finissez bien par tomber sur la rue du Bac, que vous prenez sur votre droite, et alors c'est là que vous tombez, euh... attendez un peu... vous tombez...

DEUX : Je tombe, quoi.

UN : Oui, vous tombez dans la rue euh...

DEUX : Ce que je voudrais connaître aussi, c'est la rue où je me relèverai. Parce que, tomber, ça va bien un moment.

UN : Oh ! ben alors ! si vous commencez à faire de l'esprit, hein ? moi je ne dis plus rien. Vous n'avez qu'à acheter un plan de Paris.

DEUX : Non, non... je vous remercie bien de

m'avoir indiqué toutes ces rues avec la manière de tomber dedans.

UN : Maintenant, vous pouvez aussi prendre le métro.

DEUX : Non, merci. Un jour je rentrerai dans mon pays.

UN : Qu'est-ce qu'il y a ? Vous êtes triste ?

DEUX : Non. C'est Paris qui est triste.

UN : Avec ça que votre pays, il est follement gai ! Parce qu'on peut dire que pour un pays désopilant, c'est un pays désopilant, votre pays.

DEUX : Oh, ben vous, vous y êtes passé en automne, juste au moment des vendanges, alors... C'est pas pareil. C'est en hiver, qu'il faut voir ça. Et puis vous ne connaissiez personne, vous n'êtes pas entré en contact avec les habitants.

UN : Parce que les habitants, naturellement, c'est pas des Parisiens ! C'est des gens qui rigolent !

DEUX : En tout cas, ce n'est pas des gens qui n'arrêtent pas de rouler en automobile dans des rues qui ne sont pas faites pour ça.

UN : En quoi ils roulent, s'ils ne roulent pas en automobile.

DEUX : Pas en métro non plus, pas à moto, ni à vélo, ni même à patinette.

UN : Alors ils ne roulent pas ?

DEUX : Si. Ils roulent. Comme tout le monde !

UN : Alors, comment ils roulent ?

DEUX : Sur eux-mêmes. Ils roulent sur eux-mêmes. Ils se couchent tout en haut d'une pente, sur le côté, et puis ils se laissent rouler tout en bas.

UN : Pourquoi ?

DEUX : Parce que mon pays, c'est un pays de montagne.

UN : Et ça les amuse, de rouler comme ça ?

DEUX : Oui. Oh, pas tous. Pas les vieillards, bien sûr. C'est surtout les enfants que ça amuse.

UN : Et où ça les mène, de rouler comme ça.

DEUX : Au bas de la pente. À rien peut-être... En tout cas, c'est par plaisir, qu'ils roulent. Ce n'est pas comme tous vos Parisiens d'automobilistes, qui roulent par devoir. Il n'y a qu'à voir la figure qu'ils ont, avec leur volant dans l'estomac.

UN : Vraiment, je ne sais pas ce que vous avez contre les automobiles. Qu'est-ce qu'elles vous on fait ?

DEUX : Rien encore. Enfin... peu de chose. Mais, à chaque fois que je traverse un passage clouté, je sens bien qu'elles me feront quelque chose un jour.

UN : En tout cas, quand j'ai « traversé » votre pays, moi, ça ne m'a rien fait du tout. Je me suis ennuyé.

DEUX : C'était l'automne. En automne, chez moi, les enfants ne roulent plus dans l'herbe le long des pentes. C'est le printemps, seulement. L'automne, chez nous, on ne récolte que le raisin. Il faut attendre l'hiver pour connaître vraiment mon pays.

UN : Je voudrais bien savoir ce qu'on récolte en hiver, dans votre pays.

DEUX : C'est pour cela que j'aimerais tant que vous y alliez ce mois-ci. Vous verriez comme les montagnards de mon pays sont à la fois fiers et méfiants. Fiers de leur richesse, et méfiants à l'égard de ceux qui voudraient la connaître. Et c'est vraiment le signe qu'on a gagné leur confiance lorsqu'ils nous disent : Restez là un moment, et qu'ils s'en vont chercher pour vous, sur la montagne, un peu de cette substance précieuse qu'ils viennent d'y récolter. Ils vous la rapportent dans le creux de leur main, ils vous disent : Venez voir, et alors, dans un coin, mystérieusement, ils vous montrent cet échantillon minuscule du grand trésor qui n'appartient qu'à eux. C'est blanc, c'est froid, au bout d'une minute il n'en reste plus rien, et ils vous disent, avec un sourire de triomphe modeste : Vous venez de voir un peu de notre neige.

UN : Et alors, qu'est-ce que vous leur répondez, à ce moment-là ?

DEUX : Vous leur répondez : Merci, naturellement.

UN : Eh bien moi, si en automne, chez vous, au lieu de faire de la neige, on fait du vin, moi, je préfère l'automne.

DEUX : Eux aussi, bien sûr. La neige, c'est pour les étrangers, pour les touristes. Le vin, ils le gardent pour eux. C'est comme les limandes.

UN : Les limandes ? Il y a des limandes, dans votre pays ?

DEUX : Mais oui.

UN : Des limandes dans la montagne !

DEUX : Mais oui. Ce sont des limandes comme les autres, mais comme les anguilles, elles migrent. Elles sortent de la mer au début de l'hiver, et puis, quand il commence à neiger, elles grimpent le long des pentes, sous la neige, en s'agrippant avec leurs dents. Quand elles sont arrivées en haut, vous savez comme sont les limandes ?

UN : Plates.

DEUX : Alors elles se laissent glisser, à plat, sur les pentes neigeuses. Pour s'arrêter, quand elles ont envie de s'arrêter, elles plongent, la tête la première. C'est la Limande-des-Neiges.

UN : Et quand la neige fond ?

DEUX : Au printemps ? Ah, alors, celles qui n'ont pas eu le temps de remonter jusqu'aux neiges éternelles, c'est fini : elles s'arrêtent. On ne retrouve plus que leurs arêtes. Dans l'herbe jaune.

UN : Ah !... Vous me racontez des mensonges.

DEUX : Bien sûr.

UN : Pourquoi ? Qu'est-ce que je vous ai fait ?

DEUX : Vous, rien. C'est Paris qui m'embête !

MONSTRES SACRÉS

UN : Dans Bérénice, elle était extraordinaire. Je l'ai vue vers 1900, 1901. Mais je m'en souviendrai toujours. Elle avait une façon de s'amener, vous savez... comme ça : pof ! C'était Bérénice. Et pourtant, moi, je connais bien Bénérice, ça aurait dû me choquer de la voir arriver comme elle arrivait, en costume de golf, avec un chapeau melon, et le visage tout noir. Eh bien non, c'était Bérénice.

DEUX : Elle avait du charme.

UN : Non. Vous pensez, à l'époque, elle avait dans les soixante-dix ans, et à dix-huit ans déjà elle était laide comme un bout.

DEUX : Comme un pou, vous voulez dire.

UN : Je ne sais plus. Non, comme un bout, mais, un bout de quoi ? je ne pourrais pas vous dire. Un bout de fromage, peut-être, mais quel fromage, là, vous m'en demandez trop. Mais alors ! Pour une Bérénice, c'était une Bérénice. On se demande où elle allait chercher ses trucs. Je la vois encore : elle faisait son entrée comme ça. En marchant.

DEUX : En marchant ?

UN : Oui. Comme ça, tenez : le pied gauche par terre, elle levait le pied droit, et hop ! Elle le posait devant le pied gauche. Et à ce moment-là, couic ! Au lieu de continuer à se servir de son pied droit, n'est-ce pas ? Comme on s'y attendait ; puisqu'elle avait commencé à remuer celui-là, il n'y avait pas de raison pour qu'elle change... eh bien non : elle laissait son pied droit par terre, et zioupe ! Voilà son pied gauche qui s'envole. Médusé, on était. Et alors, tenez-vous bien, au moment où on se dit : tiens elle a changé de pied, c'est le pied gauche qui est important et qui va tout faire, ha ! — Elle vous le repose tout bonnement par terre, comme s'il ne l'intéressait plus, on voit qu'elle pense : non, tout compte fait, je préfère l'autre, et voilà son pied droit qui repart. Et comme ça jusqu'à ce qu'elle soit arrivée au milieu de la scène, jamais le même pied deux fois de suite : droite, gauche, droite, gauche, droite, sauf une fois, pour éviter la monotonie, où elle utilisait le même pied trois fois de suite : Tim, ti-tim, ti-tim. Vous pensez ! Rien que ça, le public à la fin il était tendu comme une arbalète.

DEUX : Mince.

UN : Alors, là, vous comprenez, elle prenait tout son temps. Elle remontait sa culotte de golf, elle se mouchait, ça aurait pu durer des heures.

DEUX : Ah ça ! c'est le suspince, qu'est-ce que vous voulez.

UN : Et alors tout à coup, quand il y avait déjà la moitié de la salle qui avait fichu le camp, croyant que c'était fini, voilà son silence qui grossit, qui grossit, elle ne bouge plus d'un poil, ça devient d'une pesanteur qu'on aurait dit un orage, et... Crac ! La voilà qui parle.

DEUX : Mince.

UN : Ha ! Alors là ! C'était le coup de bambou, la façon comme elle parlait !

DEUX : C'était encore mieux ?

UN : Ho ! C'est que ses effets, elle savait les graduer. Toujours de plus en plus forts. Elle ne vous lâchait pas. Tendu comme une arbalète, on était ? On n'en pouvait plus ? Eh ben la seconde d'après, c'était plus comme une arbalète, qu'on était tendu, c'était comme une catapulte !

DEUX : Mince.

UN : Écoutez. Moi, je connais Bérénice par cœur, hein. À l'époque, même, je peux dire que c'était sur le bout du doigt que je la savais par cœur, Bérénice. Eh ben croyez-moi si vous voulez, je ne reconnaissais plus le texte. Elle avait une façon de vous resservir ça, on n'aurait plus dit la même chose, c'était tout neuf, comme si ça venait de sortir de la bouche de Racine. Tenez, sa première tirade, quand Bérénice entre, là, juste après ce silence énorme où elle se mouchait, et tout, ah ! Moi, rien que d'y penser, c'est bien simple, je suis suffoqué.

DEUX : Suffoqué, oui.

UN : Elle tapotait d'abord une ou deux fois son partenaire sur l'épaule comme ça, et puis elle disait... Sans intonation, comme ça, elle disait... Hahhhh...

DEUX : Mince.

UN : C'est pas fini, attendez. Elle disait hahhhh... Tu dors, Brutus ?

Un temps.

DEUX : Pourquoi elle disait ça ?

UN : Comment, pourquoi ? Je suppose que c'est parce qu'il dormait, ce brave homme.

DEUX : Oui. Oui... Ça, sûrement. Il devait même dormir profondément, Brutus, ce soir-là, si on jouait Bérénice.

UN : Ah mais je vous l'ai dit : on ne reconnaissait plus le texte. Attendez que je me souvienne. Hahhh... tu dors Brutus ? elle faisait. Et puis elle se penchait sur lui avec une expression langoureuse, sensuelle, vous savez ? Comme ça, et elle disait : Oui ! c'est Agamemnon, c'est ton roi qui t'éveille.

DEUX : Mince.

UN : Hein !

DEUX : Pourtant, elle le savait bien, que ce n'était pas vrai.

UN : Non. Elle était vraiment dans la peau de son personnage. Elle y croyait.

DEUX : C'est beau, ça.

UN : Elle mélangeait tout, mais elle y croyait. Elle croyait à tout, globalement, sans distinction. Faut dire aussi qu'en 1900 elle n'était déjà plus ce qu'elle était en 1855.

DEUX : Oui. Elle buvait.

UN : Oh, y avait pas que ça. Mais quelle actrice !

DEUX : Je l'ai vue l'année dernière encore, dans Phèdre. Moi, une femme comme ça, j'appelle ça... savez-vous comment ?

UN : Non.

DEUX : Un monstre sacré. Un sacré monstre, si vous voulez, mais un monstre sacré.

UN : Et... bonne nageuse, en plus.

DEUX : Remarquez, moi, quand je l'ai vue dans Phèdre, c'est-à-dire l'année dernière, on peut dire qu'elle avait complètement renoncé à la natation.

UN : Et pourtant, Dieu sait si elle nageait bien !

DEUX : Oui, mais...

UN : Ce style ! Et non seulement elle nageait bien, mais elle nageait vite !

DEUX : Oui, mais...

UN : Je l'ai vue en 1927 dans le bassin d'Arcachon, eh bien on aurait dit une torpille.

DEUX : Oui, mais l'année dernière, quand même, le théâtre, pour elle, c'était le bout du monde. À son âge vous savez...

UN : Oui.

DEUX : Parce que dans la natation, malgré tout, il y a un facteur qui joue, n'est-ce pas, c'est l'eau.

UN : L'eau, oui. Au théâtre, il n'y a pas d'eau.

DEUX : Non, surtout dans une pièce comme Phèdre, où il n'y a pas de mise en scène à proprement parler. Quand ils ont besoin de la mer, par exemple, eh bien Hippolyte, on ne le voit pas courir sur la place avec ses chevaux, au moment où il faut qu'il se casse la figure, non, eux, ils ne se cassent pas la tête, ils vous font tout bonnement un petit récit de Théramène, et puis on n'en parle plus.

UN : Vous pensez ! C'est bien plus commode.

DEUX : Ah non, ce n'est pas comme...

UN : Du tout.

DEUX : Du tout du tout.

UN : Du tout du tout.

DEUX : Non. Mais... euh... qu'est-ce que je disais, déjà ?

UN : Sais plus.

DEUX : Ah oui ! L'année dernière, dans Phèdre, eh bien elle avait dans les... euh...

UN : Quatre-vingt-sept, quatre-vingt-huit ans.

DEUX : Oui, eh bien je vous jure que...

UN : Elle ne les paraissait pas.

DEUX : Si. Tous. On aurait pu les comparer, tous les quatre-vingt-huit, tellement on les voyait. Et même quatre ou cinq ans de plus, qui s'étaient glissés dans le tas, pour faire nombre. Mais alors ! quelle présence !

UN : Vous pensez ! déjà à quinze ans, elle avait de la présence. Alors, à quatre-vingt-huit, vous pensez ce que ça peut faire, on ne peut plus appeler ça de la présence, ça devient de l'insistance, ce qu'elle a maintenant.

DEUX : Écoutez, je n'ai jamais employé ce mot-là à propos de personne, mais dans Phèdre je l'ai trouvée... ah oui, y a pas de doute, je l'ai trouvé fourmidiable.

UN : Non.

DEUX : Ah, oui.

UN : Vous êtes sûr ?

DEUX : Non. Parce que ce mot-là, si je ne l'emploie jamais, c'est pour une raison bien simple ; je ne sais pas exactement s'il a le sens que je suppose.

UN : Fourmidiable ?

DEUX : Oui. Une chose fourmidiable pour moi,

mais je n'en suis pas sûr, c'est une chose qui donne des fourmis. Non ?

UN : À qui ?

DEUX : Au diable.

UN : Des fourmis au diable ? Des fourmis dans quoi ?

DEUX : Je ne sais pas. Dans la queue au diable, par exemple.

UN : Oui. Peut-être. Mais... Allez vérifier si une chose donne des fourmis dans la queue au diable !

DEUX : Pas possible.

UN : Pas possible.

DEUX : C'est pour ça que je n'emploie jamais ce mot-là. Enfin, disons que dans Phèdre, elle était strottinette.

UN : Oui. Ça, tout le monde comprend.

DEUX : Et pourtant, faut bien dire qu'elle n'avait plus tous ses moyens. Elle marchait plus toute seule, n'est-ce pas...

UN : Non. Fallait la porter.

DEUX : Ah, non, non. Tout de même, elle y mettait du sien. Elle marchait, on aurait dit. Seulement, on voyait bien que pour marcher, il lui fallait des domestiques. Quatre domestiques, elle avait. Il y en avait un pour le pied droit, un pour le pied gauche, un pour le buste, et puis alors une domestique pour lui tenir la tête droite. Vous comprenez, ils avaient beau s'effacer au maximum, et même au maximum, comme dit ma machine à écrire, eh ben, on les voyait.

UN : Forcément.

DEUX : Mais ça n'avait pas d'importance : elle était

là. C'était une sorte de miracle, qui s'opérait. On la posait sur un fauteuil, et le tour était joué on ne voyait plus ses domestiques, ni ses rides, rien ! on ne voyait plus que Phèdre. Alors vous pensez si on s'amusait, parce que Phèdre, c'est drôlement aux pommes.

UN : Le texte, oui, c'est éternel, on peut dire. Et beau en plus.

DEUX : « Beau », oui. Le texte, remarquez, elle avait un cinquième domestique qui le disait à sa place, en se cachant derrière son fauteuil.

UN : Ça fait rien, ça. Il restait les jeux de physionomie.

DEUX : Même pas. Les jeux de physionomie, c'était un sixième domestique qui les faisait. Il était debout derrière elle, déguisé en coiffeur, et il lui tirait sur la peau de la figure.

UN : Et c'était bien ?

DEUX : Une ovation, on lui a fait ! Elle ne s'en est même pas rendu compte, d'ailleurs, elle était complètement saoule.

UN : Oui. Avec le talent qu'elle a, elle a bien le droit de picoler un peu.

DEUX : Mais oui.

UN : Moi, je l'ai vue la semaine dernière dans...

DEUX : Britannicus ?

UN : Non. Dans... dans...

DEUX : Andromaque ?

UN : Non. Dans l'autobus... Eh bien ! eh eh eh !

DEUX : C'est pas pareil !...

UN : Non c'est pas pareil, mais...

DEUX : C'est pas pareil.

UN : Non. Mais tout de même...
DEUX : C'est pas pareil.

Fausse sortie.

CODA POUR CONCLURE ET RÉCAPITULER

UN : Non, c'est pas pareil.

DEUX : C'est un romantique.

UN : C'est un romantique, Brahms.

DEUX : Brahms.

UN : Brahms, tandis que Beethoven...

DEUX : C'est le contraire.

UN : Voilà. C'est un classique, Beethoven.

DEUX : Beethoven. Tandis que Georges...

UN : Georges ?

DEUX : Georges ! Eh bien, c'est un capitaine de dirigeable.

UN : Georges ! Comment peut-on prendre un dirigeable pour une balle de ping-pong ?

DEUX : C'est vrai, qu'elle ressemble rudement à un hippocampe, la cousine Paulette !

UN : Comme une goutte !

DEUX : Deux gouttes !

UN : Trois gouttes !

DEUX : Quatre gouttes ! c'est une goutte, puis

encore une goutte, puis encore une goutte, puis encore une goutte...

UN : Ça, ça ne fait pas quatre gouttes, ça fait de la musique.

DEUX : Tic, tac, tagadag, panpan.

UN : Vous dites panpan, mais vous me faites un ré.

DEUX, *regardant le public* : Vous êtes sûr que c'est nous, tous ces gens ?

UN : Oui, c'est Agamemnon.

DEUX : Vous les prenez vraiment pour des Grecs.

UN : Pas tous.

DEUX : Trouvez m'en un autre, de moyen, pour qu'on parle de nous dans les journaux !

UN : Mais non, c'est vous, mon vieux !

DEUX : Je n'ai jamais mis les pieds à Arcachon.

UN : Alors, ça doit être des Turcs.

DEUX : Tiens, Paulette !

UN : Tiens, ma sœur !

DEUX : Tiens, votre femme !

UN : Tiens, l'omelette du chef !

DEUX : Garçon !

UN : Garçon !

DEUX : On s'en va ?

UN : Dans un verre ?

DEUX : À pied ?

UN : Oui, c'est pas loin.

DEUX : Voilà les Turcs qui s'en vont aussi.

UN : Faites pas la bête !

DEUX : Prenez la porte du fond, vous tombez dans la rue de... *(Nom de la rue du théâtre.)*

UN : Bonsoir !

DEUX : Bonsoir !
UN : Bonsoir !
DEUX : Bonsoir...
UN : Bonsoir...
DEUX : Bonsoir... *(etc.)*

FIN DES DIABLOGUES

AUTRES INVENTIONS À DEUX VOIX

L'APÉRITIF

UN : Heureusement que vous êtes là.

DEUX : Bien gentil de me dire ça. Vous avez besoin de moi ?

UN : Je ne sais pas encore, mais je suis un peu inquiet. Vous ne me trouvez rien de spécial ?

DEUX : Non, rien. Qu'est-ce que vous avez ?

UN : Ah, vous voyez, vous me demandez ce que j'ai.

DEUX : Non, non, je vous jure que ça ne se voit pas.

UN : « Ça ne se voit pas ! » Qu'est-ce qui ne se voit pas ?

DEUX : Je ne sais pas. Je ne vois rien.

UN : Comment, vous ne voyez rien ! Regardez-moi ! Vous n'allez pas me dire que vous ne voyez pas mon nez, par exemple.

DEUX : Bien sûr que si, je le vois. Qu'est-ce qu'il a, votre nez ?

UN : Mon nez ? Mais c'est à vous de me le dire, s'il a quelque chose, mon nez ! Il a quelque chose d'extraordinaire ?

DEUX : Absolument pas. Un peu rouge, peut-être.

UN : Je pense bien. Je suis complètement soûl.

DEUX : Vous ! Mais ça ne vous arrive jamais !

UN : Jamais. Je ne sais pas ce qui m'a pris. C'est la faute à Georges. Il a voulu absolument me faire goûter un nouvel apéritif. « Tu verras, c'est sensationnel ! » il me dit. Et puis voilà. Oh, mais c'est que je ne vais pas bien du tout.

DEUX : Vous ne supportez pas l'alcool.

UN : D'habitude, si. Mais en réalité, ce doit être un apéritif sans alcool.

DEUX : Alors, vous ne pouvez pas être soûl.

UN : Vous avez raison. Je ne suis pas soûl à proprement parler. C'est quelque chose de tout différent.

DEUX : Comment il s'appelle, cet apéritif ?

UN : Je ne sais plus. Du pnipe ou du strape, quelque chose comme ça.

DEUX : Et c'est bon à boire ?

UN : Ce n'est pas mauvais. Ça n'a absolument aucun goût. Ça rappelle un peu l'eau, vous savez ? L'eau du robinet. Ils disent qu'il faut boire ça glacé. Georges en raffole. C'est tout nouveau. Et puis c'est tonique. Mais la prochaine fois, je prendrai un vermouth. Oh, voilà que ça recommence.

DEUX : Vous souffrez ?

UN : Pas du tout, non. Ça se déplace. Tenez, en ce moment, c'est dans le genou.

DEUX : Montrez voir.

UN : Vous voyez quelque chose ?

DEUX : Oui, je vois votre genou.

UN : Oui, mais mon genou : rien d'anormal ?

DEUX : Rien.

UN : C'est bien ce que je pensais. C'est à l'intérieur que ça se passe.

DEUX : Mais, qu'est-ce que vous ressentez exactement ?

UN : Absolument rien.

DEUX : Comment, rien ?

UN : Enfin, je ressens mon genou, comme d'habitude, mais à part mon genou, je ne ressens absolument rien. Hop ! c'est parti ! Ça va mieux. Une chose certaine, c'est que c'est la dernière fois que je bois un apéritif sans savoir ce que c'est. Tenez, goûtez, j'en ai acheté une demi-bouteille.

DEUX : Je veux bien. Un liquide qui ne me ferait rien, tiens ! Je voudrais bien savoir ce que ça me fait. Fft...

UN : Pas trop vite. Alors ?

DEUX : Vous avez raison. Tous ces trucs-là, c'est chimique.

UN : Je sens que ça revient.

DEUX : Vaudrait mieux appeler un docteur.

UN : Qu'est-ce que je lui dirais au docteur ? Je vous le dis, c'est indéfinissable. Regardez ma tête. Vous ne vous apercevez de rien ?

DEUX : Non.

UN : Eh bien moi non plus. Dans ma tête, en ce moment, c'est exactement comme si je n'avais pas bu cet apéritif.

DEUX : Mais alors, comment vous rendez-vous compte que c'est dans votre tête ?

UN : Je m'en rends compte, parce que c'est dans ma tête que ça se passe.

DEUX : Essayez de penser à votre pied, pour voir.

UN : À mon pied ? Qu'est-ce qu'il a, mon pied ?

DEUX : Peut-être qu'il n'a rien, mais essayez tout de même.

UN : Ah oui... ah oui, maintenant que vous m'y faites penser, oui, j'éprouve la même sensation dans mon pied... attendez... eh bien oui, je l'éprouve aussi dans l'autre pied... et dans les mollets... et aussi dans le dos... oui, maintenant, c'est partout pareil.

DEUX : Vous m'effrayez. Vous êtes sûr que c'est cet apéritif ?

UN : Qu'est-ce que vous voulez que ce soit ?

DEUX : Vous n'avez pas l'air de souffrir.

UN : Non, non. Je suis pris des pieds à la tête. Et des pieds à la tête, c'est exactement la même chose, ça me fait... ça me fait...

DEUX : Mais dites-le, à la fin, ce que ça vous fait ! Pour que je sache ce que ça va me faire.

UN : Eh bien, ça me fait... Ça me fait rien du tout. Absolument rien du tout. C'est extraordinaire.

DEUX : Oui, eh bien voulez-vous mon avis ? Ce n'est pas votre apéritif qui vous fait cet effet-là. Parce que moi, ça me fait pareil.

UN : Alors qu'est-ce que c'est ?

DEUX : C'est l'existence.

UN : L'existence ?

DEUX : Oui, l'existence. Je le sais, parce que moi, l'existence, ça me fait la même chose. À chaque fois que j'existe, c'est pareil.

UN : Vous existez souvent ?

DEUX : Non, j'ai autre chose à faire. C'est vous, avec votre apéritif.

UN : Moi, ça ne m'était jamais arrivé.

DEUX : C'est la première fois que vous existez ? Ça s'arrose ! Venez, je vous paye l'apéritif. Un bon apéritif, là, qui existe depuis des siècles.

UN : Je veux bien, mais dites-moi, ça ne se voit pas trop, que j'existe ?

DEUX : Il n'y a pas de honte. Et puis de toute façon, l'existence, vous verrez, ça s'en va comme c'est venu, plus facilement qu'une migraine et sans aspirine.

LA POCHE ET LA MAIN

UN : Ce que vous en avez, des noix ! dites donc !

DEUX : Plein ma poche.

UN : Eh ben ! Jamais on n'arrivera à manger tout ça. C'est qu'elle est grande votre poche !

DEUX : C'est une poche à soufflets.

UN : Vous vous habillez pratique. Votre tailleur c'est qui ?

DEUX : Je m'habille toujours chez Marron, parce que pour le complet, c'est la couleur que je préfère. On peut se rouler dans n'importe quoi, personne n'y voit rien. Mais il n'y a que le complet qui soit de chez Marron. Les poches, je les fais toujours poser après, par un spécialiste. Vous voyez : une poche pour chaque chose, il n'y en a pas une pareille. Une poche pour la main droite, une poche pour la main gauche, et pour y mettre la main droite, dans la poche de gauche, faut pas y penser, on n'y arrive pas.

UN : Forcément, faudrait que vous vous tordiez en spirale. Ou alors que vous vous mettiez à l'envers dans votre pantalon.

DEUX : Vous voulez rire. Même en me mettant à

l'envers dans mon pantalon, ma main droite n'entrerait pas dans ma poche gauche. C'est comme si vous vouliez y mettre une orange, elle n'y tiendrait pas. C'est des poches sur mesure. À l'intérieur, c'est fait comme des gants.

UN : Et alors ?

DEUX : Eh ben, c'est comme si je voulais mettre ma main droite dans un gant gauche, c'est pas possible.

UN : Pourquoi ? Vous n'avez pas les deux mains faites pareilles ?

DEUX : Comment ! « Je n'ai pas les deux mains faites pareilles ! » Elles sont aussi pareilles que les vôtres, mes mains. Regardez. Si on ne les voyait pas ensemble, on les prendrait l'une pour l'autre, tellement elles se ressemblent.

UN : Si elles se ressemblaient tant que ça, elles pourraient entrer dans le même gant.

DEUX : Oui. Y a quelque chose de pas normal, là-dedans. Montrez-moi voir les vôtres.

UN : Moi c'est pas pareil, j'ai des poches ordinaires, des poches de chez Poche, où on peut mettre n'importe quoi. Ça ne me gênerait pas si mes deux mains n'étaient pas tout à fait semblables. Je pourrais mettre mon pantalon à l'envers tout de même.

DEUX : Ben vous voyez, ça trompe, les mains. On a l'impression comme ça, qu'elles se ressemblent, et même on serait embêté s'il fallait dire ce qu'elles ont de différent, et puis...

UN : Ce qu'elles ont de différent surtout, la main droite et la main gauche, c'est qu'elles ne sont pas situées au même endroit.

DEUX : Ça c'est vrai. Mais il y a autre chose, c'est qu'en réalité, elles font semblant de se ressembler. Regardez bien.

UN : Oui, vous avez raison. Elles font semblant. Laquelle des deux croyez-vous qui imite l'autre ?

DEUX : Sais pas. Ça doit être la plus jeune qui imite la plus vieille.

UN : Pas possible. Moi, mes deux mains, elles ont le même âge.

DEUX : Quel âge elles ont ?

UN : Le même âge que moi.

DEUX : En tout cas, vos mains, elles sont comme les miennes : elles s'imitent très mal.

UN : Oui. Ça serait plutôt le contraire d'une imitation. Parce que plus je les regarde, plus je trouve qu'elles sont différentes. Au point qu'il y a rien de plus différent de ma main droite que ma main gauche.

DEUX : C'est bien simple, entre les deux, il n'y a que des différences. C'est même une réussite, d'arriver à être dissemblable à ce point-là.

UN : Vous croyez qu'elles l'ont fait exprès ?

DEUX : Sûrement. Y a une main qui s'est dit : faut pas que je sois comme l'autre main et elle a pris exactement le contre-pied.

UN : Oui. C'est drôle. Comme moyen d'arriver à se ressembler, c'est pas banal, ça. Comme quoi il n'y a rien qui ressemble à une chose que le contraire de cette chose.

DEUX : Oui. C'est riche d'enseignement, d'être bimane. On n'a qu'à regarder ses deux mains pour se rendre compte que l'esprit de contradiction est tout de même capable d'obtenir de beaux résultats.

UN : Tenez, votre main droite, eh bien, elle ressemble bien plus à ma main droite que ma main gauche.

DEUX : C'est pour ça qu'il faut être deux pour se serrer la main. Vos deux mains toutes seules, elles n'auraient jamais l'idée de se serrer la main.

UN : Elles pourraient pas, regardez : elles ne vont pas ensemble. Elles n'entrent pas l'une dans l'autre.

DEUX : Et c'est encore un enseignement, ça. Le bon Dieu, s'il avait voulu nous faire comprendre qu'il faut se serrer la main les uns les autres, il ne s'y serait pas pris autrement. Parce que je ne sais pas si ça vous fait comme à moi, mais moi, rien que d'avoir essayé de me donner une poignée de main, eh ben ça me donne des envies de main droite dans ma main droite.

UN : Tenez, voilà la mienne.

DEUX : Bonjour. Comment ça va ?

UN : Pas mal et vous ?

DEUX : Oui. C'est un peu bête de se dire ça, comme ça.

UN : C'est un réflexe. Ce doit être comme ça que la vie sociale a pris naissance chez les hommes. Comme ils ne pouvaient pas se serrer la main chacun tout seul dans son coin, ils ont eu l'idée de se serrer la main entre eux, alors fatalement, ils se sont dit : bonjour comment ça va. À partir de ce moment-là, ils se sont mis à causer. La glace était rompue.

DEUX : Et ça, ça ! Ce n'était possible que pour le genre humain, justement ! Parce qu'il fallait au moins avoir deux mains, ce que n'avaient pas les éléphants par exemple, qui sont tellement intelligents par ailleurs...

UN : Les éléphants, y a un facteur qui joue, c'est la trompe.

DEUX : Oui... Et il fallait pas non plus en avoir plus de deux, des mains. Parce que, regardez les singes qui en ont quatre, eh bien rien ne les empêche de se serrer la main droite tout seul avec l'autre main droite, la main droite du pied. Résultat, les singes sont restés des singes, et pour la vie sociale, ils lui ont dit adieu. Tandis que nous, on n'est pas restés des singes, vu qu'on avait des pieds.

UN : Comment, « on avait des pieds ! » Mais mon cher, on les a toujours ! Jetez un coup d'œil par terre, ils sont là.

DEUX : Eh oui ! Solides au poste. Dans leurs chaussures.

UN : Oui. Sacrifiés, dans un sens, car ce ne doit pas être bien drôle, l'existence du pied. Le soulier comme confort, on a beau faire, ça ne vaut pas le gant. Ça ne vaut pas la poche.

DEUX : Pauvres pieds, qu'on ne met jamais dans ses poches. Qui ne se serrent jamais entre eux. Comme ils sont loin de nous !

UN : Rien de moi n'est plus loin de moi que mes pieds. Quelle tristesse dans leur exil...

DEUX : Et pourtant c'est sur eux que repose le genre humain, c'est à eux que nous devons d'être mieux que des singes, et c'est parce que nos pieds sont captifs que nous avons les mains libres !

UN : Et la tête ! Libre. Car finalement, les singes, qui paraissent plus doués que nous pour un tel exercice, ce n'est pas eux qui jouent du piano à quatre mains : c'est nous.

DEUX : Tout de même, il faudra que je demande à mon spécialiste s'il ne pourrait pas me faire des poches à pied, dans mon complet Marron.

UN : Non. Il ne faut pas les habituer à la paresse, les pieds. « Qui se promène les pieds dans ses poches, il arrive qu'il croie marcher encore, cependant que déjà, et sans que rien l'en avertisse, il rampe. »

DEUX : Quoi ?

UN : C'est un dicton du folklore cul-de-jatte.

DEUX : Enfin, tout ça pour vous dire qu'en ce qui concerne les noix, on ne mourra pas de faim ; ma poche à noix, on ne pourrait plus y loger une noisette, tellement elle est pleine.

UN : Vous en avez des poches !

DEUX : Et encore, il y en a que vous ne voyez pas. Il y en a des secrètes. J'ai quelque part par là une poche à cœur, par exemple.

UN : Vous avez des cœurs dedans ?

DEUX : En ce moment, je n'en ai pas beaucoup. Je n'arrive plus à en trouver. Je n'ai qu'un cœur dans ma poche à cœurs, mais faut dire qu'il est plutôt lourd.

UN : C'est le cœur à qui ?

DEUX : C'est le cœur à moi.

UN : Et ça, c'est une poche à quoi ?

DEUX : C'est une poche à poches. C'est là que je range les poches dont je ne me sers pas.

UN : Et qu'est-ce que vous avez encore comme poche secrète ?

DEUX : La grande...

UN : La grande ?

DEUX : La grande poche. La poche à moi, la poche à vous. La poche à nous, quoi.

UN : Si elle était si grande que ça, cette poche, on devrait la voir.

DEUX : C'est que vous ne regardez pas où il faut.

UN : Où est-elle cette grande poche ?

DEUX : Je ne sais pas où elle est. Mais nous on est dedans.

TRAGÉDIE CLASSIQUE

UN : Au Gala de l'Union ?

DEUX : Non.

UN : Au Théâtre Français ?

DEUX : Non.

UN : Au Palais de Chaillot ?

DEUX : Non, au Théâtre Français.

UN : Au Théâtre Français, ou au Palais de Chaillot ?

DEUX : Je ne sais pas. Au Théâtre Français ou au Palais de Chaillot, peut-être ailleurs. En tout cas, c'était rudement bien joué. Une tragédie, c'était.

UN : De Racine ?

DEUX : Non.

UN : De Corneille ?

DEUX : Non, de Racine.

UN : De Racine, ou de Corneille ?

DEUX : De Racine ou de Corneille, je ne sais plus. En tout cas, c'était rudement beau. Beau, et émouvant, surtout. On était ému !

UN : Vous étiez avec votre femme ?

DEUX : Non.

UN : Vous étiez seul ?

DEUX : Non, j'étais avec ma femme.

UN : Vous étiez seul, ou avec votre femme ?

DEUX : Je ne sais plus, tellement c'était beau, tellement on était ému. Ma femme, surtout, était émue. D'ailleurs, je dis ça, c'est des suppositions : ma femme, je ne l'ai pas revue depuis. Elle a dû rester au théâtre, tellement elle était émue, sur son strapontin. Moi, je peux dire que je suis sorti du théâtre, puisque je suis ici, n'est-ce pas ? Mais comment ça s'est fait, je ne peux pas vous le dire. J'ai dû suivre la foule, en somnambule. Je ne me suis réveillé que le lendemain, chez Paulette. C'était tellement beau !

UN : Si beau que ça ?

DEUX : Le début, surtout, on était sous le charme ! c'était !... Parce que, après, vous savez, les vers ! On est tellement sous le charme, quand ils sont beaux, que, au bout d'un moment, on a tendance à s'assoupir.

UN : Vous ne pourriez pas essayer de me réciter quelques vers du début, peut-être que je reconnaîtrais.

DEUX : Si ! Si ! Sûrement... Seulement voilà...

Il cherche.

UN : Vous n'avez pas de mémoire ?

DEUX : Moi ? Quand je suis ému, j'ai une mémoire d'outre-tombe. Suffit que je sois ému. Seulement ma mémoire, elle a beau être hallucinante, attendez voir... Je ne sais pas ce que j'en ai fait.

UN : Vous avez votre mémoire sur vous ?

DEUX : Oui, dans un bout de papier journal.

Pourvu que je ne l'aie pas perdue... Ah ! tenez ! la voilà ! Me rappelais pas la poche où...

UN : Elle est toute petite...

DEUX : Oui. C'est une mémoire qui me vient de mon grand-père. Il paraît qu'elle a appartenu à un cheval.

UN : Mince.

DEUX : Tenez, vous allez voir comment elle va vous le restituer sur le bout du doigt, ce début de tragédie. Rien que d'y penser, ça me fait mal aux nerfs.

UN : Comment ça marche ?

DEUX : Faut appuyer dessus. Allez, calez-vous dans votre fauteuil et écoutez-moi ça.

UN : Vous appuyez ?

DEUX : Oui, avec mon pied... Voilà.

Trois coups.

Z'entendez ? Les trois coups. Alors le rideau s'ouvre, ça représente quelque chose d'abstrait, dans les blanc et noir, avec une touche de rouge, et les voilà qui entrent : crac, crac, ça c'est leurs chaussures qui font ça. Tenez-vous bien, ils vont se mettre à causer : « Quoi ? »

UN *(BUTANE)* : Quoi : « quoi » ? Ah... *(Il joue :)*
Quoi, seigneur, je vous vois ! À peine sur sa tour
Le guerrier, de sa trompe a rallumé le jour,
Et déjà !...

DEUX *(ÉNÉE)* :
Ma présence a de quoi te surprendre,
Butane, je le sais. Depuis que de mon gendre
Ces murs trop glorieux protègent le sommeil,

Il n'est plus de repos pour mon antique orteil.
Ô murs ! de mon enfance, hélas ! dépositaires !
Et qui serez bientôt mes pierres funéraires,
Vous seuls pouvez savoir ce que pèsent mes pas !
C'est de vous qu'en marchant j'espère mon trépas,
Et mon seul réconfort est que, plus d'une année,
Vos ruines survivront à la ruine d'Énée !

UN *(BUTANE)* :

Votre ruine, seigneur ? Aujourd'hui que vos ans
N'ont pas encore atteint leur énième printemps ?

DEUX *(ÉNÉE)* :

Je suis jeune, il est vrai ! Mais pour avoir des billes,
À qui se sert du feu, qu'importe les torpilles ?

UN *(BUTANE)* :

Le feu, pour un monarque, a des attraits nouveaux
Qui n'ont pas, des canons, fait resplendir les veaux.
Et j'en sais plus d'un seul qui, par cette campagne,
Aspirerait sans honte aux honneurs de l'Espagne.
Et s'il vous faut sans feinte avouer mes pensers...

DEUX *(ÉNÉE)* :

Na na na, na na na, Butane, je le sais !
Chacun par son nana, de mon excès de gloire,
A pu sans en rougir m'en imputer l'histoire.
Et mes larmes, na na, témoigneraient assez,
Que leurs crimes jamais ne seront effacés.

UN *(BUTANE)* :

Quoi ! Vous na na na na, seigneur, en vos alarmes,
Le na na na des pleurs et le nana des larmes ?

DEUX *(ÉNÉE)* :

Nana, Butane ! Hélas ! Et renana nana.
Des jours de ma nana, na na me souvenir ?

Nanana nanana nanana nanana.
Nana, nanananana, nanana nanana.
Na na nanananana, nanana nanana.
Na, nanananana nanana nanana.
Nanananana na na nanana nanana !
Nanana nanana ! Nanana nanana :
Nanana nanana nanana nanana.
Nana...

DEUX, *cesse de jouer* : Oui, là, bien sûr, ça devient un peu vague. C'est à ce moment-là que j'ai commencé à m'assoupir, alors, forcément ma mémoire aussi.

UN : Quand même, je n'aurais pas cru que vous eussiez une mémoire aussi bonne.

DEUX : Ah ! quand c'est beau, ça reste.

UN : C'est beau ça : nanana nanana nanana nanana...

DEUX : Oui, hein ?

UN : Tout de suite on reconnaît Racine.

DEUX : Ou Corneille.

UN : Ou Corneille, oui. Nana nanananana nanana nanana.

DEUX : Nanana nanana nanananana nana...

UN : Y a qu'en France, qu'on fait des trucs comme ça.

DEUX : Pensez, les Anglais peuvent s'aligner, avec leur Shakespeare : nanana nanana...

UN : Nana nanananère... Ce qui est beau, surtout, c'est la mémoire.

LE PLONGEON

Un et Deux sont en maillot de bain. Ils s'apprêtent à plonger dans une rivière qu'on ne voit pas.

UN : Un, deux, trois, hop !

DEUX : Voilà, ça, c'est bien vous ! vous dites hop ! et puis vous ne sautez pas.

UN : Mais comment donc ! Je n'ai pas sauté parce que vous, vous n'avez pas sauté !

DEUX : Comment je n'ai pas sauté ! Bien entendu, que je n'ai pas sauté ! Je n'allais pas sauter tout seul !

UN : Comment, tout seul ! Nous avons dit qu'à : hop, nous plongerions tous les deux ensemble. Si vous ne plongez pas, moi, je ne plonge pas non plus, voilà tout.

DEUX : Alors, si vous ne plongez pas, ne dites pas « hop ». Parce que quand vous avez dit « hop ! » moi, pour un peu, je plongeais. Il s'en est fallu d'un rien. Heureusement que je vous ai regardé.

UN : Mais moi aussi, je vous ai regardé ! Et c'est même pour ça que je me suis retenu. J'ai même failli perdre l'équilibre. Si je ne m'étais pas retenu juste à temps, moi je serais dans l'eau en train de patauger, et vous, vous seriez toujours là en train de faire des mouvements pour vous réchauffer.

DEUX : Quel menteur vous faites ! Vous avez dit hop pour que je plonge, mais vous, vous n'aviez pas du tout l'intention de plonger. Ça se voyait bien, que vous n'étiez pas décidé.

UN : J'étais pas décidé parce que je ne veux pas plonger tout seul et que je n'ai pas confiance en vous. Et j'ai eu raison de me méfier, parce qu'enfin quoi ! Avez-vous plongé oui ou non ?

DEUX : Non, j'ai pas plongé, parce que j'étais sûr que vous ne plongeriez pas.

UN : Mais qu'est-ce que vous en saviez que je ne plongerais pas ? Il fallait plonger quand j'ai dit « hop ! » et à ce moment-là, moi aussi j'aurais plongé.

DEUX : Si vous attendez que je plonge pour plonger, moi je n'appelle pas ça plonger ensemble.

UN : Si vous cherchez la petite bête, bien sûr qu'au millième de seconde, il y en aura toujours un qui plongera avant l'autre. D'après vous, faudrait peut-être aussi décider à quelle lettre du mot « hop » il faut qu'on plonge. Parce que si vous plongez sur l'H et que moi je plonge sur le P, moi je serai en retard.

DEUX : Y a qu'à plonger sur l'O, voilà tout.

UN : Vous feriez mieux de plonger dedans.

DEUX : Quoi, dedans ?

UN : Dans l'eau.

DEUX : C'est ça que vous appelez avoir le sens de l'humour, hein ?

UN : Oui.

DEUX : Et incarner la bêtise de notre époque ?

UN : Oui.

DEUX : Ben vous vous faites des illusions. La vérité, c'est que vous êtes incapable de dire « hop » d'une manière convenable.

UN : Je dis « hop » comme on m'a appris à le dire à l'école : Hop ! avec un point d'exclamation au bout.

DEUX : Je n'ai pas entendu le point d'exclamation.

UN : Le point d'exclamation, si vous aviez plongé, c'est l'eau qui devait le faire. Il y a un point d'exclamation après « hop », parce que ça doit faire une gerbe.

DEUX : Vous confondez avec « plouf ».

UN : Mais non, « plouf », c'est le bruit du point d'exclamation qu'il y a après « hop ». Et puis, zut !

DEUX : Et le point d'exclamation qu'il y a après « zut », qu'est-ce que c'est ? « Zut », ça fait aussi une gerbe ?

UN : Non, après « zut » le point d'exclamation qui vient, il ne représente pas une gerbe, il représente un coup de pied au derrière. Et même, un coup de pied au derrière qui ne va pas tarder.

DEUX : Bon, eh ben alors, dites pas « zut ». Parce que votre pied, je l'attends. J'ai du travail pour lui.

UN : Oui, eh bien essayez un peu de l'attraper, mon pied ! Parce que si vous me faites basculer dans l'eau, je peux vous dire que j'y basculerai pas tout seul.

DEUX : Vous y basculerez avec votre pied, et puis avec l'autre pied, et puis avec votre anatomie, espèce de grande brute ! Et j'espère que ça fera une belle gerbe ! Non, mais, essayez un peu, pour voir ! Ça veut donner des coups de pied au derrière aux gens, et ça ne sait même pas dire « hop » !

UN : Oh, c'est pas parce que vous êtes tout nu qu'il faut faire le malin. Pour ce que vous êtes beau, en slip !

DEUX : Oui, ben, je suis peut-être pas beau en slip, mais moi au moins, j'ai un slip. Tout le monde peut pas en dire autant.

UN : Mais allez-y donc ! Criez-le, que je n'ai pas de slip ! espèce de gros dégoûtant ! Pour que tout le monde croie que je me produis comme ça, en plein air, pour attenter à la pudeur des gens qui pourraient passer le long du canal.

DEUX : Pas de ma faute si vous n'avez pas de slip.

UN : J'ai pas de slip, mais si vous le dites comme ça, les gens ils vont croire que ça veut dire que je n'ai rien du tout.

DEUX : Eh bien, si vous voulez que les gens sachent ce que vous avez, vous n'avez qu'à le dire vous-même. Moi, je ne veux pas. Pour moi, vous n'avez pas de slip, un point c'est tout.

UN, *à un public éventuel* : Non, mais je ne suis pas tout nu ! Je suis en caleçon !

Un temps.

Vous voilà bien avancé maintenant. On a parlé de caleçon. Pour un scandale, ça va en être un, de scandale.

DEUX : Ça c'est probable.

UN : Seulement, je le dirai ! que c'est vous qui m'avez forcé à le prononcer, ce mot !

DEUX : Quel mot ?

UN : N'essayez pas de me le faire répéter, ça ne prend pas.

DEUX : Caleçon ?

UN : Voyou !

DEUX : Enfin quoi, je ne vous ai pas obligé à le retirer, votre caleçon.

UN : C'est encore heureux.

DEUX : Moi j'appelle un caleçon un caleçon. C'est comme les bidets, les pots de chambre...

UN : Je vous dis que ça suffit comme ça !

DEUX : Je suis pas responsable, si ça existe, ça ! les bidets, les pots de chambre, les caleçons...

UN : Mais mon pauvre ami, ce n'est pas ça qu'on va vous reprocher ! Que ça existe !

DEUX : C'est quoi alors ?

UN : C'est que ça fasse rire.

DEUX : C'est pas de notre faute si ça fait rire.

UN : Non. Mais les gens, ça les vexe, qu'on les fasse rire avec des choses dont on a pas le droit de parler.

DEUX : On n'a pas le droit d'en parler parce qu'elles font rire ?

UN : Non. Elles font rire parce qu'on a pas le droit d'en parler.

DEUX : Si on ne peut pas en parler sans rire, après tout, il vaut mieux rire et en parler tout de même. Parce que si on ne parle plus ni des bidets, ni des pots de chambre, ni des caleçons, au bout d'un moment on ne saura plus ce que c'est, ils se vexeront et ils se laisseront mourir.

UN : Il y a longtemps que les caleçons sont morts. On n'en porte plus. Celui que j'ai, c'est uniquement pour l'user. C'est un héritage de mon grand-père. Vingt-huit, il m'en a légué, des caleçons. Et tout neufs encore, et solides.

DEUX : Vous n'avez pas de chance. Parce que vous êtes condamné à ne jamais parler de vos caleçons. Tandis que moi, je peux parler de mes slips. C'est pas considéré comme comique, un slip. Dire « un slip », ce n'est pas de si mauvais goût.

UN : Je vous en prie, parlons d'autre chose, vous nous rendez vulgaires. Voilà !

DEUX : Alors si on n'a plus droit de prononcer ces mots-là, merde ! Et ça tiens ! Une chose que j'aimerais bien vous dire, une fois, pour amuser le monde, devinez...

UN : C'est quoi ?

DEUX : Que vous êtes cocu.

UN : Hein ?

DEUX : Oui. Vous êtes cocu.

UN : Moi ?

DEUX : Non, pas vous !... enfin, je n'en sais rien, je vous dis : pour amuser le monde. Pour voir si ça continue à amuser tant de monde.

UN : Oui, eh bien moi, ça ne m'amuserait sûrement pas. Et puis ça a assez duré, cette conversation. On dirait vraiment que vous le cherchez, le scandale. Vous feriez mieux de plonger.

DEUX : Il y a longtemps que j'aurais plongé, si vous saviez dire « hop » d'une manière un peu convaincante.

UN : Eh bien dites-le, pour voir, puisque vous êtes si malin.

DEUX : Bon. Alors vous êtes prêt ?

UN : Je suis prêt. Ça fait une demi-heure que je suis prêt.

DEUX : Alors, on plonge ensemble, hein ? À : « hop ! »

UN : D'accord.

DEUX : Un, deux... c'est drôle, comme elle a l'air froide, cette eau, hein ? Si elle n'était pas liquide, on jurerait de la glace.

UN : Mais non. J'ai trempé mon petit doigt dedans, tout à l'heure.

DEUX : Oui, oh, mais ça ! Un petit doigt, c'est pas un thermomètre. Montrez-le-moi !

UN : Celui-là.

DEUX : Il est tout rouge !

UN : C'est rien ça, c'est la réaction. Ce que vous pouvez être dégonflé.

DEUX : Pas du tout. Allons-y. Un, deux, trois, hop ! Eh bien, alors quoi, vous restez là ?

UN : Et vous ?

DEUX : Mais moi, je vous attends !

UN : Vous êtes navrant. Allez, on va dire « hop » ensemble. Vous y êtes ?

DEUX : J'y suis.

UN *et* DEUX : Un, deux, trois...

UN : Attendez, y a une péniche.

DEUX : Voilà ce que c'est de remettre toujours à plus tard.

UN : Un peu plus, on plongeait dans le charbon.

DEUX : Il aurait été propre, le caleçon de votre grand-père.

MA NOUVELLE VOITURE

UN : Mesdames, Mesdemoiselles, Messieurs, je suis bien content. Je suis tout seul ce soir, mon partenaire habituel n'est pas venu, il doit être mort ou quelque chose comme ça, perdu, tombé dans un trou, emporté par une trombe ou par un vermouth frelaté, rappelé en toute hâte par l'Empereur qui avait besoin de lui, peu m'importe : il n'est pas là, profitons-en : je vous emmène faire un petit tour dans ma nouvelle automobile. Du reste, puisque personne ne me surveille, voilà un micro qui fera rudement joli dans ma salle à manger. Le temps de le dévisser et je suis à vous.

Bruit du micro.

Une seconde, je m'enroule le fil autour de la taille, et zioupe, zioupe, zioupe, ni vu ni connu. Huit heures deux, toujours pas là, prenons la porte. Mesdames, Messieurs, si vous voulez bien me suivre dehors...

Nouvelle, oui, mon automobile, je puis dire qu'elle l'est. Pour moi, d'abord, qui l'ai achetée hier matin, et ensuite pour tout le monde. Pas tellement nouvelle, s'écriera tout le monde, puisqu'il s'agit d'un véhicule construit en 1922. Erreur. Malgré son grand âge, nous sommes en présence d'un véhicule que peu de connaisseurs connaissent, que peu d'observateurs ont eu l'occasion d'observer, que peu de garagistes se sont trouvés dans le cas de garer, que peu de frotteurs peuvent se vanter d'avoir frotté, bref : que peu d'automobilistes ont eu la chance d'automeubler. Seuls les linguistes et les historiens en ont eu vent, et se la sont passée, les uns sur la langue, les autres dans l'histoire. En effet, de ce superbe torpédo construit en cinq exemplaires par les frères De Flers et Caillavet, un exemplaire a disparu avec ses passagers dans le lac Daumesnil vers 1925, un autre a été transformé en bahut breton par un automobiliste autonomiste, un troisième est conservé intact, hormis les pneus qu'on a dû empailler, au Muséum du Conservatoire ; un quatrième exemplaire est bien entendu entre les mains du prince Ali Khan. Quant au cinquième exemplaire, c'est moi qui l'ai.

Là, au bord de mon trottoir. C'est dire si j'y tiens. Une pièce quasiment unique. Elle est toute petite, une duègne la garde. Vous pouvez disposer, ma bonne dame. Tenez, voici un bibi, un billet de cent baba, un billet de cent balles. Cette voiture me coûte fort cher. Mais je ne regrette pas mon argent.

Entièrement construite en bois, en bois de violoncelle massif, écoutez, Mesdames, Messieurs, le son qu'elle rend quand je frappe son capot avec ma pipe...

L'AUTO : Toc, toc, toc.

DEUX : La célèbre trois-chevaux De Flers et Caillavet, trois chevaux-vapeur et demi en comptant le mulet-vapeur qui intervient seulement dans les côtes rudes, se présente à nous sous la forme coquette d'un charmant petit torpédo à chauffeur individuel. Ce chauffeur individuel, c'est moi, Mesdames, Messieurs. Elle est animée d'un avertisseur élastique du modèle poire, dont une légère pression des doigts suffit à extraire une clameur complexe. La voici.

L'AUTO : Poi, mou ! Poi, poi, mou !

DEUX : Caractéristiques originales du véhicule. À l'instar de certains fusils de chasse, le torpédo de Flers et Caillavet possède deux phares juxtaposés non pas horizontalement, comme à l'ordinaire, mais verticalement : deux phares superposés. Un mot sur les moteurs. Les moteurs sont au nombre de huit, ils se partagent les trois chevaux-vapeur à raison de zéro cheval-vapeur trois cent soixante-quinze chacun, sans parler du mulet-vapeur, également réparti entre les huit, ni de quelques pommes-vapeur écrasées çà et là dans des encoignures. Huit moteurs, pour un si petit véhicule, on me dira que c'est beaucoup. Eh bien, Mesdames, Messieurs, ce n'est pas trop. Avec ses huit moteurs, cette petite automobile, c'est à peine si elle démarre. Une trappe, heureusement, est ménagée sous les pieds du conducteur qui, sans quitter le volant, peut ainsi contribuer à la mise en marche de son torpédo. Et puis, qu'on veuille bien faire le calcul, huit moteurs, ça ne fait guère que deux moteurs par roue. C'est bien peu, c'est tout juste suffisant, car enfin, n'oublions pas qu'il y a la marche arrière.

Mais je bavarde, je bavarde !... Entrons, si vous le voulez bien, dans mon petit torpédo rouge. On n'y entre pas comme dans un moulin, Mesdames, Messieurs. À l'instar d'un coffret à bijou, la trois-chevaux De Flers et Caillavet est fermée à clef. Je cherche mes clefs... Les voilà.

LES CLEFS : Gling, gling.

UN : Un problème à présent : où se trouve la porte ? Eh bien la porte de ma voiture... Un instant, Mesdames, Messieurs, j'escalade le véhicule, me voilà en bonne place : sur le toit. Eh bien la porte de ma voiture, à proprement parler, il n'y en a pas. Étonnement général. C'est que la plupart des voitures, Mesdames, Messieurs, sont plus ou moins exactement fabriquées à la ressemblance des armoires. Leurs portes sont grosso modo du genre portes d'armoire. Moi, ma voiture imiterait plutôt la tirelire. On y entre par une fente, qui ferme à clef, tout aussi bien. Si vous me permettez, je vais l'ouvrir.

LA SERRURE : Crouic, crouic.

UN : Et maintenant, faufilons-nous dans la fente de mon auto. Là. Boum je tombe sur la banquette au poste de commande.

L'AUTO : Bzim, bzim, bzim.

UN : Première remarque : le volant. très maniable, présente une particularité : il tourne dans le même sens que les roues, parallèlement. Est-ce commode ? Est-ce qu'on ne risque pas de confondre ? Non. On s'y habitue. On s'y habitue mal, mais on s'y habitue. Il faut évidemment renoncer à bomber le torse, se creuser au maximum pour laisser au volant son libre jeu, car enfin, il faut bien qu'il tourne... euh... que dire avant de mettre en marche mes huit moteurs ?...

Ah, les sièges ! Extrêmement confortables. Vous allez voir. Je vais simuler un cahot. Et hop !

L'AUTO : Bzim, bzim, bzim.

UN : Et hop !

L'AUTO : Bzim, bzim, bzim.

c'est l'auto qui intercale ses « bzim, bzim » : Et hop ! *(bzim, bzim)* — suspendue sur ressorts — et hop ! *(bzim, bzim)* — de chez Ressort et Cie, le plus ancien fabricant de ressorts, et hop *(bzim, bzim)* — du monde de ressort du monde de ressort du monde de ressorts et hop ! *(bzim, bzim)* — de ressorts du monde de ressort du monde de ressort du monde, et hop ! *(bzim, bzim)* — du ressort du monde, de ressort, tout doux ! *(bzim, bzim)* — du monde de ressort, ça va bien comme ça, soyons sage *(bzim, bzim)* — du monde, la De Flers et Caillavet 1922 est souple aux fesses. Hop !

L'AUTO : Bzim bzim ! Bzim bzim ! Tsingue !

UN : Aïe ! Un ressort. Y en a comme ça qui pètent, on ne sait pas pourquoi et qui vous rentrent dedans à travers la banquette... Attendez, Mesdames, Messieurs, faut que je le retire... M'a fait mal, le chameau... si seulement j'avais de quoi me faire un petit pansement... Mais tout ça, Mesdames, Messieurs, n'amoindrit en rien la solidité globale du véhicule... Bon, ben je demanderai à Paulette de me coller quelque chose là-dessus... Le véhicule, en effet, est extrêmement robuste.

Robuste est le mot. Dans tous ses détails, la construction donne une impression de grande robustesse. Il n'est que de jeter par exemple un petit coup d'œil au pare-brise. Eh bien, Mesdames, Messieurs, il est robuste. C'est un pare-brise en bois. En bois, oui. Tenez, avec ma pipe sur mon pare-brise...

L'AUTO : Toc toc toc.

UN : Voilà ce que ça donne. C'est du bois. Que dire encore ? Un mot peut-être, oui... de la visibilité. Elle est irréprochable. Elle a pour base un système extrêmement robuste de petits trous. Ainsi, pour voir devant moi, par exemple, au cas où je voudrais connaître un peu à l'avance le chemin que ma voiture va parcourir, eh bien deux petits trous à la hauteur de mes yeux ont été prévus par les constructeurs. Deux petits trous bien dirigés, qui m'obligent, mais sans trop de sévérité, à loucher doucement vers un point de la chaussée. Que je ne vois pas du reste, parce que, à cet endroit-là précisément, les constructeurs ont prévu un bouchon de radiateur très volumineux, en forme de statue de la liberté. Un de mes phares, le phare supérieur, est solidement brandi en l'air par cette statue. L'autre, le phare inférieur, sert de bouchon au tuyau d'arrosage qui débouche au ras du sol, sous la plaque minéralogique. Mon automobile, en effet, peut servir, au besoin, pour arroser les fleurs.

Eh bien, Mesdames, Messieurs, je crois qu'il est temps de mettre en marche. En ce qui concerne les clefs de contact, sécurité absolue : j'en ai huit. Une par moteur.

LES CLEFS : Gling, gling, gling, gling, gling, gling, gling.

DEUX : Contact !

L'AUTO : Couic ! — couic ! — couic ! — couic ! — couic ! — couic ! — couic ! — couic !

DEUX : Le démarreur que voici est une pièce historique. Il a appartenu au duc de Richelieu, qui, du reste, ne savait pas quoi en faire. C'est pourtant simple, il suffit de tirer.

L'AUTO : Oin, oin, oin, oin, oin, ksss, ksss, ksss...

DEUX : Au cas où votre appel n'aurait pas été reçu, vous tirez de nouveau.

L'AUTO : Oin, oin, oin, oin, oin, ksss ksss ksss...

DEUX : Au temps pour le démarreur ! une troisième giclée, puis nous nous remettons à la manivelle...

L'AUTO : oin oin oin oin oin ksss ksss, criton, cratyle, caracalla, carabinne ! carabinnnne ! cataracte à carreaux, macaron, caractère à crapaud, cron, cran, cran, cran... *(etc.)*.

DEUX : Et voilà, ça tourne. Passons en première, Attention, Mesdames, Messieurs, nous partons !

L'AUTO : Cran, cran, cran, crin, couic, cricri, aille, ouille ! crétin, triple croupier, croupion, rond, rond, rond !

Accéléré.

Nian nian nian nian nian *(etc.)*...

DEUX : En seconde.

L'AUTO : Hip ! Du haddock, du haddock *(etc.)*.

DEUX : En troisième !

L'AUTO : Crotte ! Prrrrrrrrrr potache prrrrrr.

DEUX : Mesdames, Mesdemoiselles, Messieurs, nous roulons, il fait beau, les oiseaux chantent !

L'AUTO : Boum badaboum patatras, pof, bing, bang, crac ! Baoum !

DEUX : Ça y est, Messieurs, Mesdames ! Ma voiture a explosé ! Je me trouve actuellement à cinq-six cents mètres du sol, en plein ciel ! Je plane ! Tout va bien pour l'instant, mais ça va-t-il durer, je n'en sais rien. Je vous remercie de votre... attention ! attention ! attention ! — Ssschchffffloc !

LES VOISINS

Chez Un, Un et Deux regardent à travers un mur par deux trous minuscules.

UN : Il est gros, hein ?

DEUX : Non, il est petit.

UN : Oui : c'est un petit gros.

DEUX : Regardez, regardez, regardez ! le voilà parti.

UN : Zioupe ! Oh, il va revenir.

DEUX : Tiens, en voilà deux autres.

UN : Où ?

DEUX : À la lisière. Tout noirs.

UN : Ah ! — Vous êtes sûr que c'en est ?

DEUX : En tout cas ils bougent.

UN : Oui, vous avez raison. Ils n'ont pas l'air très convaincus.

DEUX : Non. Sûrement qu'ils n'iront pas loin.

UN : Et puis en plus, ils perdent je ne sais quoi, peut-être de l'essence.

DEUX : Oui : ils laissent comme un sillage. Vous croyez qu'ils le font exprès ?

UN : M'étonnerait. Ils m'ont plutôt l'air d'être crevés. Ils ont une fuite.

DEUX : C'est eux qu'ils perdent derrière eux. Ils s'arrêteront quand il n'y en aura plus, d'eux. Il ne restera plus que leur trace, en zigzag. C'est émouvant.

UN : Je voudrais bien qu'ils parviennent à la mer Rouge.

DEUX : Qu'est-ce que vous appelez la mer Rouge ?

UN : Un peu en dessous et un peu à droite de l'Arc de Triomphe.

DEUX : Ah oui.

UN : Parce que, s'ils arrivent à la traverser sans se dissoudre, ça prouvera au moins quelque chose.

DEUX : Ça prouvera quoi ?

UN : Justement : je me le demande.

DEUX : Ah ! revoilà le petit gros !

UN : Oui. Je vous dis : c'est le plus actif.

DEUX : À quoi ça peut bien lui servir, de s'agiter comme ça ?

UN : Sais pas. En tout cas, on sent bien qu'il le fait exprès.

DEUX : Ah, oui ! ce n'est pas un nerveux, comme celui-là, tenez, qui revient, avec son espèce de grand parapluie vert...

UN : Oh, celui-là ! vraiment, il me dégoûte.

DEUX : Trouvez pas qu'il tremble de plus en plus ? Il ne va pas vite, mais il tremble.

UN : Si. On a même l'impression, tellement il tremble, que la peau de son parapluie se détache, par instant. On voit le jour au travers.

DEUX : Regardez le petit gros, il s'est arrêté.

UN : Je ne le vois plus.

DEUX : Ah ? Regardez bien, entre le violet et le truc qui ressemble à un machin.

UN : Non, je vous assure, je ne vois que du bleu qui rougeoie, et du rouge qui verdoie. Je ne vois pas le petit gros.

DEUX : Là, alors, vous m'inquiétez. Pourvu qu'il ne me soit pas sauté dans l'œil.

UN : Ça n'aurait rien d'étonnant, à force de s'agiter comme il fait, ce vibrion. Clignez de l'œil, un peu. S'il est dedans, ça lui fera peur... Alors ?

DEUX : Je cligne : clic, clic, clic, mais il ne bouge pas. Clic, clic. Vous ne le voyez toujours pas ?

UN : Non. Mais voilà une parenthèse que vous n'avez jamais vue, tenez, rouge et noir, qui a l'air de tomber comme un cil.

DEUX : Ah oui ! Elle est jolie, celle-là. Dommage qu'elle tombe.

UN : Ne vous en faites pas, elle va s'arrêter, je la connais.

DEUX : Vous êtes sûr que c'est une parenthèse, comme vous dites ? C'est la première que je vois de ce genre-là. On dirait qu'elle a des cheveux longs.

UN : Ça y est, je revois le petit gros !

DEUX : Ah ben tant mieux. Je n'étais pas tranquille pour mon œil. Ah ben le voilà qui prend la parenthèse en remorque. Et zioupe.

UN : Tous les soirs à cette heure-ci, c'est comme ça. Et vous allez voir d'ici cinq ou six secondes, les granules jaunes vont envahir le terrain, c'est régulier. Tenez, voilà le trembleur verdâtre qui décampe, il a dû les sentir venir.

DEUX : Pauvre vieux, il se disloque, il a perdu un bout de son cotentin...

UN : Il doit être vieux. Tenez, les voilà !

DEUX : Oh ! Oh ben non ! Oh ben non, ils sont pas drôles, on ne voit plus que du jaune.

UN : Et puis il y en a pour un moment, je vous préviens. D'ailleurs, c'est bien simple, quand ils arrivent, je ferme.

DEUX : Bon, eh bien moi aussi. Et puis ça finit par faire mal aux yeux, de regarder comme ça dans un trou, avec un seul œil.

UN : C'est moins fatigant quand on a les deux trous pour soi tout seul. Faudra que j'en perce deux autres. Remettez bien le bouchon, hein ? et le papier peint par-dessus. Ma femme n'est pas au courant.

DEUX : C'est un mur en briques ?

UN : Oui, enfin... ce qu'on appelle des briques, de nos jours. Ce qui fait la solidité du mur, c'est surtout le papier qu'on colle dessus, chacun de son côté.

DEUX : Vous croyez qu'ils ont collé du papier aussi, vos voisins ?

UN : Non, mais les précédents locataires.

DEUX : Parce que tout de même, c'est des drôles de gens, vos voisins.

UN : Oui, vous avez vu, hein ? Au début, je n'arrivais pas à y croire.

DEUX : Ce n'est pas des gens ordinaires. On se demande vraiment d'où ils sortent.

UN : Je suppose que ce sont des provinciaux.

DEUX : Oui, mais alors d'une province vraiment très lointaine. Et même un peu arriérée. Ce n'est pas qu'ils soient antipathiques, non, le petit gros, par exemple, a l'air d'un bon bougre, mais on sent bien qu'ils n'habitent pas Paris depuis longtemps.

UN : Ils ont gardé leurs manières à eux.

DEUX : C'est plus grave que ça. Je comprends très bien que votre propriétaire n'ait pas osé leur refuser le logement, d'autant que ça a l'air d'être une famille nombreuse, mais vraiment, à votre place, je ne serais pas tranquille, avec des voisins comme ça.

UN : En tout cas, ils ne font pas de bruit.

DEUX : Non, mais je n'aimerais pas les rencontrer dans l'escalier, c'est des drôles de gens.

UN : Les voisins, c'est toujours des drôles de gens.

DEUX : Plus ou moins, oui.

UN : Vous auriez vu ceux que j'avais avant, par exemple : insensés, ils étaient. Ils s'appelaient Dupont, on aurait dit des zouaves. À quatre heures du matin, ils étaient debout, à cinq heures le moulin à café et les tartines, à six heures ils se rendormaient, à sept heures réveil général, on entendait leurs semelles qui craquaient, tout le temps du mimosa plein les vases, le monsieur travaillait dans le beurre, avec ça jaloux comme un tigre, la dame buvait ! raisonnablement, mais enfin elle buvait, et la jeune demoiselle, ça je peux vous le dire, puisque c'était sa chambre que je voyais par mes trous, eh bien elle n'était pas normale, une cinglée qui se déshabillait dans le noir. Ah non, comme voisins, je préfère encore ceux que j'ai maintenant.

DEUX : De toute façon, ce n'est jamais bien agréable, d'avoir des voisins. Faudra que je vous montre le mien, un de ces jours. C'est un grand balai avec des citrons qui pendent de chaque côté, il tombe tout le temps, il est de l'Académie Goncourt et en plus, il se drogue. Jamais vu un type pareil.

EN ATTENDANT GROUCHY

UN : « J'ai trop grandi, quand j'était petit. » — « Maintenant, je ne grandis plus. » — « Quand on est grand, c'est pour la vie. » — « Il faut bien qu'on s'y habitue. »

DEUX : De qui c'est, ça ?

UN : Regardez donc, le gars qui arrive à bicyclette. Je crois bien que c'est Grouchy.

DEUX : Oui. Eh bien, depuis le temps qu'on l'attend, c'est pas trop tôt.

UN : Hé ! Hé ! Grouchy.

DEUX : Ah, je t'en fiche, oui.

UN : C'était pas Grouchy.

DEUX : Non, c'était Blücher.

UN : « Quand j'étais petit, j'étais pas grand. » — « Maintenant me v'là devenu — aussi grand que mes grands-parents : c'est fini, je n'grandirai plus. »

DEUX : De qui c'est, ça ?

UN : Regardez donc, le gars qui arrive sur son triporteur. Je crois que c'est Grouchy.

DEUX : Je ne vois que l'herbe qui verdoie et la route qui poudroie.

UN : Ce qu'on s'embête.

DEUX : Aussi, je vous l'avais dit que c'était pas à la gare Montparnasse qu'il fallait le prendre, le train !

UN : Oui, mais vous m'avez dit que c'était à la gare Saint-Lazare ! C'était pas vrai. Je ne vous ai pas cru.

DEUX : Mais, moi, je ne vous croyais pas non plus ! Et finalement, je vous ai suivi tout de même, à la gare Montparnasse. Vous avez sur moi une très mauvaise influence.

UN : Si quelqu'un nous avait dit : votre train, c'est à la gare d'Austerlitz qu'il faut le prendre, ça n'aurait rien arrangé, parce que nous ne l'aurions cru ni l'un ni l'autre.

DEUX : Oui, eh bien c'était pourtant vrai. C'était à la gare d'Austerlitz qu'il fallait le prendre, le train. À cette heure-ci, on serait chez Georges. On serait pas bêtement assis sur un tas de cailloux en pleine Beauce.

UN : Et en plein soleil.

DEUX : C'est ce que je reproche à la vérité, moi. C'est qu'il faut la connaître pour ne pas se tromper, et que c'est pas toujours commode. La vérité, pourtant, ça devrait s'imposer avec plus d'évidence que l'erreur, ou alors quoi, pas moyen de savoir si on se trompe.

UN : « Quand on grandit, c'est qu'on est p'tit. » — « Quand on est grand, c'est pour quoi faire ? » — « Ma tête a l'air d'un fruit confit » — « tout en haut de son belvédère ».

DEUX : C'est toujours du même auteur ?

UN : Oui, c'est de moi. J'aime bien la poésie. Y a rien de tel pour faire passer le temps.

DEUX : C'est pas le temps, qu'il faudrait faire passer. C'est l'autocar.

UN : Ça, je n'ai pas assez de talent.

DEUX : Jamais j'ai vu un soleil pareil.

UN : Ça, vous savez, si on avait pris le train à la gare d'Austerlitz, il ferait du soleil quand même.

DEUX : Pour en revenir à Grouchy, vous pouvez dire ce que vous voudrez, à la bataille d'Austerlitz, il n'y était pas.

UN : Bon ! Mais alors, Blücher, il n'y était pas non plus. Parce qu'ils étaient toujours tous les trois ensemble.

DEUX : Qui, tous les trois.

UN : Le troisième, je ne me rappelle plus le nom.

DEUX : Vous confondez avec les Marx Brothers. Je vous parle de Grouchy, je vous parle pas de Groucho. Ça aurait été du propre, la bataille d'Austerlitz, avec les Marx Brothers.

UN : Ah ben oui ! Ben ça a été du propre, la bataille d'Austerlitz !

DEUX : C'était très bien, la bataille d'Austerlitz. Trois empereurs, ils s'étaient mis pour la faire.

UN : Vous voyez bien qu'ils étaient trois.

DEUX : C'était pas les Marx Brothers. C'était l'empereur d'Autriche, l'empereur de Russie et puis Napoléon en personne.

UN : De là à dire que c'était un beau spectacle, y a loin. Moi la guerre, j'aime pas ça.

DEUX : Austerlitz, on peut pas dire que c'était une guerre.

UN : C'était une gare, peut-être !

DEUX : Austerlitz ? C'est devenu une gare par la suite, mais je vous parle de ce que c'était en 1805. C'était pas encore une gare, mais de là à dire que c'était une guerre, non, c'était une bataille.

UN : Mais pourquoi vous me parlez de ça, si c'est pas à cause de la gare, justement ?

DEUX : C'est pas à cause de la gare, c'est à cause du soleil.

UN : Ah bon.

DEUX : Le soleil d'Austerlitz.

UN : Le soleil d'Austerlitz. Y avait un soleil spécial, à Austerlitz ?

DEUX : Je ne pense pas, non. Ça devait être le même genre de soleil que celui qui nous fait suer en ce moment. Ce devait même être lui, quoi, c'était le soleil.

UN : Alors, alors ! Pourquoi d'Austerlitz ?

DEUX : Parce qu'il était à Austerlitz, ce jour-là.

UN : Allons ! Écoutez : quand Georges traverse le Luxembourg ou qu'il passe la soirée à l'Opéra, il a beau aimer les distinctions honorifiques, il ne se fait pas appeler Georges du Luxembourg ou Georges de l'Opéra.

DEUX : Non. Bien sûr. Georges de l'Opéra, ça voudrait dire que Georges est employé à l'opéra.

UN : Et vous n'allez pas me dire que le soleil, ce jour-là, était employé à Austerlitz.

DEUX : Si, voyez-vous, c'est sûrement quelque chose comme ça. On dit le soleil d'Austerlitz parce que, à Austerlitz, le jour de la bataille, le soleil a dû jouer un grand rôle. Attendez que je me souvienne.

UN : C'est Napoléon, peut-être, qui l'a engagé à Austerlitz, le soleil ?

DEUX : Non, il ne l'a pas engagé, mais il a su s'en servir. Oui, c'est ça ! c'est Napoléon ! je me souviens. Vous savez qu'il en connaissait un sacré morceau, pour ce qui est de la stratégie, Napoléon.

UN : Oui, je sais. C'est comme ça qu'il s'est fait un nom. Remarquez, ils se sont fait un nom aussi, les Marx Brothers, mais pas tout à fait de la même manière.

DEUX : Si vous allez par là, il y a un autre gars qui s'est fait un nom, exactement le même nom que les Marx Brothers, mais d'une manière tellement différente qu'on dirait plus le même nom, c'est Karl Marx.

UN : Ah oui, ça ! Ce qui compte, c'est pas de se faire un nom original. Même quand on s'appelle Dupont, c'est pas impossible d'arriver à se faire un nom. Ce qui compte, c'est les moyens qu'on emploie pour se le faire.

DEUX : Alors pour en revenir à ce que je disais, le soleil d'Austerlitz, eh bien la tactique de Napoléon, et ça, les Autrichiens ils n'en sont pas encore revenus, tellement c'était bien trouvé, eh bien c'est que, voyant qu'il y avait du soleil, il s'est arrangé, pendant toute la journée, et vous comprenez, il suffisait de faire un mouvement tournant, pour que l'armée ennemie, elle ait tout le temps le soleil dans l'œil. Ils y voyaient rien, alors les grenadiers ils avaient qu'à taper dans le tas.

UN : Ça, c'est calé. Vous êtes sûr que ça s'est passé comme ça ?...

DEUX : Oh, oui... Sans ça, y a pas de raison qu'on

parle du soleil d'Austerlitz. Et puis, faut pas oublier que Napoléon, c'était son grand truc, ça, de pas faire de plan de bataille à l'avance, de toujours s'inspirer des circonstances. C'est pour ça qu'on pouvait pas prévoir, et alors forcément, les Autrichiens, les Anglais, tout ça, ils étaient surpris.

UN : Ça, vous m'étonnez, avec votre histoire de « pas de plan ». Parce que je me souviens bien que le plan de la bataille d'Austerlitz, je l'ai vu. Il a été conservé.

DEUX : Où est-ce que vous l'avez vu ?

UN : Le plan qui a servi pour faire la bataille d'Austerlitz ? Dans le Larousse.

DEUX : Oui. Mais ça alors, vous savez... Larousse. Tenez, prenez le H. Meld, édition de 1910, l'article : Homme. Il y a plusieurs planches en couleurs, squelette, musculature, système nerveux, moi je veux bien. Mais jamais vous ne me ferez croire que c'est en prenant modèle là-dessus que mon père et ma mère m'ont fait, n'est-ce pas.

UN : Oui, c'est toujours facile de prévoir les choses une fois qu'elles sont arrivées.

DEUX : Et de toute façon, la manière dont ça s'est terminé, Austerlitz, ça pouvait pas être indiqué sur un plan. Sur le plan, y avait peut-être quelque chose qui voulait dire qu'il y avait des étangs, mais qu'ils étaient gelés, c'était sûrement pas marqué.

UN : Ah oui, je me rappelle. Eh bien, justement, il fallait pas qu'ils soient gelés, les étangs, puisque l'armée russe devait se noyer dedans.

DEUX : C'est vrai. Même que Napoléon il a dû faire

une drôle de tête en voyant qu'ils étaient gelés et que l'armée russe, elle allait tranquillement passer dessus à pied sec.

UN : Vous vous rendez compte ! J'aurais voulu être là.

DEUX : Heureusement qu'il avait de la ressource.

UN : Et des canons ! Pour casser la glace à coups de boulets !

DEUX : Oui. Et l'armée russe, vous pensez, qui se croyait déjà sauvée, la tête qu'elle a dû faire.

UN : Au fond, c'est de la triche.

DEUX : Oh, ça mon cher, le génie, c'est toujours de la triche.

UN : Et c'est à ce moment-là que Grouchy est arrivé.

DEUX : Mais non. D'abord, c'était Blücher. Et puis vous pensez bien que Napoléon, il avait pris ses précautions, pour que Grouchy soit pas là, le jour d'Austerlitz. Y avait rien de tel que Grouchy pour faire rater les plans de bataille.

UN : Tiens, c'est pas l'autocar qui arrive ?

DEUX : Non... C'est un corbillard.

L'ARBRE DE NOËL

La salle à manger de Un. Un sapin l'emplit.

UN : Oh, non, non, vous n'y arriverez pas comme ça. Il faut vous mettre à plat ventre et ramper. Soyez sans crainte, le plancher est propre.

DEUX : Pour me mettre à plat ventre, il faut que je ressorte d'abord de la salle à manger, hein ?

UN : Non, vous pouvez culbuter en avant par-dessus la grosse branche qui est à la hauteur de vos genoux. Après, vous avancerez un peu avec vos mains, pour dégager vos pieds.

DEUX : Allons-y. Et hop. J'y suis. Alors, là, il faut que je fasse la brouette, seulement j'ai personne pour me tenir les pieds ; pas commode, pas commode. Peux pas. Regardez voir si je suis pas accroché.

UN : Si. C'est la martingale de votre pardessus. Il y a une branche qui s'est glissée dedans. Ne bougez pas, vous allez faire du gâchis.

DEUX : Je peux essayer de retirer mon pardessus en me tenant sur une seule main.

UN : Non, ne bougez pas. J'y vais.

DEUX : Ah, pour un bel arbre de Noël, c'est un bel arbre de Noël.

UN : Ça sent bon, hein, le sapin.

DEUX : Oui. Tout de même, à votre place, j'en aurais acheté un plus petit. Un arbre de Noël, les gens aiment bien pouvoir tourner autour. Et puis, ça va sûrement embêter votre femme, d'être obligée de passer à travers pour faire le service. Je me vois mal, dans cette situation-là, avec en plus un plat de petits-fours. Et puis, je suppose que vous allez mettre des bougies un peu partout.

UN : Bien sûr. Mais ne vous en faites pas : je l'ai fait ignifuger, mon sapin. Il ne brûlera pas.

DEUX : Vaudrait peut-être mieux faire ignifuger aussi les invités.

UN : Pas trop fatigué ?

DEUX : Je commence à avoir un peu mal dans les avant-bras.

UN : Tenez bon. J'arrive.

DEUX : Où êtes-vous ?

UN : Là où je suis, vous ne pouvez plus me voir. Je passe par le haut, parce que c'est plus commode.

DEUX : Soyez prudent. Dans le haut, les branches sont moins solides.

UN : Vous en faites pas. Je commence à le connaître, mon sapin. Vous n'imaginez pas le mal qu'on a eu à l'introduire dans cette salle à manger, qui est une belle salle à manger, je ne dis pas, mais tout de même une salle à manger exiguë. Hep, hep, hep ! Ah, ah !... Qu'est-ce que je vais faire ?

DEUX : Vous avez glissé ?

UN : Oui. Je ne sais plus très bien où j'en suis. Est-ce que vous pouvez me voir, d'où vous êtes ?

DEUX : Non, je vois vaguement des branches qui remuent, mais je ne vous vois pas.

UN : Oh, c'est un beau sapin, bien épais. Je ne me suis pas fait voler. Essayez tout de même de me voir. J'aimerais bien que vous me donniez quelques précisions sur la manière dont je suis accroché. Je n'arrive pas à me rendre compte.

DEUX : Ah, c'est pas votre pied que j'aperçois là-haut, près du lustre ? Remuez-le, pour voir.

UN : Je le remue. Vous le voyez bouger ?

DEUX : Non, ça ne bouge pas. Ça ne doit pas être votre pied.

UN : Attendez, je vais remuer l'autre. Vous voyez quelque chose ?

DEUX : Oui ! — Ah, ben comme ça, non, je ne vois plus rien. Vous avez donné un coup de pied dans le lustre.

UN : Oui, c'était mon pied droit. — Il fait rudement noir, hein ?

DEUX : Qu'est-ce que vous devenez, là-haut ?

UN : Je suis à peu près certain que j'ai la tête en bas, parce que mes oreilles bourdonnent.

DEUX : Tant pis pour la martingale de mon pardessus. En forçant un peu, c'est bien le diable si y a pas un bouton qui pète.

UN : Restez où vous êtes ! Je connais votre femme : vos boutons ne s'arrachent pas comme ça. C'est ma branche qui va se casser. Attendez, j'ai une lampe de poche.

DEUX : Je ne peux pas vous laisser suspendu là-haut dans le noir, tout de même.

UN : Je vais me débrouiller. N'abîmez pas mon arbre.

DEUX : Non ! Mais quelle idée vous avez eue d'acheter un arbre de Noël gros comme ça ! Moi je vous le dis : il est trop gros. Je ne voulais pas vous le dire pour ne pas vous vexer, mais il est trop gros, voilà.

UN : Je pense bien : on a été obligé d'enlever une partie du plancher, pour le redresser verticalement. Nos voisins d'en dessous ont été gentils. Ils nous ont prêté leur table, pour qu'on puisse poser les racines dessus. Ah, comme arbre de Noël, je crois qu'on ne peut pas faire mieux.

DEUX : Alors, vous la trouvez, votre lampe de poche ?

UN : Une seconde. Je vais d'abord tenter mon rétablissement.

DEUX : Faites vite. J'ai les avant-bras qui mollissent.

UN : Posez votre tête par terre et appuyez-vous dessus, ça vous reposera.

DEUX : Trop gros, trop gros, votre arbre de Noël. Ah ! vous avez entendu ? Ma martingale vient de céder. Allumez votre lampe. Allumez votre lampe, je vous dis. Hé ! Qu'est-ce que vous devenez ? J'y vois rien du tout, moi. Hé ! où êtes-vous ? Ben, dites-moi quelque chose ! Vous ne vous sentez pas bien ? Hé !... (pourvu qu'il ne lui soit rien arrivé !)... Hôhô... Courage ! J'arrive ! Qu'est-ce que c'est que ça ?... Non, c'est pas possible, je vais me perdre. Je m'en souviendrai, de son arbre de Noël. C'est bien de lui. Acheter un arbre de Noël comme ça, c'est de l'orgueil ! ni plus ni moins. Je n'aurais jamais cru que sa salle à manger était aussi grande. Avec ça, je n'ai pas le sens de l'orientation, je ne sais pas où je vais. Qu'est-ce qu'il a bien pu devenir ? Je ne le retrouverai jamais, là-dedans. Et puis alors, ce que ça peut être poisseux, les sapins ! Ah, ben me voilà bien ! Je ne peux plus bouger. Plus qu'à attendre qu'il fasse jour.

UN, *de loin* : Hou, hou !

DEUX : Ah, enfin, le voilà. Allumez votre lampe !

UN : Venez ! J'ai trouvé une clairière.

DEUX : C'est loin ?

UN : Une centaine de mètres ! Vous voyez ma lampe ?

DEUX : Oui ! Oui, eh bien, ça, c'est pas un arbre. C'est une forêt. C'est même pas une forêt. Ça m'a tout l'air d'être un conte de Noël. C'est trop bête pour ne pas être un conte de Noël. Hou ! Hou !

L'HIVER ET GEORGES, SON COMPLET

UN : Non, je vous en prie, ne retirez pas vos gants.

DEUX : Non. C'était un geste machinal. Je ne pourrais pas les retirer, ils sont cousus au bout de mes manches.

UN : Ne retirez pas votre manteau non plus.

DEUX : Je vais tout de même dénouer le cordon de mon bonnet, d'une part parce qu'il empêche mes cordes vocales de fonctionner librement, et d'autre part à cause de l'acoustique.

UN : Oui, ça bouche les oreilles, ce genre de bonnet, surtout quand on le bourre de coton.

DEUX : Si vous le permettez, je vais mettre mon coton sur votre radiateur, pour qu'il soit bien chaud au moment de partir.

UN : Je vous en prie. Mais je ne vois pas votre femme.

DEUX : Elle est restée à la maison. Faut qu'elle tricote. Ce matin, c'est elle qui m'a fait remarquer que c'était le 22 décembre. Je dormais, elle me secoue, elle me dit : « Tu remarques rien de spécial ? — Non !

— Eh bien mon vieux, ça y est, on est en hiver. » Bigre, j'ai dit ! Un peu plus, je ne m'en apercevais pas. Cinq minutes après, elle était à son tricot.

UN : Faut pas plaisanter, avec l'hiver. Surtout que cette année, c'est un hiver sournois. Si on ne savait pas que c'est l'hiver, on se croirait en automne.

DEUX : Tout de même, il a beau ne pas faire très froid, vous avez le nez rouge.

UN : Ah, moi, je n'attends pas qu'il fasse froid. Chaque année, le 22 décembre, quelle que soit la température, je mets mon nez au rouge, et il y reste jusqu'au mois de mars. Comme ça, je suis tranquille. Qu'est-ce que c'est que cette ficelle que vous tirez ? à votre boutonnière.

DEUX : C'est une ficelle de réglage thermique. Quand je suis dans un endroit chaud, je la tire. Ça relève une de mes flanelles. J'ai comme ça un cordon de tirage par flanelle, sauf pour la dernière flanelle, qui est fixe, bien entendu.

UN : Vous devriez les tirer toutes, il fait très chaud.

DEUX : Oui. Mais il faut que je vérifie le mécanisme. Depuis l'année dernière, il y a sûrement les poulies qui ont joué... c'est des poulies en bois. J'ai deux flanelles qui ne marchent pas. Et puis tout à l'heure, en tirant sur la troisième ficelle, j'ai entendu la doublure de mon veston qui se déchirait. Une belle doublure en phoque, vous pensez si j'étais content. Tout ça, ça a besoin d'une révision complète.

UN : Quand même, vous êtes bien équipé. Vous ne devez jamais vous enrhumer avec ça.

DEUX : Je m'enrhume comme tout le monde. Ça

n'a aucun rapport. Ce n'est pas un équipement contre le rhume, c'est un équipement contre l'hiver.

UN : J'ai déjeuné avec Georges, à midi. Il vient d'acheter un complet Marron qui lui va très bien.

DEUX : Il aurait mieux fait de s'acheter un pardessus.

UN : Non ! Vous ne savez pas ce que c'est qu'un complet Marron ? Marron, c'est le nom du fabricant. C'est tout nouveau. Avec un complet Marron, plus de pardessus, plus de flanelles.

DEUX : C'est fait avec un tissu spécial ?

UN : Non, mais il y a le chauffage central individuel.

DEUX : Dans le complet ?

UN : Oui. Ça marche au mazout. Réglage automatique naturellement. À chaque fois que le complet se refroidit, on entend : pouf ! C'est le mazout qui s'allume. Ça a fait pouf huit fois, pendant le déjeuner. Remarquez, Georges, avec sa maladie de cœur, c'est pas très indiqué. Mais pour avoir chaud, il avait chaud. Et puis, très élégant, comme ligne. Faut rester debout, mais ça vous habille bien.

DEUX : Georges est resté debout pendant tout le déjeuner ?

UN : Oui. On peut pas s'asseoir. Quand on a vraiment envie de s'asseoir, il faut démonter le pantalon. C'est une opération qui demande du temps, et puis, on ne peut pas faire ça partout.

DEUX : Enfin, l'essentiel, pour Georges, c'est qu'il ait bien chaud.

UN : Il passera sûrement un hiver très confortable, avec son complet Marron.

DEUX : Marron ! Quel drôle de nom. À propos de marron, vous savez, le marronnier glacé que j'avais planté dans mon jardin ? Un marron, j'ai récolté dessus, et encore ! Il n'était pas glacé parce qu'il paraît que je l'ai cueilli trop tôt.

UN : C'est délicat, comme culture. On m'a dit que la plupart du temps, ceux qu'on trouve dans le commerce sont tout bonnement des marrons ordinaires, qu'on fait glacer artificiellement.

DEUX : Bobard, bobard. Moi, on m'a dit mieux. On m'a dit : Monsieur, c'est bien simple, il n'y a plus de saisons.

UN : Tiens ! Je voudrais bien savoir qui les a supprimées.

DEUX : Il y a tout de même bien quelque chose qui commence, le 22 décembre ! Si c'est pas l'hiver, qu'est-ce que c'est ?

UN : Les gens sont tous pareils. Depuis la contraception libre, ils s'imaginent que n'importe quoi peut être supprimé à volonté. Le service militaire, les saisons, l'imparfait du subjonctif, l'Europe, la diarrhée des nourrissons, le Père Noël, tout.

DEUX : Pourtant, pas besoin d'être de mauvaise humeur pour se rendre compte que c'est l'hiver, depuis ce matin. C'est des choses qui se sentent. Tout à l'heure, je passais devant un panier d'huîtres. D'habitude, je ne les regarde même pas. Eh bien ce soir, je me suis arrêté devant, parce que c'était l'hiver. Et je me suis dit : Ah, les pauvres bêtes ! Toutes fermées, toutes repliées sur elles-mêmes ! Elles se croient bien à l'abri. C'est triste. Avez-vous déjà pensé à ce que doit être le gel, pour une huître ?

UN : Non. C'est affreux.

DEUX : Ah, on a de la chance d'être des animaux à température constante.

UN : Et puis, équipés, en plus ! Ah, les pauvres petites bêtes. Et toutes pleines d'eau, j'en suis sûr !

DEUX : Ça fait trop mal ; l'hiver, il ne faut pas penser aux huîtres.

LE LOUP DE MER

UN : Qu'est-ce qu'il fait ? Non, mais qu'est-ce qu'il fait ! Je ne suis pourtant pas en retard. Je ne suis pourtant pas en avance. Alors de deux choses l'une : ou bien c'est lui qui était en avance, et il est parti, croyant que j'étais en retard ; ou bien c'est lui qui est en retard. De toute façon, c'est lui qui a tort. À moins que je me sois trompé de canal. Y a rien qui ressemble plus à un canal qu'un autre canal. C'est comme les canards. Y a rien qui ressemble plus à un canard qu'un autre canard. Je vous demande pardon, Monsieur. Je suis bien au bord du canal Saint-Martin ?

DEUX : Comment ?

UN : Je dis : Je suis bien au bord du canal Saint-Martin ?

DEUX : Ah ben, ah ben, ah ben ! Si vous étiez dedans, mon pauvre ami, je m'en serais aperçu.

UN : Oui, mais je voulais dire : le canal au bord duquel je me trouve en ce moment, c'est bien le canal Saint-Martin ?

DEUX : Ah ben, ah ben, ah ben ! ça sûrement que si c'était le canal de Suez, je pourrais pas vous répondre, parce que moi, en ce moment, je sais bien une chose, c'est que je suis au bord du canal Saint-Martin. Mais ça ! qu'il y ait des gens qui soient ailleurs, j'ai jamais dit le contraire. Je sais bien qu'il y a des gens qui sont ailleurs, mais pour ce qui est de vous dire où ils sont, comment voulez-vous que je le sache ? Hein ? S'ils ne sont pas fichus de le savoir eux-mêmes, c'est vraiment qu'ils sont dans des drôles d'endroits.

UN : Oui. Oui. Excusez-moi de vous déranger encore. Est-ce que vous n'auriez pas vu tout à l'heure un monsieur, ici, qui avait l'air d'attendre quelqu'un ?

DEUX : Un monsieur ? Qui avait l'air d'attendre quelqu'un ?

UN : Non ?

DEUX : Si, si, j'ai vu un monsieur qui avait l'air d'attendre quelqu'un.

UN : Ah ! Il est parti ?

DEUX : Non, non. Il est là. C'était vous.

UN : Oui. Oui. Mais à part moi ?

DEUX : Ah ! parce que vous étiez deux ! À vous attendre, comme ça ! Ben, vous êtes des drôles de gens, parce que moi, quand ça m'arrive d'attendre quelqu'un, je vous assure que je m'en tire très bien tout seul. J'ai besoin de personne.

UN : Moi non plus.

DEUX : Vous feriez mieux de regarder le canal. Même un petit garçon de cinq ans, qui joue au ballon, il s'arrête quand il voit une écluse. Tout de suite, il comprend que jouer au ballon, ce n'est pas une écluse, une excuse, une excluse, bref.

UN : Oui. C'est très beau. C'est bien beau tout ça. Ça vous plaît, hein ?

DEUX : Oui. J'aime bien ça. Mais tout de même. Faut pas exagérer.

UN : Non...

DEUX : Moi, je regarde ça parce que je suis là, mais... Vous avez remarqué comment je regarde tout ça ?

UN : Non.

DEUX : Avec une indulgence amusée.

UN : Oui, maintenant que vous me le dites, en effet.

DEUX : Tenez, devant vous, il y a une péniche, hein ?

UN : Oui.

DEUX : Eh bien je la regarde. Je ne peux pas dire que je ne la regarde pas. Mais je la regarde avec une indulgence amusée.

UN : C'est vrai.

DEUX : C'est typique.

UN : Mais à quoi attribuez-vous cette indulgence amusée ?

DEUX : Mais mais mais, c'est bête comme chou ! C'est que, tel que vous me voyez, des bateaux, j'en ai vu d'autres. Je suis marin, moi Monsieur. Et pas marin d'eau douce : marin.

UN : Ah ?

DEUX : Vous n'aviez pas remarqué ça non plus. Eh bien je ne sais pas quel métier vous faites !... Il me semble que ça se voit, non ? Ma pipe, mon ciré, ma barbe, mon filet de pêche, mon harpon, mon épuisette.

UN : C'est pourtant vrai. Ça ne m'avait pas frappé.

DEUX : Et puis enfin quoi ! Vous n'avez pas vu mon pied ?

UN : Quel pied ?

DEUX : Regardez mon pied, Monsieur. Prenez votre temps. Alors. Vous ne remarquez toujours rien ?

UN : Ben c'est un pied... Ah ! vous avez le pied marin ?

DEUX : Il me semble, non ?

UN : Je ne suis pas un connaisseur.

DEUX : Eh bien, faites connaissance. Des pieds comme celui-là, Monsieur, y en a pas dans tous les souliers. Et des marins comme moi, c'est pas une question d'éducation, c'est pas dans les écoles navales qu'on les fabrique, ça vient quand ça veut et ça vient pas souvent.

UN : Faut être né pour ça...

DEUX : Et comment.

UN : On voit bien que vous êtes marin, vous savez. Rien qu'à vous voir marcher, on sent le roulis et le tangage.

DEUX : Un peu ! Y a des fois, rien qu'à marcher d'ici au bistrot qu'est de l'autre côté, ça me donne le mal de mer.

UN : Et dans la marine, qu'est-ce que vous faites, ordinairement ?

DEUX : Comment, ce que je fais dans la marine ?

UN : Oui. Vous avez bien une spécialité ? Vous êtes soutier, steward, harponneur, hublot, capitaine ?

DEUX : Non. Je suis marin. Vous n'avez jamais vu de marin ? Qu'est-ce que vous venez me parler de spécialité ! On est marin ou on ne l'est pas. Maintenant, bien sûr, si vous tenez à me donner un autre nom, vous pouvez dire que je suis un vieux loup de mer.

UN : Pas si vieux que ça.

DEUX : Parlez pas sans savoir. Je suis un loup de mer. Y a pas de jeune loup de mer, il n'y a que des vieux loups de mer. À dix ans, j'étais un vieux loup de mer.

UN : Ah bon. Mais dites-moi, vieux loup de mer comme vous êtes, qu'est-ce que vous faites là ?

DEUX : Où, là ?

UN : Ici, au bord du canal Saint-Martin ?

DEUX : Ah, ici ? Eh bien je regarde l'eau. Enfin ! l'eau ! Si on peut appeler ça comme ça. Ce qui est drôle, voyez-vous, c'est que les bateaux flottent quand même. Et pourtant, il n'y a pas de sel. Vous n'avez sûrement jamais vu la mer, vous... Eh bien la mer, c'est pas pareil... On dit : Y a du sel dedans, oui ! Mais c'est pas ça qui fait la différence, au fond. Parce que, avant même d'avoir goûté l'eau, on se rend compte qu'il y a quelque chose de vraiment particulier. D'abord, la mer, c'est beaucoup, beaucoup plus grand. Et puis il faut bien reconnaître ce qui est, n'est-ce pas : la mer... Eh bien la mer, elle ne coule pas. Jamais vous ne verrez un océan couler. Je peux vous en parler, je les connais tous. Si on veut voir couler de l'eau, il faut mettre pied à terre, et venir se promener par exemple au bord de ce canal. Alors, voyez-vous, je me demande pourquoi elle est tellement plus grande que les fleuves, la mer ; si c'est parce qu'elle est salée, ou si c'est parce qu'elle ne coule pas. Et ça, j'ai beau être un vieux loup de mer, j'avoue que je ne peux pas le dire.

UN : Est-ce que vous avez l'intention de reprendre bientôt le bateau ?

DEUX : Le navire ? Je ne prends jamais le bateau ! Les vrais marins naviguent sur des navires. Eh bien, la semaine prochaine, j'embarque sur un navire qui transporte du stout. C'est un beau navire, une goélette de vingt-deux tonneaux. Il y aura un tonneau pour moi, douze tonneaux pour l'équipage, et neuf tonneaux pour le stout. On partira de Southampton, on touchera Bar-le-Duc, on se faufilera entre la Nouvelle-Calédonie et la Calédonie proprement dite, l'ancienne, parce que la Calédonie, y en a deux ; c'est sur l'ancienne que j'ai fait naufrage en 1902, à bord d'une felouque ; la nouvelle est de création récente, et je me demande même si l'ancienne n'a pas été supprimée, enfin, on verra bien. Ensuite, à Dieu va ! En route pour Contantinaples.

UN : Nople.

DEUX : Quoi, nople ?

UN : Constantinople, pas Constantinaples.

DEUX : Si vous voulez m'apprendre mon métier !

UN : Non, mais je crois que vous confondez.

DEUX : Constantinaples ?

UN : Oui. Vous confondez avec Issy-les-Moulineaux, où il y a eu plusieurs torpilleurs qui ont fait explosion la semaine dernière.

DEUX : Écoutez, jeune homme, pouvez-vous m'expliquer pourquoi personne, jamais personne ne croit un mot de ce que je raconte ?

UN : Je ne peux pas vous dire.

DEUX : C'est pourtant vraisemblable, ce que je raconte !

UN : Ben oui.

DEUX : Alors !

UN : Ce que je comprends pas, c'est que vous n'essayiez d'être marin, au lieu de faire semblant.

DEUX : Mais mon pauvre ami, pour être marin, faut avoir un bateau.

TROIS, *au loin* : Hou, hou !

DEUX : Tenez, voilà le monsieur que vous attendiez.

UN, *s'éloignant* : Eh ben, vous pressez pas ! Une demi-heure que je suis là, que je me demandais si vous vous étiez trompé de canal !

TROIS, *au loin* : C'est parce que je me suis trompé de canal !

DEUX : Et puis quand on a le bateau, faut pas avoir le mal de mer.

RAMONAGE

UN : Hou !

DEUX, *loin* : Hou !

UN : Vous avez trouvé la cheminée ?

DEUX, *loin* : Hou !

UN : Hou ! (*À part* :) À quoi ça sert de crier hou s'il n'a pas trouvé la cheminée ?

TROIS : Alors, monsieur le ramoneur, votre copain, c'est qu'il la trouve, la cheminée ?

UN : Mais voui, Monsieur, mais voui, qu'il la trouve la cheminée.

TROIS : Ah.

UN : Je voudrais vous y voir, sur votre toit, en train de chercher votre cheminée, comme il est.

DEUX, *loin* : Hou !

UN : Hou !

TROIS : Ha !

UN : Taisez-vous, Monsieur, vous m'empêchez d'écouter son hou. Hou !

DEUX, *loin* : Arthur !

UN : Mais poussez-vous donc, Monsieur ! qu'est-ce qu'il a dit...

TROIS : Il a dit : Arthur.

UN : Mais non mais non. Il a dit hou, et puis il a dit autre chose, seulement vous êtes là qui me gênez avec vos pieds.

TROIS : Voulez-vous que je vous remonte un peu plus le rideau de ma cheminée ?

UN : Vous mêlez pas.

TROIS : C'est un dur métier que celui de ramoneur. Il a crié : Arthur.

UN : Hou !

TROIS : Ha !

UN : Quoi ?

TROIS : Vous me faites peur, à hurler hou comme vous faites.

UN : Je voudrais vous y voir, si vous auriez pas peur, sur le toit, à la recherche de la cheminée qui fait hou le plus fort, comme il est en train de la chercher, mon copain.

TROIS : J'ai fait la guerre de Crimée, j'ai du courage.

UN : Le courage, Monsieur, ça n'empêche pas d'avoir le vertige.

DEUX, *loin* : Hou !

UN : Ah...

DEUX, *loin* : Arthur !

UN : Arthur ? Qu'est-ce qu'il lui prend ? « Arthur » !

TROIS : Eh bien, au lieu de crier hou, il vous appelle par votre petit nom : Arthur.

UN : Mais non.

TROIS : Comment, mais non ? Pourquoi vous dites : mais non ?

UN : Parce que « mon-petit-nom-Arthur », il ne m'appellerait pas comme ça, vu que je m'appelle machin-chose, là, rappelez-moi comment je m'appelle...

DEUX : De votre petit nom ?

UN : Oui. Attendez une minute, car il faut que je hurle. J'introduis ma tête dans votre foutu foyer, ah bon Dieu qu'il est sale.

TROIS : S'il vous plaît ne me faites pas peur.

UN : Mettez vos doigts dans vos oreilles. Vous y êtes ?

TROIS : J'y suis. (*À part :*) Comment veut-il que son petit nom je le sache, à ce bougnat !

UN : Hou !

DEUX, *loin* : Hou.

UN : Raoul !

DEUX, *loin* : Hou !

UN : Raoul.

Un temps.

TROIS : Qu'est-ce qui se passe ? Il ne répond pas ?

UN : Mais taisez-vous, Monsieur, si vous croyez que c'est facile, de trouver sur un toit la sortie d'une cheminée dont je suis en train de hurler dedans : « Hou ! Raoul ! »

DEUX, *loin* : Hou !

UN : Ouf...

TROIS : Là, vous avez reçu de la suie à travers le visage, monsieur le ramoneur.

UN : Taisez-vous. Ben, Raoul ! Qu'est-ce que t'as, de m'envoyer tout ça, pouf-pouf, que j'en ai jusque dans les oreilles ?

DEUX, *loin* : Mon petit nom, c'est pas Raoul, enfoiré !

UN : Qu'est-ce qu'il a dit ?

DEUX, *loin* : Arthur !

TROIS : Il a dit : Arthur.

UN : Eh bien vous voyez, Monsieur, permettez que je me relève... La situation est claire. Je ne m'appelle pas Arthur. Lui, de son côté, là-haut sur le toit, ne s'appelle pas Raoul. Nous ne nous connaissons ni d'Ève ni d'Adam. Il doit faire partie d'une paire de ramoneurs qui comporte un Arthur, comme la mienne comporte un Raoul. Il est infiniment probable que les deux paires se sont mélangées.

TROIS : Ce qui signifie ?

UN : Ce qui veut dire que le toit de votre immeuble, numéro 55 de l'avenue, a dû insidieusement dégouliner jusqu'à coiffer le 57, tandis que de son côté le toit du 57 se faufilait au sommet dégarni de votre 55 : mouvement que les cheminées des deux immeubles n'ont pu suivre sans une distorsion dont le résultat figure en quelque sorte un X gigantesque, ou, comme disent les Italiens : un Imbroglio.

TROIS : Mais, dans ce cas, monsieur le ramoneur, que doit-on faire ?

UN : On doit payer, Monsieur le Ramoné. Voyons : huit et huit ça vous fait cent dix-sept, et deux fois onze pour déplacement spécial, plus vingt-trois de retenue statutaire et quinze, zut, mon crayon sa mine elle est cassée.

TROIS : Je vais vous chercher mon bille.

UN : Vite, s'il vous plaît, Monsieur, j'ai du boulot.

L'ÉCRIVAIN SOUTERRAIN

LE REPORTER : Le prix Littérature pour tous 1951 vient d'être décerné. Son lauréat écrit depuis fort longtemps ; il a d'ores et déjà trouvé sa consécration auprès d'un nombre considérable de lecteurs. Nous avons la chance de l'avoir avec nous ce soir. Quelques questions, Monsieur. Vous êtes lu, somme toute, depuis que vous écrivez. Depuis quand écrivez-vous ?

L'ÉCRIVAIN : Depuis que j'en ai l'occasion.

LE REPORTER : Voilà. Et cependant, beaucoup de vos lecteurs vous connaissent à peine. À leur intention, j'espère que vous ne refuserez pas de dire quelques mots.

L'ÉCRIVAIN : Oh, vous savez, je n'ai pas grand-chose à dire. Tout ce que j'avais à dire a été imprimé.

LE REPORTER : Ce qui est exceptionnel. Mais, à propos de l'ouvrage qui vous a valu de recevoir ce prix...

L'ÉCRIVAIN : J'ai été récompensé pour l'ensemble de mon œuvre.

LE REPORTER : Certes. Mais en dernier lieu, qu'aviez-vous écrit ?

L'ÉCRIVAIN : Ceci : « Il est expressément défendu

d'ouvrir les portières pendant la marche, de se pencher au-dehors, d'entrer ou de sortir des voitures autrement que par les portières qui se trouvent du côté où se fait le service du train. »

LE REPORTER : Peut-on savoir ce qui vous a poussé à vous exprimer ainsi ?

L'ÉCRIVAIN : Je ne le sais pas moi-même. Je ne me rendais pas compte. J'ai écrit ça comme j'avais écrit, vers la même époque : « Il est interdit de cracher sur le parquet des voitures. »

LE REPORTER : Naïvement. Car enfin : et sur les sièges ?

L'ÉCRIVAIN : Oh... à l'époque, je crois que personne n'y pensait sérieusement...

LE REPORTER : Vous rappelez-vous pourquoi vous avez écrit, la même année je crois, excusez-moi, je cite de mémoire : « Toute quête ou vente d'objets quelconques est interdite dans l'enceinte du Métropolitain » ?

L'ÉCRIVAIN : Parce que je le savais et que je voulais que d'autres que moi le s... que je voulais le faire savoir à d'autres que moi.

LE REPORTER : Qu'entendiez-vous, à l'époque, par « objets quelconques » ?

L'ÉCRIVAIN : N'importe quoi.

LE REPORTER : Vous n'attachiez donc pas au mot « quelconque » un sens péjoratif.

L'ÉCRIVAIN : Hein ? Ah oui ! Ah non. Ah oui, non, oui, non, oui, non. Non.

LE REPORTER : Saviez-vous pourquoi toute vente

d'objets quelconques était interdite dans l'enceinte du Métropolitain ?

L'ÉCRIVAIN : Non. J'étais jeune. Je me bornais à constater le fait.

LE REPORTER : Et aujourd'hui, pensez-vous que cette vente soit également interdite dans d'autres enceintes que celle du Métropolitain ?

L'ÉCRIVAIN : C'est possible. Je n'ai pas réfléchi à la question. Ce sont des choses... il faudrait avoir plusieurs vies !

LE REPORTER : Qu'est-ce pour vous qu'une enceinte ?

L'ÉCRIVAIN : Ce qu'elle était pour Littré. Ce qu'elle est devenue, de nos jours, pour Larousse ou autres Robert.

LE REPORTER : Revenons à votre œuvre la plus récente. Vous dites : « Il est expressément défendu d'ouvrir... etc. » Pourquoi ?

L'ÉCRIVAIN : Parce que c'est vrai.

LE REPORTER : Sans doute. Mais pourquoi : « expressément » ? N'auriez-vous pas pu dire, simplement : « Il est défendu d'ouvrir... »

L'ÉCRIVAIN : Je l'aurais pu, si je l'avais voulu.

LE REPORTER : Pourquoi ne l'avez-vous pas voulu ?

L'ÉCRIVAIN : Eh bien voilà une question intéressante et que je vous remercie de m'avoir posée. Elle va me permettre de dissiper certains malentendus, certaines erreurs d'interprétations, assez ridicules il faut bien le dire.

Contrairement à ce qu'on l'a prétendu quelquefois l'adverbe « expressément » — dans l'expression « expressément défendu » —, n'avait dans mon esprit aucun rapport avec la métaphysique d'Aristote qui, comme vous le savez, distinguait les formes « impresses » et les formes « expresses ». Non. Toute ressemblance entre la pensée d'Aristote et la mienne ne peut être que fortuite. Je n'ai lu aucun de ses ouvrages. Et je suis bien tranquille que lui non plus n'a pas dû lire les miens.

D'autres ont prétendu que si j'avais écrit : « expressément défendu », c'était pour signifier : « défendu comme il est de règle générale dans les trains express ». Eh bien non, n'est-ce pas. D'abord le métro n'est pas un train express, et puis, ce qui est vrai pour les express est également vrai pour les rapides ! De sorte qu'à ce compte, j'aurais tout aussi bien pu écrire : « Il est rapidement défendu... », ce qui n'offre pas grand sens. Non, tout ça c'est des histoires de critiques ; il ne faut pas les suivre quand ils vont trop loin.

LE REPORTER : Vous avez pourtant écrit : « expressément ». Pourquoi ?

L'ÉCRIVAIN : Eh bien, je vais peut-être vous étonner, mais je n'en sais rien. Ça m'est venu tout d'un coup, j'ai écrit ça d'un seul jet, je n'ai pas fait une rature. Et croyez-moi : quand on écrit comme ça, en général, c'est que c'est bon. Mais oui ! Ça me rappelle, tenez... ce qui est arrivé dernièrement à un de mes confrères, de ceux qui travaillent pour les véhicules de surface. Il avait écrit... Voyons, qu'est-ce que c'était déjà... Ah oui : « Il est dangereux de se pencher au-dehors, ou de laisser passer un bras par la fenêtre. » Alors on lui a dit : Comment ! Un bras ! Et les jambes, alors ? et s'il prend fantaisie à un usager quelconque de laisser pendre ses jambes par la fenêtre ? Oui. Bien sûr. C'était maladroit. Pour être exact, il aurait fallu qu'il écrivît : « Il est dangereux de laisser passer un "membre" par la fenêtre. » Mais c'est alors, vous le pensez bien, que la critique s'en fût donné à cœur joie ! Non, voyez-vous, il ne faut pas chercher la petite bête. C'est difficile, vous savez, d'écrire ce genre de texte. Ça n'a l'air de rien, mais c'est un travail difficile.

LE REPORTER : Pourquoi avez-vous choisi de vous exprimer par la voie du Métropolitain, plutôt que par celle du roman, de la poésie, du théâtre, etc.

L'ÉCRIVAIN : Il y a des choses qu'on ne peut exprimer que par la voie du Métropolitain, et qui seraient déplacées, voire incompréhensibles dans un roman.

LE REPORTER : Par exemple ?

L'ÉCRIVAIN : Défense de fumer. Dans un roman, non, n'est-ce pas... il faut se mettre à la place du lecteur.

LE REPORTER : Nous allons maintenant passer, si vous le voulez bien, à une de vos œuvres les plus connues, mais au sujet de laquelle je vous avouerai que je ne vous suis pas très bien...

L'ÉCRIVAIN : Allez-y, allez-y, ça m'amuse.

LE REPORTER : La voici, je la cite de mémoire... « Conservez votre titre de transport, il peut être contrôlé en cours de route, et il sera exigé aux accès de correspondance, et à la sortie. »

L'ÉCRIVAIN : C'est vrai, j'ai écrit ça.

LE REPORTER : Croyez-vous à toute cette affabulation ?

L'ÉCRIVAIN : Bien sûr, il y a là-dedans un côté légendaire. Je sais bien que votre titre de transport, c'est-à-dire le papier certifiant que c'est bien à « titre » de voyageur que vous êtes « transporté », ne sera contrôlé ni en cours de route, ni à la sortie, ni nulle part. Mais, derrière ce mythe, n'est-ce pas, destiné à effaroucher les masses incultes et à les structurer, j'ai voulu exprimer l'opportunité, pour le voyageur, de conserver en main ce petit rectangle symbolique. Le jeter sur le parquet des voitures, en effet, ce n'est pas propre. Le manger, comme il est tentant de le faire, surtout pour des enfants, ce n'est pas propre non plus. Et puis, il vous occupe les doigts pendant que vous roulez, vous pouvez même parcourir ce qui est écrit dessus, et qui est souvent instructif...

LE REPORTER : C'est de vous ?

L'ÉCRIVAIN : Non, mais c'est assez bien fait... Et pendant ce temps-là, vous ne penserez pas trop à profiter des contacts que vous pouvez avoir avec vos voisines, ou vos voisins. Ils sont voyageurs debout comme vous, ils ont droit au même respect.

LE REPORTER : À ce propos, je ne vous cacherai pas que bien des esprits vous ont reproché d'avoir écrit, entre autres textes du même ordre : « Voyageurs debout : quatre-vingt-quinze, voyageurs assis : vingt et un », alors qu'il vous eût été si facile d'écrire le contraire...

L'ÉCRIVAIN : Oui : voyageurs assis quatre-vingt-quinze, voyageurs debout vingt et un. D'abord, je me borne à peindre les hommes tels qu'ils sont, non tels qu'ils devraient être...

LE REPORTER : Racinien, en quelque sorte ?...

L'ÉCRIVAIN : ... Plutôt que cornélien, oui. Et puis je ne fais pas de politique.

LE REPORTER : Méfiez-vous : les voyageurs debout, par leur nombre, sont les plus forts.

L'ÉCRIVAIN : Oui, eh bien qu'ils suivent mon conseil : « Voyageurs debout, ne songez pas trop à profiter de votre avantage numérique pour prendre la place de vos adversaires assis. Car, s'il est vrai qu'ils tiendront aisément à vingt et un debout, jamais vous, vous ne tiendrez à quatre-vingt-quinze sur les sièges. Ou alors, vous y serez encore plus mal qu'avant. »

LE REPORTER : C'est exactement ce genre de raisonnement que tiennent tous les écrivains réactionnaires.

L'ÉCRIVAIN : Je ne fais pas de politique.

LE REPORTER : Dans ce cas, nous aborderons, s'il vous plaît, une de vos œuvres les plus purement littéraires, et qui se trouve en même temps être une des plus populaires, puisqu'elle chante dans toutes les mémoires. Je veux parler de votre alexandrin. Tel qu'en lui-même enfin l'éternité le change, je me permettrai de le redire pour tous à haute voix : « Le train ne peut partir que les portes fermées. »

L'ÉCRIVAIN : Et puis l'octosyllabe qui lui fait suite et qu'on a coutume d'oublier je ne sais pas pourquoi : « Ne gênez pas leur fermeture. » Oui, après tout, je ne suis pas mécontent d'avoir écrit ça. Mais je ne vois pas ce que j'en pourrais dire. La pensée est assez banale. La forme est recherchée, mais le sens est banal. J'ai voulu seulement exprimer par là que le plaisir de coincer une porte vient rarement sans la douleur d'être coincé par elle... Et que si le train ne part pas, vous non plus, vous ne pourrez partir. C'est un jeu absurde où personne ne gagne.

LE REPORTER : Eh bien je crois que nous avons dit l'essentiel...

L'ÉCRIVAIN : Non, il y a un problème, malgré tout, dont j'aimerais toucher un mot, un problème important, qui continue à me préoccuper, et au sujet duquel on m'a fait bien des reproches, c'est le problème du frein de secours.

LE REPORTER : « Il est défendu de se servir du frein de secours sans motif plausible. »

L'ÉCRIVAIN : Ah, vous avez lu ça aussi ? Et qu'est-ce que vous en pensez ? honnêtement ?

LE REPORTER : Eh bien, à vrai dire, c'est l'œuvre de vous qui me laisse le plus réticent. Car enfin, qu'appelez-vous au juste un motif plausible ?

L'ÉCRIVAIN : Vous avez mis le doigt dessus. Eh bien voilà : je soutiens que tout homme peut légitimement se trouver, une fois au moins par semaine, un motif d'actionner le frein de secours. Ne serait-ce que la curiosité, le désir de savoir comment ça fonctionne, ou celui de rétablir un équilibre compromis par telle ou telle secousse. Mais, si le motif simple se présente assez fréquemment, le motif plausible, lui, est extrêmement rare.

LE REPORTER : Mais pratiquement, comment distinguer si le motif qu'on a est plausible ou non ?

L'ÉCRIVAIN : Par une expérience très simple. Que signifie plausible, en effet ? Plausible vient du verbe latin Plaudere, qui signifie battre des mains, applaudir. D'où : plausible, digne d'être applaudi. Donc, à supposer que l'envie vous prenne de vous servir du frein de secours, confiez-vous à vos compagnons de route. Si plusieurs d'entre eux, ou même un seul, se met à applaudir à l'énoncé de votre motif, la preuve est faite, c'est un motif plausible, et vous pouvez y aller d'une main ferme. Si au contraire votre entourage demeure sur la réserve, ou si, par exception, vous êtes seul dans votre wagon, n'entreprenez rien, vous pourriez vous en repentir.

LE REPORTER : Eh bien je pense que nous avons tout dit. Il me reste à vous remercier.

L'ÉCRIVAIN : Il y a bien encore : B, b, 174 — M 1769... mais ça, ça change avec tous les wagons.

C'EST POUR DEMAIN

UN : Bonjour, bonjour ! C'est moi ! C'est moi qui vous apporte la soupe.

DEUX : Oui, oui. Posez-la sur ma paillasse.

UN : Et la boule de pain moisi. Content ? Qu'est-ce que vous faites, avec votre pot à eau ?

DEUX : Je m'amuse. J'essaie de mettre l'ombre de ma tête dans le pot à eau.

UN : Fait beau hein ? Et vous êtes en plein soleil, y en a qui peuvent pas en dire autant, vous savez ! La plupart de vos collègues, ils sont tournés vers le Nord. Presque toute la prison est tournée vers le Nord. Et nous-mêmes, les gardiens, on ne voit jamais le soleil. Vous avez de la chance.

DEUX : Toute petite lucarne ? Et puis la plupart du temps, ma chaîne n'est pas assez longue pour que je m'y mette, au soleil, avec mon pot à eau, pour y mettre, ma tête, son ombre.

UN : Ah ! à propos, j'ai une bonne nouvelle pour vous. Enfin, une bonne nouvelle... Une nouvelle importante.

DEUX : Ah ?

UN : Oui. Votre vie va changer, mon vieux. Je suis bien content pour vous.

DEUX : Qu'est-ce c'est ?

UN : Tenez-vous bien.

DEUX : Je me tiens bien.

UN : C'est pour demain.

DEUX : Quoi ?

UN : C'est demain qu'on vous la coupe, la tête.

DEUX : Comment demain ?

UN : Ça vous la coupe, hein ? Demain matin, oui, ils se sont décidés, l'affaire est dans le sac. Depuis le temps que ça traîne, dites donc ! ça va tout de même être un rude soulagement pour tout le monde, hein ? Vous voyez que vous aviez tort de vous décourager. Ah ! quand ils m'ont dit ça, vraiment ça m'a fait plaisir. Un événement comme ça, mon vieux, rien à faire : ça s'arrose. L'ennui c'est qu'au dernier moment j'ai complètement oublié d'acheter une bouteille de mousseux. Vous aimez le mousseux ? Moi je trouve que dans les grandes occasions, le mousseux, ça fait gai, à cause du bouchon qui saute et de la mousse qui gicle. Quoi, qu'est-ce qu'il y a, vous n'avez pas l'air content. Vous faites une drôle de tête.

DEUX : Je fais une drôle de tête, parce que j'essaie de lui donner la forme du pot à eau, grande andouille. Il faut que je me rentre le nez dans la bouche, sans ça y a son ombre qui n'y entre pas, dans le pot.

UN : Faites voir...

DEUX : Et puis c'est vrai, je ne suis pas content. En plus.

UN : Ah bon ! Moi qui croyais vous faire une bonne surprise ! Pas content ! Pourquoi pas content ?

DEUX : Parce qu'on n'annonce pas des trucs pareils du jour au lendemain. Moi je regrette, mais je ne suis pas prêt.

UN : À vous faire couper la tête ? Mais si, vous êtes prêt. Ça fait plus d'un an que vous potassez la question.

DEUX : Oui, eh bien ce n'est pas suffisant. Un an, ça suffit à peine pour se préparer à sa première communion solennelle. Alors, pour se préparer à sa première exécution capitale, eh ben... laissez-moi vous dire que ça représente le travail de toute une vie.

UN : Eh bien, vous devriez être fier, jeune homme, de la confiance que ces messieurs vous témoignent. En vous permettant d'accéder à l'échafaud comme ça, d'un seul coup ! autant dire sans préparation. Et alors que, de votre propre aveu, vous n'avez rien fait pour ça.

DEUX : Non. J'ai rien fait. Rien. C'est toujours la même histoire. Mon baccalauréat, tenez ! Qu'est-ce que j'avais fait pour que mes parents me condamnent à le passer ? Moi, le baccalauréat, ça m'était égal, je préférais encore le baccara, le Niagara, les billes ; tout ce que vous voudrez. Alors au bout d'un an ils me disent : c'est demain, tu sais, que tu le passes, ton baccalauréat ; on espère que tu es prêt. Non, que je réponds, je ne suis pas prêt, pas du tout. Je ne suis pas préparé du tout à mon baccalauréat. Eh bien, ce baccalauréat, ils m'ont forcé à le passer quand même ! et j'ai été pitoyable. Pitoyable. Vous verrez demain, ce sera le même coup. Je serai pitoyable à l'échafaud comme je l'ai été à l'examen. Pitoyable avant, quand je monterai sur l'estrade, pitoyable pendant, quand je mettrai ma tête dans le trou, et pitoyable après, doublement pitoyable, pitoyable de part et d'autre. Parce que je ne suis pas fait pour ça, je n'ai pas la vocation, je n'ai pas la maturité... Je serai mauvais, quoi. Tant pis pour vous.

UN : Ça, faut reconnaître que si vous n'aviez pas été pistonné, hein ? Votre situation, vous n'y seriez pas arrivé tout seul. On vous y a poussé, à l'échafaud. Parce que d'habitude, les gens comme vous n'y accèdent jamais. D'habitude on exige que les candidats aient subi une épreuve préliminaire : il faut qu'il aient fait leur crime. C'est comme pour le baccalauréat, il faut avoir fait ses études. C'est ça qui vous manque, vous n'avez pas fait votre crime.

DEUX : Non. Comme vous dites : le piston. On m'en a dispensé. Du reste, ma première communion, ça a été le même tour de passe-passe ; j'y suis été directement sans passer par le baptême.

UN : Ah ça ! On peut dire que vous avez été favorisé par la fortune !

DEUX : Pensez ! Un crime ! Je ne savais même ce que c'était. J'étais en train d'acheter une épuisette quand les inspecteurs m'ont cueilli.

UN : Ah, mais je le dis toujours : ces gars-là, ils devraient mieux se renseigner. Ils devraient exiger des garanties, avant de jeter leur dévolu sur quelqu'un. Une arrestation, c'est pas comme un coup de foudre, qui fait qu'on jette son dévolu un peu n'importe où, sur le premier venu, au hasard. Une arrestation ça devrait se faire avec un dévolu qui sait sur qui il se jette, en connaissance de cause.

DEUX : Ça y est. L'ombre de ma tête commence à déborder du pot à eau.

UN : Faites pas de saletés. Remarquez, moi, demain matin à l'échafaud, j'irais bien à votre place. J'ai des titres. Mais ils demandent sûrement la carte d'identité

DIALOGUE PUÉRIL

UN : Non.
DEUX : Si.
UN : Non.
DEUX : Si. D'abord, moi j'ai cinq ans.
UN : Non.
DEUX : Si.
UN : Moi, j'ai cinq ans.
DEUX : Et même j'ai cinq ans et demi.
UN : Moi aussi, j'ai cinq ans et demi.
DEUX : Laisse ça tranquille.
UN : Non.
DEUX : Si.
UN : Non.
DEUX : Si.
UN : Si.

Un temps. Deux chantonne.

UN : Tu sais ce que je vais te faire ?

Deux continue à chantonner.

Tu sais pas ?

DEUX : Non.

UN : Je vais te donner un grand coup de pied dans le derrière.

DEUX : Non.

UN : Si.

DEUX : Si tu me donnes un grand coup de pied dans le derrière, moi, tu sais pas ?

UN : Non.

DEUX : Tu sais pas hein ?

UN : Non.

DEUX : Si tu me donnes un grand coup de pied dans le derrière, moi, je te donnerai un grand coup de pied dans le derrière.

UN : Dans le derrière ?

DEUX : Oui, dans le derrière.

Ils se marrent.

UN : Dans le derrière.

DEUX : Un grand coup de pied.

UN : Ben alors, moi, tu sais pas ?

DEUX : Non.

UN : Ton zizi, hein ?

DEUX : Oui.

UN : Eh bien je te le couperai avec ma hache.

DEUX : Oh !

Ils se marrent

Oh, non.

UN : Si.

DEUX : Oh non... Oh non, oh non.

UN : Si.

DEUX : Non.

UN : Puis je te le mettrai dans le moulin à légumes.

DEUX : Dans le moulin à légumes ?

UN : Oui. Ça fera du hachis de zizi.

DEUX : Mais moi je le mangerai pas le hachis.

UN : Je prendrai le spirateur, puis je le mettrai sur ton nez, puis couic ! Je mettrai le courant.

DEUX : Non. D'abord mon nez il sera parti en voyage.

UN : Oh, non !

DEUX : Si. Parce que mon nez, ce sera un indien.

UN : Ce sera un indien ton nez ?

DEUX : Oui. Il sera toujours en Amérique du Sud.

UN : Ce sera un nez tout rouge comme les Indiens ?

DEUX : Oui.

UN : Sera pas beau, ton nez, alors.

DEUX : Si. Ce sera un clown.

UN : Oh ! Un nez clown ?

DEUX : Oui. Alors je te ferai peur avec mon nez : pan ! pan ! Ce sera un canon.

UN : Ah mais, ah mais, ah mais...

DEUX : Mais non-on-on ! Puisque je te dis !

UN : Ah mais veux-tu me laisser mon crocodile, mon crocodile !

DEUX : Non, c'est pas ton crocodile, puisque je te dis que c'est le toit de mon garage !

UN : Beuh ! Méchant !

DEUX : Méchant.

UN : Méchant, toi.

DEUX : Non, toi.

UN : Je le dirai à mon papa, sale gosse.

DEUX : C'est toi, un sale gosse.

UN : Si ! Et mon papa, il te mettra en prison.

DEUX : Sale gosse ! Insupportable !

UN : Non ! non ! non !

DEUX : Tais-toi, tu me casses les oreilles.

UN : En prison, il te mettra, mon papa. Parce que mon papa, il est très riche.

DEUX : Mon papa, il est plus riche que ton papa.

UN : Non. Il a cent francs, mon papa.

DEUX : Cent francs ?

UN : Oui, cent francs, et cent francs cinquante, même.

DEUX : Eh bien mon papa, il en a plein, des francs. Il en a quarante.

UN : Non.

DEUX : Si. Quarante francs quatorze et un million.

UN : Oui, mais mon papa, lui, c'est encore plus, il est chef.

DEUX : Tu dis des bêtises.

UN : Non. Mon papa, il est encore plus que chef, il est même Napoléon, même.

DEUX : Dans un cirque ?

UN : Oui.

DEUX : Eh bien moi, mon papa, c'est un clown.

UN : Non.

DEUX : Si. C'est un napoléon qui s'appelle clown. Et tu sais dans quoi il habite mon papa ?

UN : Dans le pipi.

DEUX : Non, il habite pas dans le pipi, mon papa. Il habite dans le papa, mon pipi !

Ils se marrent.

UN : Ah pis, laisse-moi mon crocodile ! Tiens, le voilà mon papa. *(Il lui met son poing dans la gueule.)*

DEUX : Maman !

Bagarre. Ils beuglent.

DIALOGUE SUR UN PALIER (LE GOBE-DOUILLE)

Noir.

Deux lampes électriques.

UN : Chut !

DEUX : Oui, oui, chut.

UN : Vous dites chut, mais vous faites du bruit avec vos pieds. Je vous l'avais dit, pourtant, de retirer vos bottes.

DEUX : Je les ai retirées. Elles sont restées au bas de l'escalier.

UN : Alors, vous avez des chaussettes qui craquent.

DEUX : Pensez-vous ! Des chaussettes toutes propres ; je les ai mises ce matin.

UN : C'est vous qui le dites, parce que dans ces conditions, je me demande ce qu'on entend craquer.

DEUX : Ce qu'on entend craquer, c'est mon pied.

UN : Votre pied ?

DEUX : J'ai un pied qui craque. Pas celui-là, l'autre, le pied gauche.

UN : Eh bien je ne veux pas le savoir. Retirez-le pendant que je cherche la minuterie. Je veux rien entendre qui craque.

DEUX : Ça, je suis désolé, mais je ne peux pas. Et puis, si je pouvais le retirer, mon pied, il y a une chose que je ne pourrais plus faire, c'est monter l'escalier. Faut choisir.

UN : « Choisir, choisir ! » Vous en avez de bonnes ! les deux boutons sont exactement pareils.

DEUX : Y a deux boutons ? Tirez à pile ou face.

UN : Je serai bien avancé ! Et puis j'aime mieux m'en remettre au hasard, c'est plus sûr.

DEUX : Allez-y.

Sonnerie.

DEUX : Oh... ça doit pas être la minuterie, ça.

UN : Non, mais comme ça au moins, je suis fixé. Je vais appuyer sur l'autre.

DEUX : Appuyez doucement, on ne sait jamais.

UN : Si j'appuie doucement, ça va rien faire. Mieux vaut y aller franchement, après on n'y pense plus.

Lumière.

Voilà.

DEUX : En route !

Craquement.

UN : Chut !

DEUX : Oui, oui : chut.

UN : Enfin, qu'est-ce qu'il a à craquer comme ça, votre pied gauche ? Montrez-le-moi.

DEUX : Si ça peut vous faire plaisir, je veux bien vous

le montrer. Mais vous ne verrez rien. Comme ça, vu de l'extérieur, il a l'air normalement constitué. Non, ce qu'il faudrait que je vous montre, c'est l'intérieur, seulement...

UN : Oui, ah non, ça, pas question ! On n'a pas le temps. Vous me montrerez ça un autre jour.

DEUX : Et puis vous ne perdez rien, parce que même à l'intérieur, ça ne se voit pas, ce qui craque, dans mon pied.

UN : Comment, ça ne se voit pas ?

DEUX : Non, non... Oh, vous savez ! Je l'ai fait radiographier bien souvent, mon pied gauche.

UN : Vous vous êtes fait radiographier le pied ?

DEUX : Oui, oui.

UN : Ça doit être bien.

DEUX : Ah, ça vaut la peine.

UN : J'aimerais bien me faire radiographier les pieds. Vous voyez, au fond, on se plaint de ne pas connaître Brigitte Bardot, et on ne se connaît même pas soi-même.

DEUX : C'est vrai. La première fois que j'ai vu l'intérieur de mon pied, c'est bien simple, je n'arrivais pas à y croire. C'est étrange, vous savez, comme spectacle. On se croirait transporté dans une autre planète. On reste là à contempler l'intérieur de son pied, dans une espèce de stupeur. On est sous le charme.

UN : C'est si beau que ça, l'intérieur d'un pied ?

DEUX : Oh !... Beau ? — oui et non. C'est surtout lointain.

UN : Quoi, lointain ?... ils sont pas si loin que ça, mes pieds.

DEUX : À les voir comme ça, non. Mais l'intérieur, croyez-moi, c'est à des milliers de kilomètres, et alors, en plus, ce qui impressionne, c'est que dans l'appareil, on voit ça comme si on y était.

UN : Oui, oui... Une fois j'ai regardé la lune dans un télescope, eh bien...

DEUX : Oui. C'est un peu la même chose, mais pas tout à fait. Vous comprenez, ce qui émeut, ce n'est pas tellement de voir de tout près ce qu'on ne voit pas d'habitude, le dedans de son pied. C'est de le voir dedans. Comme il est quand on ne s'occupe pas de lui. Parce que le dedans du pied, sitôt qu'il est dehors, c'est plus ça du tout.

UN : Du tout. Bien sûr : ça devient un pied de squelette. C'est comme les poissons, quand ils sont pêchés, c'est plus vraiment des poissons. Les poissons, il faut les voir dans l'eau.

DEUX : Exactement. Le dedans du pied il faut le voir dans son élément, c'est-à-dire dans le pied.

UN : J'irai me faire radiographier les pieds à la fin du mois d'avril.

DEUX : Je vous le conseille.

UN : Allez, venez, on va pas rester là toute la nuit.

DEUX : Allons-y.

Craquement.

UN : Chut.

DEUX : Oui, oui : chut.

UN : Suffit pas de dire : chut... Vous pourriez pas essayer de monter l'escalier avec votre pied droit seulement ?

DEUX : À cloche-pied ? Je serais obligé de sauter une marche sur deux ; ça va faire encore plus de bruit.

UN : Mais enfin, de quel endroit il craque, votre pied ?

DEUX : On ne sait pas. Le docteur m'a dit qu'on ne pouvait jamais savoir au juste ce qui craque, dans un pied.

UN : Faites-le craquer un peu, je vais essayer de repérer d'où vient le bruit.

DEUX : Je veux bien, tenez...

Craquement.

... mais je vous dis, on ne peut pas savoir. Vous comprenez, dans un pied comme celui-ci, qui vous chausse du 41-42, un bon pied ordinaire, quoi, il y en a des plus grands, des plus compliqués... eh ben c'est fou ce qu'il y a comme os.

UN : Ah ?

DEUX : On peut pas se figurer. C'est plein d'os, là-dedans. Même le médecin il s'y perd. Il m'a dit : ce qui grince, dans votre pied, c'est peut-être bien la jointure du scaphoïde et du deuxième cunéiforme. Mais ça peut tout aussi bien être la jointure du calcanéum et du cuboïde. Pour le savoir, il faudrait que je vous ouvre le pied ; mais une fois que vous aurez le pied ouvert, c'est pas dit qu'il grincera encore.

UN : Ah, ça ! un pied, ouvert, c'est plus vraiment un pied. Prenez une porte fermée, par exemple, et puis prenez la même porte ouverte, c'est plus la même porte. Plus du tout.

DEUX : Plus du tout. C'est comme s'il n'y avait plus de porte.

UN : Tout de même, ça m'étonnerait que j'aie un cuboïde dans le pied, moi. Il me semble que ça doit se sentir.

DEUX : Croyez pas ça. Tout ça, c'est des os qui se trouvent bien dans le pied ; ils y sont nés, ils y ont grandi tous ensemble, ils y ont leurs petites occupations. Pourquoi voulez-vous qu'ils vous fassent du mal, s'ils se trouvent bien ? c'est pas du tout comme les petits os qu'on trouve quelquefois dans un pâté.

UN : Ceux-là, ils vous cassent une dent comme rien.

DEUX : Mais c'est parce que dans un pâté, ils sentent bien qu'ils sont pas à leur place naturelle !

UN : Oui. Quand on ne se sent pas à sa place, on ne sait plus ce qu'on fait.

DEUX : Plus du tout.

UN : Ah, non, on a beau dire, un pied et un pâté, c'est pas la même chose, pour un os.

DEUX : Du tout.

UN : Du tout.

DEUX : Même pour nous, c'est pas la même chose. Prenez un plat et mettez-y un pâté, par exemple, eh bien tout le monde sera content. Mais si c'est votre pied que vous mettez dans le plat ?...

UN : Ça fera pas du tout le même effet.

DEUX : Du tout.

UN : Du tout. C'est tellement vrai qu'on pourrait faire un proverbe là-dessus.

DEUX : Sur les pieds et les pâtés ?

UN : Oui. Un proverbe complètement faux, comme il y en a des tas.

DEUX : Bien sûr.

UN : Tenez, par exemple : « Qui dit pied dit pâté. »

DEUX : Oui. Qui dit pied dit pâté. Qu'est-ce que ça voudrait dire ?

UN : Sais pas. Les proverbes, ça ne dit jamais exactement ce que ça veut dire. Il y a un sens caché. Faudrait creuser.

DEUX : Oui, faudrait creuser.

UN : Seulement, on creusera demain, parce que si ça continue, quand on arrivera là-haut, il sera parti. Venez.

DEUX : Je vous suis.

Craquement.

Noir.

UN : Ben vous avez fait du propre.

DEUX : C'est pas mon pied qui a fait ça. Ça doit être la minuterie. Attendez, je vais la rallumer.

Craquements.

Lumière.

UN : C'est pas possible. Vous grincez beaucoup trop.

DEUX : Oui, je grince beaucoup.

UN : Sûrement que si vous marchiez avec un pâté, vous feriez moins de bruit.

DEUX : Qu'est-ce que vous voulez que j'y fasse ? c'est pas de ma faute s'il n'y a pas d'ascenseur.

UN : Je suis désolé, mais il va falloir que vous restiez là, parce que, avec un bruit pareil, vous pouvez être tranquille qu'il va s'envoler, le petit oiseau.

DEUX : Le petit oiseau ?...

UN : Oui, tout en haut, sur le dernier palier, on m'a dit qu'il y avait un petit oiseau qui dort.

DEUX : Sans blague ?

UN : Oui. Moi, je ne l'ai jamais vu. Tous les soirs, je fais bien attention, mais il se méfie. Il y a toujours quelque chose qui craque, et alors, pfuit ! Plus rien.

DEUX : Il s'envole ?

UN : Oui. Enfin, quand je dis qu'il s'envole... non. Il pourrait pas, et puis c'est pas sa tactique. Il est bien plus malin.

DEUX : Qu'est-ce qu'il fait ?

UN : Il se met à ressembler à une ampoule électrique. Alors, comme des ampoules électriques il y en a des tas, on ne sait pas laquelle c'est.

DEUX : Drôle d'oiseau, dites.

UN : Oui, hein ? C'est pour ça que j'ai tellement envie de le voir, vous savez ; parce que moi, je ne suis pas d'un tempérament à me déranger pour un petit oiseau ordinaire.

DEUX : Mais qui est-ce qui vous a raconté ça ? La concierge ?

UN : Non, elle ne l'a jamais vu. Les locataires de l'immeuble non plus : à chaque fois que je leur en parle, ils n'ont pas l'air d'être au courant. Non, c'est mon arrière-grand-mère qui m'a dit ça, quand j'avais quatre an...

DEUX : Oui, eh bien alors c'est une histoire comme

on en raconte aux enfants. Il n'a jamais existé votre oiseau. D'ailleurs, même s'il existait du temps de votre arrière-grand-mère, il est mort depuis.

UN : Non, non. Ça a la vie dure, ces bêtes-là. Et puis ça se reproduit.

DEUX : Ah ? Il y en a plusieurs ?

UN : Mon arrière-grand-mère me disait qu'il y en avait un dans chaque immeuble, au sommet de l'escalier. C'est grand comme un moineau, à peu près.

DEUX : Et ça s'appelle comment ?

UN : Ça s'appelle un gobe-douille.

DEUX : Un gobe-douille ?

UN : Savez pas pourquoi ?

DEUX : Non.

UN : Ah. Je vais vous le dire, parce que ça vaut la peine. Laissez votre pied tranquille. Vous avez lu Darwin ?

DEUX : Darwin ?

UN : Darwin ?

DEUX : Darwin ?

UN : Darwin !...

DEUX : Darwin... Oui.

UN : Vous avez lu Darwin ? !

DEUX : Enfin, je l'ai parcouru.

UN : Félicitations !

DEUX : Remarquez, je n'ai pas parcouru ses œuvres. Je n'ai parcouru que sa photographie.

UN : C'est suffisant. On peut considérer sa photographie comme un résumé de son œuvre.

DEUX : Oui. Quand on voit la tête qu'il avait, la première idée qui vous vient, c'est qu'il y a de fortes chances pour que l'homme descende du singe.

UN : Oui, Darwin ressemblait tellement à un gorille qu'on peut vraiment dire qu'il n'a pas eu beaucoup de mérite à trouver cette idée-là.

DEUX : Ah, là vous allez un peu loin ! parce que rien ne prouve que Darwin a eu cette tête-là tout de suite. La photo que nous avons de lui date de ses dernières années.

UN : Oui. L'influence de l'œuvre sur l'homme avait pu jouer, sans qu'il s'en aperçût.

DEUX : Sans qu'il s'en aperçût ! — vous savez, les ressemblances ça se cultive. Ma cousine Paulette, depuis un mois et demi, elle ressemble de plus en plus à Sophia Loren [1], et pourtant elle n'avait rien pour ça.

UN : Alors d'après vous, si Darwin ressemblait à un gorille, c'était par coquetterie ?

DEUX : Ou par intérêt, n'est-ce pas ?... parce que pour ses livres, c'était tout de même la meilleure publicité.

UN : Sûrement.

DEUX : Vous me parliez du gobe-douille.

UN : Non, je vous parlais de Darwin.

DEUX : Justement, je ne vois pas le rapport.

UN : Si. C'est à cause du bec du gobe-douille que je vous parlais de Darwin. Parce que si le gobe-douille s'appelle comme ça, c'est à cause de la manière dont il se nourrit et de la forme de son bec, et que si son bec a la forme qu'il a, c'est à cause du transformisme, et

1. Ou autre vedette actuelle.

que si on parle de transformisme, c'est à cause de Darwin.

DEUX : Qu'est-ce qu'il a de spécial, le bec du gobe-douille ?

UN : Il ne s'ouvre pas.

DEUX : Il ne s'ouvre pas ?

UN : Non. Il a grosso modo la forme d'un bouchon.

DEUX : Alors, comment il mange, votre oiseau ?

UN : Il ne mange pas. Il se branche.

DEUX : Tous les oiseaux se branchent ! En particulier ils se branchent pour chanter ; ce n'est pas ça qui les nourrit.

UN : Le gobe-douille, d'abord, ne chante pas. Mon arrière-grand-mère me disait : Quand on entend chanter le gobe-douille, c'est qu'il va mourir. Et puis, ce n'est pas dans les arbres qu'il se branche. Il se branche là où c'est nourrissant : dans les douilles vides.

DEUX : Dans les douilles vides...

UN : Oui. Là où il manque une ampoule, le gobe-douille s'engouffre. Son bec cylindrique s'enfonce dans le trou, et alors, là, rien de plus glouton qu'un gobe-douille : il pompe toute l'électricité qu'il y a dedans, jusqu'à ce qu'on lui coupe le courant.

DEUX : C'est un parasite ?

UN : Oui. Mais ce qu'il y a de plus curieux, c'est que quand il se nourrit, dans sa douille, le gobe-douille se met à ressembler si exactement à une ampoule qu'il faut vraiment savoir que c'est un gobe-douille. Il pousse le mimétisme jusqu'à émettre une luminosité de 100 watts bien tassés.

DEUX : Alors, voulez-vous me permettre ? Comment distinguez-vous un gobe-douille d'une ampoule ?

UN : Au toucher. Au toucher on sent les plumes.

DEUX : Vous avez déjà touché un gobe-douille ?

UN : Non. Je voudrais bien. Mais mon arrière-grand-mère en avait apprivoisé un.

DEUX : Un gobe-douille ?

UN : Oui. Très gentil. Il lui faisait de la lumière. Quand il n'avait plus faim, elle lui coupait le courant, et au lieu de s'en aller, il restait tranquillement au plafond, la tête dans sa douille, il avait confiance, il dormait. Et puis un soir, mon arrière-grand-mère me l'a raconté bien souvent, un soir qu'il était là, en train de se gaver — jamais il n'avait été aussi resplendissant —, tout à coup il s'est mis à perdre ses watts. Il a chanté un peu. D'après mon arrière-grand-mère, le chant du gobe-douille, c'était à peu près ça : Bzzzzz. Alors, le pauvre petit oiseau a fait : Bzzzzz, et puis il s'est éteint, tout doucement.

DEUX : C'est triste.

Noir.

UN : Pourvu que ce ne soit pas lui.

DEUX : Mais non, c'est la minuterie. Une seconde.

Lumière.

Ce qui est triste, aussi, c'est que vous persistiez à croire que votre papa, votre maman, votre grand-papa et votre grand-maman, votre arrière-grand-papa, votre arrière-grand-maman ne vous ont jamais raconté que des histoires vraies. Moi, je n'y crois pas, à votre gobe-douille.

UN : Vous croyez bien aux ampoules électriques.

DEUX : Oui, mais les ampoules, c'est pas des oiseaux.

UN : Justement, si c'est pas des oiseaux, qu'est-ce que c'est, les ampoules ? On n'en sait rien. Et puis, je ne vous ai pas dit que j'y crois, au gobe-douille. Au contraire, ma conviction profonde est qu'il n'existe pas.

DEUX : Alors, qu'est-ce que vous cherchez tous les soirs, dans cet escalier ? si c'est pas le gobe-douille.

UN : Je cherche à vérifier que le gobe-douille n'existe pas.

DEUX : Vous n'y êtes pas encore arrivé ?

UN : C'est difficile.

DEUX : Bon, ben moi je vous laisse monter tout seul, parce que le bruit de mon pied doit faire peur aux oiseaux qui n'existent pas.

UN : Chut !

DEUX : Oui, oui, chut. Je n'ai pas bougé.

UN : Alors, qu'est-ce qui fait ce bruit-là ?

Bzzzz.

Le gobe-douille ! C'est le chant du gobe-douille !

DEUX : Vous croyez ?

Bruit : Pof ! Noir.

UN : Qu'est-ce que je vous disais ! Vous voyez bien qu'il existe, le gobe-douille, puisqu'il vient de claquer !

LA PLUIE

UN : Je ne la supporte pas.

DEUX : Pourquoi ?

UN : Je ne sais pas.

DEUX : Vous avez toujours été comme ça ?

UN : Depuis tout petit.

DEUX : Et vous n'avez jamais essayé ?

UN : De sortir sous la pluie ? Si, plusieurs fois. Mais je ne supporte pas.

DEUX : Question d'éducation. Vos parents auraient dû vous forcer.

UN : Non. C'est plutôt une question de tempérament. Vous-même, il y a sûrement des choses que vous ne supportez pas.

DEUX : Bien sûr. Le feu, par exemple. À aucun prix je ne me promènerais dans une forêt qui flambe. Mais moi, je sais pourquoi.

UN : Ce n'est pas du tout comparable.

DEUX : Non, parce que le feu, même si on m'y forçait... Tandis que vous, la pluie, si vous le vouliez vraiment... je suis sûr que vous supporteriez très bien de vous promener dessous.

UN : Oui, bien sûr, comme tout le monde. Simplement je préfère attendre qu'il fasse beau.

DEUX : Moi aussi, je préfère attendre qu'il fasse beau !

UN : Mettons que j'ai une préférence exagérée pour attendre qu'il fasse beau.

DEUX : Mais enfin, la pluie, vous avez quelque chose de spécial à lui reprocher, à la pluie ?

UN : Moi, non. Je l'aime bien, la pluie. C'est joli. Ça fait un bruit que j'aime bien. Ça fait du bien aux fleurs. Ce que je n'aime pas, c'est me promener dessous.

DEUX : Mais moi non plus je n'aime pas me promener sous la pluie. Faut toujours que vous vous preniez pour quelqu'un d'exceptionnel ! Personne n'aime ça ! Mais tout le monde supporte.

UN : Eh bien moi, j'ai une façon particulière de ne pas aimer ça : je ne supporte pas.

DEUX : Tout ça n'est pas très clair. Voyons. Voulez-vous que nous fassions une petite expérience ? Vous êtes dans la campagne. Vous êtes cerné. Vous avez à droite une forêt qui flambe, et à gauche, il commence à pleuvoir. Qu'est-ce que vous faites ?

UN : J'attends que ça s'arrête.

DEUX : Ça ne s'arrête pas. Il faut choisir. Qu'est-ce que vous choisissez ?

UN : Je choisis la pluie. Bien sûr. Mais sans joie

DEUX : Pourtant, vous m'avez dit que vous l'aimiez bien, la pluie.

UN : Je l'aime bien, oui. Mais de loin.

DEUX : Vous êtes un drôle de type.

UN : Non, je ne suis pas un drôle de type. Il y a des choses qu'on aime, mais pas de trop près. Le feu, par exemple, que vous ne supportez pas, je suis sûr que vous l'aimez bien.

DEUX : Bien sûr, je l'aime bien. J'aime bien allumer ma pipe avec... J'aime bien faire cuire mes nouilles avec...

UN : Mais vous n'aimez pas vous promener dedans. Eh bien moi, la pluie, je n'aime pas me promener dessous. C'est pareil.

DEUX : Non, ce n'est pas pareil, le feu. Parce que le feu ça brûle, figurez-vous. Et à la longue ça tue.

UN : On dit ça aussi de l'alcool. Ça ne vous empêche pas d'en boire.

DEUX : L'alcool, ça tue à la longue, oui ; mais pas à la même longue que le feu. Pour le feu, c'est une longue plus courte.

UN : Une longue plus courte ! c'est vague.

DEUX : Enfin, je veux bien que, le feu et l'alcool, c'est pareil, puisqu'ils brûlent tous les deux. Mais la pluie, ça ne brûle pas.

UN : Non, mais ça mouille.

DEUX : C'est pas la pluie qui mouille, c'est l'eau.

UN : Mais la pluie, c'est de l'eau qui tombe. L'eau, pour qu'elle mouille, faut qu'elle tombe. De l'eau qui se contente de couler, par exemple, ça ne mouille pas les gens qui se promènent le long.

DEUX : Oui. Les rivières, pour qu'elles mouillent, il faut tomber dedans.

UN : Tomber. Voilà. Pour qu'on soit mouillé, faut toujours que quelque chose tombe. Ou bien c'est l'eau qui tombe sur vous, ou bien c'est vous qui tombez dans l'eau. Dans les deux cas, il y a une chute... C'est à se demander, si ce ne serait pas la chute qui mouille.

DEUX : Oui... Mais pas n'importe quelle chute. Que ce soit un pavé, par exemple, qui vous tombe sur la tête, ou que ce soit vous qui tombiez dans la cage de l'escalier, dans les deux cas vous restez sec. Pour qu'une chute mouille, il faut qu'il y ait de l'eau dedans.

UN : Faut que je note ça sur mon carnet. « Pour être mouillé, il faut 1) de l'eau, 2) une chute. » Ça va loin, ça.

DEUX : Je pense bien... Ainsi, ce qui vous dérange dans la pluie, ce n'est pas qu'elle tombe. C'est qu'elle mouille.

UN : Ah ben : voilà !... Encore que... attention ! Ça me dérange dans le cas où je me promène dessous. Ce que je ne supporte pas qu'elle mouille, la pluie, c'est moi. Pour le reste, elle peut bien mouiller tout le monde... comme disait Lucrèce, ça m'est égal.

DEUX : Et si la pluie ne mouillait pas, vous accepteriez volontiers de vous promener dessous.

UN : Certainement. Si elle ne mouillait pas...

DEUX : Bon. Alors ce n'est pas la pluie qui vous gêne.

UN : C'est quoi.

DEUX : C'est d'être mouillé.

UN : D'être mouillé, qui me gêne... oui.

DEUX : Par n'importe quoi. Que ce soit la pluie ou autre chose, ça vous est bien égal.

UN : Je crois, en effet. Que ce soit par la pluie ou par autre chose, je n'aime pas être mouillé.

DEUX : Alors je suppose que vous ne vous lavez jamais.

UN : Si. Tous les jours.

DEUX : Mais sans vous mouiller.

UN : Si, bien sûr. En me mouillant. Avec de l'eau, je peux pas faire autrement.

DEUX : Alors, vous ne supportez pas ?

UN : Si.

DEUX : Pourquoi ?

UN : Vous avez beau dire. Une douche et une averse, c'est différent.

DEUX : En quoi est-ce différent ?

UN : Une averse et une douche ? Eh bien en ceci, que la douche, je la reçois quand je suis tout nu.

DEUX : Ah bon. Alors, ce que vous n'aimez pas, dans la pluie, c'est qu'elle vous mouille quand vous êtes habillé.

UN : Voilà. Je n'aime pas ça.

DEUX : C'est bizarre. Ainsi, quand vous êtes tout nu, ça vous est égal de vous promener sous la pluie.

UN : Oui. Enfin... Je veux dire... En réalité, ça ne m'est jamais arrivé.

DEUX : Jamais ?

UN : Non, jamais.

DEUX : Pourquoi ?

UN : Eh bien,... je suppose que c'est à cause de la police...

DEUX : Voilà ! Vous voyez ce qu'on découvre, quand on s'efforce de raisonner un peu. Vous dites :

« Je n'aime pas la pluie », et en réalité qu'est-ce que ça veut dire ? Ça veut dire tout simplement que vous craignez la police. Il n'y a pas de honte à ça. Mais pourquoi ne pas l'avoir dit tout de suite ?

UN : Que je crains la police ?

DEUX : Puisque c'est ça qui est vrai !

UN : Eh bien, je vous le dis : je crains la police.

DEUX : Oui. Eh bien voilà une vérité qui n'est pas tellement claire. Car enfin : encore faudrait-il savoir *pourquoi* vous craignez la police...

UN : Attendez, attendez ! La police, je ne la crains pas continuellement. Je la crains quand j'ai envie de sortir et que j'aimerais bien sortir tout nu, parce qu'il pleut.

DEUX : Vous craignez la police quand il pleut.

UN : Oui.

DEUX : Et quand il ne pleut plus, elle cesse de vous faire peur.

UN : La police ? Ben oui... logiquement.

DEUX : Alors, rien ne vous empêche de vous promener tout nu quand il fait beau ?

UN : Rien.

DEUX : Ah ha !

UN : Ou plutôt si. Quelque chose encore m'en empêche.

DEUX : Ça ne peut pas être la pluie : nous avons supposé qu'il fait beau.

UN : Non. Ce doit être encore la police.

DEUX : Encore la police. Vous voyez donc qu'elle vous fait peur même quand il ne pleut pas.

UN : C'est vrai. Qu'il pleuve ou qu'il fasse beau, c'est pareil, la police me fait peur tout le temps.

DEUX : Et c'est cette peur de la police qui vous fait craindre qu'il ne se mette à pleuvoir sur vous.

UN : Oui. Je crois que vous l'avez démontré. Me voilà propre.

DEUX : Finalement, vous aviez sans doute raison : vous devez être un peu exceptionnel. C'est drôle que la police vous fasse peur, comme ça...

UN : Oui. Surtout que je ne crois pas qu'elle le fasse exprès.

DEUX : C'est bien ce que je pense. Ça ne vient pas d'elle, ça vient de vous.

UN : Non. Parce que si la police n'était pas là, je n'aurais pas peur de la police.

DEUX : Vous êtes sûr ?

UN : Oui.

DEUX : Vous n'avez pas peur quand la police n'est pas là ?

UN : Non.

DEUX : En ce moment, par exemple, la police n'est pas là...

UN : Non.

DEUX : Hou !

UN : Ah ! vous m'avez fait peur.

DEUX : Vous voyez. Vous avez eu peur quand même. Pourtant je ne suis pas de la police.

UN : Non.

DEUX : Alors ?

UN : Alors...

DEUX : Alors vous avez eu peur parce que...

UN : Parce que...

DEUX : Parce que vous êtes peureux, voilà tout ! Pourquoi ne pas l'avoir dit tout de suite, au lieu de faire l'intéressant ?

UN : Je ne sais pas... je ne sais pas...

DEUX : Vous ne savez jamais rien.

UN : Je suppose que c'est parce que j'ai honte d'être peureux.

DEUX : Ça se soigne, ça.

UN : Vous croyez ?

DEUX : Pourquoi n'achèteriez-vous pas un parapluie, par exemple.

UN : Un parapluie ! Comme ils en ont dans la police, avec un melon ?

DEUX : Non, comme le mien. Où est-ce que je l'ai mis ?

UN : Vous n'en avez pas besoin. Il ne pleut plus. Parce que, voyez-vous, contre la pluie, il n'y a pas que les parapluies. Il y a aussi la patience.

DEUX : La patience, ça se perd plus facilement qu'un parapluie.

UN : Et pourtant, il en faut, quand on a perdu son parapluie, de la patience. Mais quand vous aurez perdu la patience, c'est pas avec un parapluie que vous la retrouverez.

DEUX : C'est avec quoi, que je la retrouverai, ma patience ?

UN : Avec de la patience.

À TABAC

UN : Vous êtes sûr qu'ils sont partis à la campagne, dans la Brie, comme vous dites, les voisins du dessus ?

DEUX : Oui, chef.

UN : Je viens d'entendre quelque chose qui ressemblait vaguement à un bruit, là-haut.

DEUX : C'est le chauffage central, chef. C'est le chauffage central qui pétille dans les tuyaux.

UN : Et ceux du dessous, vous êtes certain qu'ils se sont perdus en visitant les catacombes ?

DEUX : Absolument certain, chef. C'est moi-même que j'ai soudoyauté le gardien.

UN : Soudoyé.

DEUX : Non, non, chef, soudoyauté, afin qu'il les égarât et qu'il les verrouillît dans les tunnels.

UN : Il me semble pourtant avoir entendu éternuer, là-dessous.

DEUX : Oui, chef, mais ce qui éternue, c'est les petits oiseaux qu'ils en ont plein des aquariums.

UN : Comment des aquariums !

DEUX : Pas des aquariums à poissons, chef, des aquariums à petits oiseaux.

UN : Vous êtes sûr ?

DEUX : Ils en sont férus, les locataires du dessous, des petits oiseaux. C'est ce qui explique, chef, pauvres petites bêtes...

UN : Parce que, il faudrait pas qu'on nous entende, ni du dessus, ni du dessous. C'est strictement prohibé, ce que nous faisons.

DEUX : C'est surtout que ça fait du bruit, chef. De taper de toutes nos forces sur un bonhomme, comme nous faisons depuis près de trois heures, même que je commence à la sauter, chef.

UN : Bon, alors, vite. Dépêchons-nous. Cette matraque, ça vient ?

DEUX : Je fais encore un nœud, chef, et ça y est. C'est que vous l'avez bel et bien fendue, votre matraque, sur le crâne de ce bonhomme. Voilà, chef, vous pouvez y aller, chef.

UN : C'est bien simple, je ne sens plus mon bras.

DEUX : Moi non plus, chef.

UN : Et puis, ne m'appelez pas chef tout le temps ! Chef ! Chef ! Je ne suis pas plus chef que vous, dans cette histoire ! Faudrait tout de même pas que ce soit moi que j'aie tout sur mon dos, les responsabilités !...

DEUX : Bien sûr que non, chef. Je fais mon possible.

UN : Allez, donnez-lui des coups de pied.

DEUX : Oui, chef. À quel endroit ?

UN : N'importe où. Dans le milieu.

DEUX : Je vais lui donner un coup de pied avec élan.

UN : Regardez-moi cette figure d'andouille qu'il fait !

DEUX : Une deux trois quatre, et... une deux trois quatre, pof !

UN : Bien, je crois qu'il a son compte.

DEUX : Merci, chef. Mais pour moi, vous savez, son compte, je crois bien qu'il l'a depuis deux bonnes heures.

UN : Quand on a son compte, on parle ! Tant qu'on ne parle pas, c'est qu'on n'a pas son compte ! T'entends, petit Georges ? T'as ton compte, ou tu l'as pas ? Tu nous le dis, ou tu nous le dis pas ?

DEUX : Je t'en fiche. Il ne réagit plus.

UN : Alors, t'en veux encore ?

DEUX : Eh là, attention chef, vous m'envoyez votre matraque en plein dans l'œil.

UN : Poussez-vous, que je la fasse tournoyer. Et sfouite ! sfouite !... *(sifflements)*... et pof !

DEUX : Oh là ! Eh bien, heureusement que j'étais là pour la rattraper, chef.

UN : Ma matraque ?

DEUX : On peut dire que vous n'y allez pas avec le dos de la cuillère ! Non, pas votre matraque. Sa tête, chef, la tête à Georges, je l'ai reçue en plein dans le bide ; ça m'a rappelé quand j'étais gardien de but au Football Club de la Colle-sur-Loup.

UN : Voilà ce que j'appelle du passage à tabac. Allez, remettez-lui sa tête sur les épaules. Je suis sûr qu'il va causer, maintenant. Hein, mon petit Georges, on a des choses à se dire, tous les deux, pas vrai ? Non ?

DEUX : Trop têtu. Vous verrez qu'il ne dira rien, chef. Comme il est là, il est buté.

UN : On va voir. Où c'est qu'est passée ma matraque ?

DEUX : Ah ! votre matraque, chef, je ne veux rien dire, mais je crois bien qu'il l'a avalée, ce gros dégoûtant.

UN : Ah bon ! Parfait ! de mieux en mieux ! Eh bien mon petit ami, puisqu'on se paye le luxe d'avaler ma matraque, on va faire connaissance avec ma psychologie.

DEUX : Vous avez une psychologie, chef ?

UN : Un peu. Vous allez voir. Eh houp ! Ouille ! Zut, je me suis fait mal.

DEUX : Où ça, chef ?

UN : Tenez, regardez : ma psychologie qui est toute tordue. Ah le chameau !

DEUX : T'as pas honte ? grand léopard ! Qu'il a tordu la psychologie de mon chef ! Et pourquoi tu le dis pas, hein ? C'est pourtant pas difficile, ce qu'on te demande.

UN : Poussez-vous. Dis donc, mon petit Georges, c'est la dernière fois que je te pose la question gentiment. Après, mon camarade et moi, faudra qu'on en finisse. On te finira, mon petit Georges, avec ça, tu vois ? Tu sais ce que c'est ? Tu n'es pas sans avoir entendu parler qu'il existait des jolis bijoux comme ça, qu'on appelle des râpes à fromage ? Bon. Alors écoute et tâche de répondre. Où est passé mon stylo à bille ? J'attends.

DEUX : Hé ! Peut-être qu'il n'en sait rien, après tout, chef, où ce qu'il est passé votre stylo à bille.

UN : Avec ça ! que je venais juste de l'acheter, un

stylo à bille splendide ! Je rencontre cet animal de Georges, je me fouille, plus de stylo à bille !

DEUX : Je sais bien, chef, j'étais là. Mais à mon avis, jamais il n'osera vous le dire, qu'il vous l'a fauché, votre stylo à bille.

UN : D'ailleurs, si c'est pas lui, c'est vous. Allez, poussez-le par terre et prenez sa chaise. On va voir ce que vous avez dans le ventre... Assis !

DEUX : Je veux bien, chef, mais allez-y mou. Franchement, moi je crois pas que c'est moi qui vous l'ai pris, votre stylo, m'enfin ça vaut toujours la peine de se renseigner. Allez, tapez-moi dessus, comme si vous me connaissiez pas.

DOUCEUR

UN : Alors, pan ! J'entends quelque chose qui pète dans la chambre à côté, je me dis, ça c'est un pistolet. Surtout, ne perdons pas notre sang-froid. C'est ce que mon père me disait toujours : ne perds jamais ton sang-froid.

DEUX : Vous avez raison.

UN : D'autant que ce coup de pistolet, moi, il ne m'avait pas fait de mal. Je n'avais aucune raison de me mettre à hurler. Alors voilà ma femme qui entre. Au premier coup d'œil, je m'aperçois qu'elle est dans tous ses états. Peut-être pas dans tous, faut pas exagérer, mais tout de même dans un nombre assez considérable d'états. Je lui dis : Qu'est-ce qu'il y a, ma bibiche ? Elle me répond : Il vient d'essayer de me tuer.

DEUX : Qui ?

UN : Tiens, vous avez le même réflexe que moi. Moi aussi, je lui ai demandé qui ?

DEUX : Et qu'est-ce qu'elle vous a répondu ?

UN : Elle m'a répondu : C'est Georges.

DEUX : Qui, Georges ?

UN : « Eh bien, Georges, mon amant ! » Voilà ce qu'elle me dit.

DEUX : Oh ! Mais vous saviez que Georges était...

UN : Non. Comment je l'aurais su ? Elle ne me l'avait pas dit.

DEUX : Vous ne le lui aviez pas demandé ?

UN : Non. Pour quoi faire ? Ces choses-là, ça ne sert à rien de les demander. Elles finissent toujours par se savoir. Il suffit d'attendre.

DEUX : Oh ! Ce que vous êtes flegmatique ! Vous avez sûrement du sang anglais. Et alors ?

UN : Eh bien alors, comme ma femme continuait de hurler, j'ai essayé de la calmer, pas ? Elle était indemne, alors je lui ai dit : « Calme-toi, ma Bibiche, t'es indemne. Et puis, si Georges avait vraiment voulu te tuer, il aurait fallu qu'il tire dans ta direction, pas ? Peut-être qu'il voulait seulement t'effrayer. » C'était pour la rassurer que je lui disais ça. Mais c'était vrai.

DEUX : Sûrement. On voit que vous connaissez bien Georges, vous. Alors qu'est-ce qu'elle a dit, votre femme ?

UN : Eh bien, figurez-vous qu'elle n'avait pas l'air contente du tout que je lui dise ça.

DEUX : Pourquoi ?

UN : Je ne sais pas. On a beau avoir l'habitude et faire très attention, on est toujours plus ou moins maladroit avec les femmes, vous savez. J'ai fini tout de même par comprendre ce qu'elle voulait, ma Bibiche... euh, ma femme. Elle voulait tout simplement que j'aille flanquer une trempée à Georges. Une trempée, c'est comme ça qu'elle a dit.

DEUX : Vous n'avez pas accepté ça, au moins ?

UN : Non ! Alors là j'ai refusé. Moi, Georges je l'aime bien. Je suis sûr qu'il m'en aurait voulu, de venir me mêler à une histoire qui, après tout, ne me regardait absolument pas. J'aurais pas dû être au courant.

DEUX : C'est vrai ! tout ça, vous n'étiez pas censé le savoir.

UN : Alors, je suis tout de même allé chez lui. On a parlé de choses et d'autres. Mais on n'a pas parlé de ça.

DEUX : Vous avez raison. D'ailleurs chez moi c'est un principe : je ne me bats jamais.

UN : Remarquez que j'aurais pu. Je sais me battre. Mon père m'a dit comment il fallait faire. Mon père il m'a dit...

DEUX : Qu'est-ce qu'il vous a dit, votre père ?

UN : Il m'a dit : « D'abord, bats-toi le moins possible. Et puis s'il faut que tu te battes, choisis ton terrain, tout est là. » Et ça c'est vrai : si vous vous laissez aller à combattre en haut d'un escalier de cinq étages, ce n'est pas votre adversaire qui vous fera le plus de mal, c'est l'escalier.

DEUX : Bien sûr. Il faut choisir un terrain mou.

UN : Mou, oui, mais sans excès. Il ne faut pas se battre au bord d'un fleuve, par exemple. Parce qu'en admettant que la première phase du combat soit terminée, que vous ayez reçu le coup de poing, eh bien c'est à ce moment-là que la seconde phase du combat commence, la phase la plus importante : celle où vous reprenez conscience. Et au fond d'un fleuve, c'est rudement difficile de reprendre conscience.

DEUX : Et pour la première phase du combat, qu'est-ce qu'il vous donnait comme conseil, votre père ?

UN : Les conseils du bon sens. Bouger le moins possible. Parce que quand on bouge, les coups de l'adversaire perdent de leur précision, on en reçoit beaucoup trop, le combat traîne, ça devient de la boucherie. La bonne position, la voilà. Le menton en avant, vous voyez, bien en avant ; et les deux bras bien relâchés le long du corps. Mon père me disait : « Si tu ne reçois pas le coup de poing avec la pointe de ton menton, avec une grande docilité, eh bien, mon petit, il y a une chose certaine, c'est que tu ne sais pas te battre. Et puis alors, tomber ! Même si on n'en ressent pas la nécessité absolue, tomber ! tomber le plus vite possible, et attendre que l'adversaire s'en aille. »

DEUX : Vous avez l'air de rudement bien savoir vous battre, vous.

UN : Je me défends pas mal. Mais j'ai encore des progrès à faire. La douceur, c'est dur.

DEUX : Surtout quand on est marié. Mais tout de même, ça vaut la peine de faire un effort. Ainsi, tenez : dans la journée, vous travaillez, alors forcément, quand vous rentrez à la maison, le dîner n'est pas prêt. Votre femme n'est pas contente. Eh bien moi, je m'arrange. Dans le métro, j'épluche mes pommes de terre, mes radis. Au bureau, entre deux circulaires à copier, j'ouvre mon tiroir, et je reprise. Quand je veux être tranquille chez moi pour faire le ménage, j'envoie ma femme au cinéma avec Albert, par exemple. Comme ça j'ai ma soirée libre, je peux passer l'aspirateur. Et quand ma femme rentre à la maison — dans le cas où elle rentre, bien sûr —, eh bien, elle peut chercher ! En tout cas, elle n'a aucun reproche à me faire.

UN : Bien sûr. Ce qu'il faut, c'est : savoir se débrouiller.

DEUX : De la douceur, du sang-froid... Je vous le demande : qu'est-ce qu'il faut de plus pour être heureux ?

UN : Rien.

L'EXAMEN

UN, *respiration sifflante* : Sss... sss... sss...

DEUX, *tousse* : Monsieur ! Monsieur le professeur... hum !...

UN, *tousse* : Non, non, je ne dormais pas. Ssss. Je vous vois, je vous vois. Ssss. Asseyez-vous, Monsieur. Ssss. Votre nom ?

DEUX : Moi ? Je ne sais pas...

UN : Qu'est-ce que vous faites ici ?

DEUX : ? !... Je ne sais pas, moi. Je viens passer l'oral de mon baccalauréat ?...

UN : Comment !

DEUX : Enfin, je viens essayer de passer l'oral de mon baccalauréat ?...

UN : « Votre » baccalauréat ! Comme vous y allez.

DEUX : Non, pas le mien. « Le » baccalauréat.

UN : Ssss... Bon. Et moi ? Ssss.

DEUX : Vous ? M'sieur ?... Eh ben... euh... vous...

Il cherche.

UN : Qu'est-ce que je fais là, moi ? Qu'est-ce que je fais là ? Ssss...

DEUX : Vous me... vous m'inspectez ? — Non ! — vous m'examinez ?

UN : Moi ? Ssss... Vous êtes sûr ?

DEUX : Ah, M'sieur, je vous donne ma parole d'honneur que c'est ce qu'on m'a dit. C'est le garçon de salle, là, l'appariteur qui me l'a dit, il m'a dit : Commencez par l'examinateur de la table du coin, le vieux qui a une barbe et qui euh...

Il tousse.

UN : Oui, oui. Bon, bon. Asseyez-vous.

DEUX : Je suis assis, M'sieur. Je suis assez assis. Vous êtes bien aimable.

UN : Oui, ben asseyez-vous moins que ça, Monsieur. Je ne vous vois point. C'est à peine si j'entrevois votre nez, qui repose sur le bord de la table. Ssss.

DEUX : Mais, M'sieur, je ne suis pas là ! Hé ! Houhou !

UN : Ssss, alors si vous n'êtes pas là, je ne peux pas vous examiner, fichez-moi le camp !

DEUX : Je veux dire que je ne suis pas là où vous regardez, M'sieur. Vous regardez nettement trop à droite. Ce n'est pas mon nez, que vous voyez, c'est votre gomme.

UN : Je n'ai pas de gomme.

DEUX : Voulez-vous que je vous aide à mettre vos lunettes, M'sieur ? Voilà, voilà... Maintenant, si vous voulez me voir, il faut que vous vous tourniez un peu vers la droite, environ d'un quart de tour.

UN : Ssss. Je veux bien faire un effort, ssss, pour vous voir...

DEUX : J'ai dit la droite ! Pas la gauche, M'sieur, la droite.

UN : La gauche la droite sss, c'est bien du pareil au même. La droite la gauche. Ssss. Alors. Dans ce sens-là, si je tourne, ça va ?

DEUX : Voilà ! voilà ! Vous y êtes. Vous me voyez, à présent ?

UN : Ssss. Vous avez parfaitement raison, je vous vois. Vaguement, mais je vous vois. Ssss. Oui, oui, vaguement. Ssss. C'est amusant. Alors, qu'est-ce que vous voulez, beau jeune homme, hein ?

DEUX : Ben M'sieur, je voudrais bien être reçu au baccalauréat.

UN : Quelle série ?

DEUX : Série Poterie et Langues vivantes, M'sieur.

UN : Votre nom ?

DEUX : Moi, M'sieur.

UN : Moi ? ça ne me dit rien, ça, Moi. Ssss. Qui êtes-vous ?

DEUX : Je suis André Moi, M'sieur. Je viens pour que vous me posiez des questions sur ce que j'ai appris.

UN : Ah, vous voulez que je vous pose des questions ! Parole ! C'est un véritable examen ! Ssss. Examen. Ssss. Ah bon ! Eh ben je vais vous poser quelques questions. Émile ! Demande pardon, jeune homme, l'appariteur s'appelle bien Émile ?

DEUX : Sais pas, M'sieur. Nous, on l'appelle Gras-du-bide.

UN : Excellente réponse. Ssss. Gras-du-bide !

GDB : Monsieur le professeur ?

UN : Gras-du-bide, venez un peu ici ! Voulez-vous me rappeler, s'il vous plaît, quelles sont les matières... Ouille ! une bretelle qui vient de me lâcher ! Ssss... les matières sur lesquelles je dois interroger mes petits candidats. On ne m'a pas dit si c'était l'histoire ou la géographie, deux disciplines pourtant bien différentes !

GDB : Monsieur le professeur, vous en avez déjà interrogé soixante-quinze depuis le début de la matinée.

UN : Me rappelle pas.

GDB : C'est pourtant pas difficile : Anatomie et physiologie animale et végétale.

UN : Ah tiens... Ssss.

GDB : Vous savez bien : le foie, les reins, les osses, la viande, la cervelle, les méninges...

UN : Ah, oui...

GDB : Enfin, tout l'homme, quoi, tout ce qui fait le bonhomme, sauf, naturellement, les parties honteuses.

UN : Merci mon ami, merci. Ssss. Tenez, voilà un bibi, un billet de cent baba, un billet de cent balles. Ssss. Et fichez-moi le camp.

GDB *s'éloigne* : Un billet de cent balles ! Il va un peu fort. Un bout de papier carbone !

UN : Ssss. Votre nom déjà !

DEUX : Moi, M'sieur.

UN : Ssss. Jamais entendu parler. Ssss. Je vais vous mettre un zéro.

DEUX : Oh ben non !

UN : Vous en faites pas, ce sera un tout petit zéro de rien du tout.

DEUX : Mais M'sieur, vous ne m'avez pas encore interrogé.

UN : Sur quoi, mon petit ?

DEUX : Sur l'anatomie, la physiologie...

UN : Qu'est-ce que vous savez de la respiration ? Ssss.

DEUX : La respiration est une fonction...

UN : Halte ! Ssss... je précise... Que savez-vous sur MA respiration ?

DEUX : Ben...

UN : Vous avez dix secondes pour répondre. Ssss.

DEUX : C'est une respiration sifflante ?

UN : Je vous remémé, je vous remercie, sss, jeune homme. Très bonne réponse. Je vous mets un zéro. Pour moi c'est la note maximinium. Zéro.

DEUX : Oh ben, pas là, M'sieur ! Vous m'écrivez sur le bout du nez. Ssssss.

UN : C'est votre nez ça ? Félicitations. Eh bien comme ça, il sera reçu avant vous, avec mon beau zéro... Croyez-moi, jeune homme : il faut toujours suivre son nez, partout où il va. Ss...

DEUX : Ssss.

BOURDONNEMENTS

UN : J'ai des bourdonnements d'oreille.

DEUX : Non.

UN : Comment, non ? Je vous dis que j'ai des bourdonnements d'oreille.

DEUX : Non.

UN : Je suis mieux placé que vous pour le savoir.

DEUX : Non.

UN : Dites que vous n'entendez pas mes bourdonnements d'oreille, si vous voulez...

DEUX : Mais je ne veux pas.

UN : Parce que j'ai beau être le nombril de l'univers...

DEUX : Ah, c'est vous, le nombril de l'univers ?

UN : Oui...

DEUX : Tiens, je croyais que c'était moi.

UN : Non, c'est moi ; eh bien, c'est pas parce que je suis le nombril de l'univers que mes bourdonnements d'oreille, tout le monde doit les entendre. Il faudrait que je fusse à la fois très orgueilleux et très bête pour le croire. Mais j'ai des bourdonnements d'oreille.

DEUX : Nom d'un petit bonhomme, ce qu'il peut faire soif.

UN : C'est le désert, qui fait ça.

DEUX : Pas celui d'Ermenonville, quand même. Non, ça serait plutôt le hamac. À chaque fois que je suis dans un hamac, je l'ai remarqué, il fait soif.

UN : C'est peut-être parce qu'on se balance. Ça fait du vent, et le vent dessèche les muqueuses.

DEUX : Enfin, tout ça, ça ne vous empêche pas de dire des bêtises. Vous ne pouvez pas en même temps avoir des bourdonnements d'oreille et être le nombril de l'univers. Un nombril, ça peut pas avoir des bourdonnements d'oreille.

UN : Pourquoi ?

DEUX : Parce que ça n'a pas d'oreilles.

UN : Si vous voulez absolument chercher la petite bête, pas la peine de vous donner tant de mal, vous en avez une sur le nez depuis un quart d'heure.

DEUX : Oui, mais celle-là j'y touche pas. C'est une coccinelle. Les coccinelles, c'est sacré.

UN : Je me demande vraiment quel plaisir elle peut trouver à stationner comme ça sur votre nez.

DEUX : On trouve bien du plaisir à stationner dans la forêt d'Ermenonville, nous.

UN : Oui, mais si j'avais l'impression que c'est sur le nez de quelqu'un que nous sommes en train de faire du hamac, eh bien je ne serais pas à mon aise. Je préférerais m'en aller.

DEUX : Cette pauvre petite bête, elle ne sait pas qu'elle est sur mon nez.

UN : Elle vous fatigue pas ?

DEUX : Si, un peu. C'est pas qu'elle pèse bien lourd, mais quand on a une coccinelle sur le nez, je sais pas si vous êtes comme moi, mais j'ai beau essayer de plus y penser, c'est plus fort que moi, je louche. Loucher, à la longue, ça épuise. Et puis en plus, comme je suis superstitieux et que je voudrais pas qu'elle s'en aille de dessus mon nez, cette coccinelle, à chaque fois que je parle, faut que je fasse bien attention, parce que j'ai une tendance à parler du nez, et que si je parle du nez ça va lui faire des vibrations dans les pattes, alors elle aura peur, cette pauvre petite bête, et elle fichera le camp. Enfin, tout ça, moi qui espérais me reposer, je vais être dans un bel état, ce soir, au point de vue nerveux.

UN : Quand vous serez vraiment fatigué, vous savez, j'ai un nez aussi, moi. Et confortable. Si votre coccinelle est susceptible d'accepter un changement de nez, il est à votre disposition.

DEUX : Elle n'a pas de raison de changer. Pour qu'elle change, c'est comme les appartements, ça : faudrait que votre nez soit moins cher que le mien, ou mieux exposé.

UN : Vous me faites rigoler, avec votre histoire de nombril qui ne peut pas avoir de bourdonnements d'oreille. Il est pourtant bien placé, au milieu du ventre, pour en avoir. Parce que le ventre, si on dit : ventre affamé n'a pas d'oreilles, qu'est-ce que ça voudrait dire, si les ventres, quand ils sont pas affamés, ils n'avaient pas d'oreilles non plus ? Le ventre, ça a des oreilles, sauf quand c'est affamé.

DEUX : Voui. Mais être le nombril de l'univers, c'est pas du tout pareil que d'être le nombril d'un ventre.

UN : S'entendre dire des choses pareilles à Ermenonville, à deux pas du désert et du tombeau de Jean-Jacques Rousseau ! Quand on dit : le nombril de l'univers, ça sous-entend forcément que l'univers, dans une certaine mesure, ressemble à un ventre.

DEUX : En tout cas, vous me feriez bien rigoler aussi, mais j'ose pas, à cause de la coccinelle que j'ai sur le nez.

UN : Pourquoi je vous ferais bien rigoler, si vous osiez ?

DEUX : Parce que le nombril de l'univers, jusqu'aujourd'hui, j'avais toujours entendu dire que c'était moi.

UN : Eh bien, moi, je ne veux pas vous retirer vos illusions. Mettons que ça soit vous. Et puis, personnellement, ça ne me déplairait pas de penser que l'univers possède deux nombrils. Vous et moi.

DEUX : Oui, mais s'il y en a deux, ça commence à prendre de son importance, les nombrils. C'est comme la Légion d'honneur ou le Jockey Club, plus on est de fous, moins ça fait distingué. Deux nombrils, hein ? Bientôt il y en aura trois, de nombrils à l'univers, et puis quatre.

UN : Je crois que ça ferait plaisir à Georges, si on l'admettait avec nous, parmi les nombrils.

DEUX : Un autre nombril, tenez, qui demanderait pas mieux, c'est la cousine Paulette.

UN : Et puis alors, puisqu'on est à Ermenonville, comme nombril de l'univers à titre posthume, je crois qu'on pourrait pas faire autrement que d'admettre Jean-Jacques Rousseau.

UN *et* DEUX : Boum !

DEUX : Faites un peu attention, avec votre hamac !

UN *et* DEUX : Boum !

DEUX : Regardez-moi ça ! Si vous vous balancez aussi, il faut qu'on se balance sur le même rythme, ou sans ça, c'est forcé qu'on se cogne.

UN : Votre coccinelle ?

DEUX : Elle s'est cramponnée. Elle est pas partie.

UN : C'est tenace, ces petites bêtes.

DEUX : Jean-Jacques Rousseau, oui. Nombril de l'univers, je me demande si ça lui ferait tellement plaisir. Parce que lui, son nombril, c'est pas de ça qu'il était tellement fier. C'est autre chose, qu'il montrait à tout le monde.

UN : C'était pas par fierté.

DEUX : Mais ça, pour avoir des bourdonnements d'oreille, Jean-Jacques Rousseau, il en avait.

UN : M'en souvenais plus.

DEUX : Mais si. Ça lui est venu tout d'un coup : bing ! Tiens qu'il s'est dit, voilà mes oreilles qui bourdonnent. Et puis l'ennui, c'est que les oreilles de Rousseau, c'était pas comme les mouches, qui bourdonnent pendant un été, et puis après c'est fini, ça meurt en attendant les mouches de l'été suivant. Non, les oreilles de Rousseau, depuis ce moment-là jusqu'à la fin de sa vie, elles ont tenu bon, sans se renouveler, et sans s'arrêter de bourdonner ; pas même pendant les week-ends qu'il venait passer à Ermenonville, ce pauvre Rousseau, avec ses deux oreilles qui bourdonnaient, une de chaque côté.

UN : Pourvu que ça ne me fasse pas pareil. Je n'aimerais pas passer toute ma vie avec ces deux choses qui me bourdonnent des deux côtés de la tête.

DEUX : Vous, ça n'a rien à voir. C'est pas des bourdonnements d'oreille que vous avez.

UN : Vous êtes d'une bêtise, mon pauvre ami, qui me donnerait des bourdonnements d'oreille, si je n'en avais pas. Pour vous, un bruit que vous n'entendez pas, c'est un bruit qui n'existe pas. Eh bien n'en parlons plus. Nom d'un petit bonhomme, ce qu'il peut faire soif.

DEUX : Faudrait tout de même pas me croire plus bête que cette pauvre petite bête que j'ai sur mon nez. Si je ne les entendais pas, vos bourdonnements d'oreille, alors oui, je croirais que c'est des bourdonnements d'oreille, et je vous le dirais. Si je vous dis que c'en est pas, c'est que précisément, moi aussi je les entends, vos prétendus bourdonnements d'oreille...

UN : Vous avez peut-être des bourdonnements d'oreille aussi.

DEUX : Mais non.

UN : Pourquoi ?

DEUX : Parce que je ne crois pas aux coïncidences.

UN : Alors, ce bruit qu'on entend tous les deux ? Vous croyez que c'est le bruit du désert d'Ermenonville ?

DEUX : Non, c'est le remords, qui fait ce bruit-là.

UN : Parce qu'on a volé les deux hamacs de Georges pour notre week-end à Ermenonville ?

DEUX : Non. On a des remords parce que depuis trois jours c'est l'été. Vous ne reconnaissez pas le bruit des vagues ?

UN : C'est vrai : elles font bzzzzz... Depuis trois jours on devrait être au bord de la mer !

DEUX : C'est ça nos bourdonnements d'oreille : la houle nous hante.

UN : C'est pas à Ermenonville qu'on devrait faire du hamac. On n'est pas là où il faut. Et c'est grave, ça, quand le nombril de l'univers n'est plus à sa vraie place. L'univers est un ventre qui tourne, suivant les saisons, et voilà que nous autres ses nombrils, nous ne l'avons pas suivi dans sa rotation.

DEUX : C'est grave. Quand l'univers a des bourdonnements de nombril, eh bien ça y est !...

UN : Ça y est quoi ?

DEUX : J'ai gagné ! Comment voulez-vous que je parle de bourdonnements de nombrils sans que ça fasse vibrer mon nez ? Elle est partie.

UN : La coccinelle ?

DEUX : La coccinelle. La pauvre petite coccinelle d'Ermenonville.

INDISCRÉTION

UN : B-I, *bi*, B-E, *be*, R-ON, *ron*. Biberon.

DEUX : V-EN, *ven*, T-I, *ti*, L-A, *la*, T-E, *teur* : Ventilateur.

UN : A-S, pi, R-I, ri, N-E, ne : aspirine.

DEUX : N-ON, *nom*, D'-UN, *d'un*, P-E, *pe*, T-I, *tit*, B-O, *bo*, N-O, *nomme* : nom d'un petit bonhomme.

UN : Je me demande pourquoi il a écrit tout ça à l'envers.

DEUX : Sans doute pour qu'on puisse pas lire facilement. Ça doit être son journal intime.

UN : Croyez ? Alors ne devrait pas le laisser traîner sur la table du salon.

DEUX : G-E, *je*, D-É, *dé*, P-EN, *pense*, T-RO, *trop*, D-AR, *dar*, G-EN, *gent*. Je dépense trop d'argent.

UN : Pas étonnant, s'il a acheté tout ça le même jour, un tonneau d'huile de foie de morue, un biberon, un ventilateur et de l'aspirine. C'est que tout ça, ça coûte cher.

DEUX : L-A, *la*, L-U, *lu*, X-U, *xu*, R-E, *re*, M-E, *me*, D-É, *dé*, V-O, *vo*, R-E, *re*. La luxure me dévore.

UN : Il a écrit ça ?

DEUX : À l'envers, oui.

UN : Georges ?

DEUX : Oui. Et puis ça continue comme ça : L-A, *la*, C-OU, *cou* Z-I, *zi*, N-E, *ne*, P-O, *po*, L-ETTE, *lette*, la cousine Paulette...

UN : Bon, eh ben écoutez, reposez ça sur la table. On va finir par être indiscret.

DEUX : Oui. Ça nous regarde pas. Passez-moi les magazines, que je les remette dessus. Voilà.

UN : Voilà. Non... Ils n'étaient pas comme ça, ces magazines. Ça m'aurait frappé.

DEUX : Oui, moi aussi. Celui-là, il devait être en dessous. C'est pas une chose qu'on montre.

UN : Faites voir. Non, décidément, je ne vois pas l'intérêt qu'on peut trouver à ce genre de photo.

DEUX : Y a des gens à qui ça fait quelque chose.

UN : Je ne savais pas que Georges était comme ça.

DEUX : Le Petit Chasseur Français. Voilà. C'est sûrement celui-là qui était au-dessus.

UN : Oui, c'était celui-là. Eh bien, c'est pour ça : je me disais, qu'est-ce qu'il a, Georges ? à avoir tout le temps mauvaise mine... C'est la luxure qui le dévore.

DEUX : Moi, je ne veux pas le savoir. On n'aurait pas dû lire. C'est nous les plus dégoûtants.

UN : Dites donc ! Il n'a qu'à le ranger mieux que ça, son journal intime. Et puis ça lui apprendra à nous faire patienter, comme il dit, dans son salon. Patienter, je vous demande un peu.

DEUX : Patienter, oui. Qu'est-ce que ça veut dire. Patienter quoi ?

UN : Je vous dis qu'il se prend pour un docteur

DEUX : Oui, ça je comprends, que, quand on est docteur, puisqu'on a des patients, on les fasse patienter, ils sont faits pour ça, sans ça y aurait aucune raison qu'on les appelle des patients. Mais nous, faudrait tout de même pas que Georges nous prenne pour ses patients.

UN : Et puis alors, pour me calmer les nerfs, on peut dire que vous l'avez, le pompon !

DEUX : Qu'est-ce que je vous ai fait ?

UN : Vous aviez bien besoin de me parler de la cousine Paulette.

DEUX : Ah, ça, je me demande bien quel rôle il lui fait jouer, Georges, dans son journal intime. Seulement, vous m'avez dit qu'il fallait pas continuer. Résultat : on saura jamais.

UN : Vous auriez mieux fait de ne rien lire du tout.

DEUX : Vous êtes drôle, vous ! Si j'avais su à l'avance que c'était le nom de Paulette que je lisais, je l'aurais pas lu. Je me serais arrêté juste avant.

UN : Y a rien de pire que le doute. Ah tenez, je vais faire une partie de carotte, ça me calmera.

DEUX : Une partie de carotte ? Vous avez apporté des carottes ?

UN : Mais non. J'ai apporté mon couteau.

DEUX : C'est pas le tout d'avoir un couteau, pour éplucher des carottes, il faut aussi des carottes.

UN : Vous savez pas ce que c'est que jouer à la carotte ? Tenez, regardez comment on fait. Et rhan ! Pfuit ! Boum, badaboum. Raté.

DEUX : Ah, c'est ça, jouer à la carotte !

UN : Oui. On jette le couteau, et puis quand il

arrive à destination, il faut qu'il se plante. Là, il s'est pas planté ; parce que c'est le manche qui est arrivé le premier. Alors, forcément, comme les manches, c'est pas fait pour se planter, il est tombé par terre. Il s'est bien planté par terre, mais ça, ça ne compte pas.

DEUX : Ça a beau ne pas compter, ça a tout de même fait tomber une bonne moitié de la peinture de la porte.

UN : Oui. C'est curieux. Même quand c'est le manche du couteau qui porte, en général, ça fait un trou, mais la peinture bouge pas. Attendez, je vais essayer encore un coup.

DEUX : Au fait, je me demande sur quoi elle s'ouvre, cette porte que vous avez tapé dedans. Parce que de ce côté-là, c'est plus l'appartement de Georges. C'est le mur mitoyen.

UN : Venez m'aider, j'arrive pas à arracher mon couteau du plancher.

DEUX : Oh, ben évidemment ! Le plancher vient avec.

UN : Ah, oui ça se soulève. Eh ben il va en faire une bobine, Georges, en voyant que je lui ai bousillé son parquet.

DEUX : Mais non. Attendez que je vous aide. C'est une trappe. Glissez votre pied, des fois que votre couteau lâcherait et que ça retombe. Vous soulevez avec moi ?

UN : Allez-y !

Efforts.

Eh bien oui, vous voyez, c'est une cachette. Probablement que c'est là qu'il range son journal intime, d'habitude. C'est pour ça qu'il l'aura apporté sur la table du salon, et puis il l'aura oublié là.

DEUX : C'est un peu grand, pour un petit cahier de rien du tout, ce grand trou. D'ailleurs il est plein de boîtes.

UN : Oui. Attrapez-en une, qu'on voie ce que c'est. Je tiens le couvercle.

DEUX : Oui, eh bien allez, refermez-le en vitesse. Je sais ce que c'est.

UN : C'est pas possible...

DEUX : Si, si, les boîtes vertes c'est de la morphine, les boîtes roses c'est du thon, mais du thon au LSD. Vite ! vite ! Oui mais : doucement ! doucement ! faites pas de bruit, des fois qu'il entendrait.

UN : Voilà. Mettez-vous dessus, pour que j'arrache mon couteau.

DEUX : Qu'est-ce que vous en pensez, hein ?

UN : Je pense qu'on a encore commis une indiscrétion.

DEUX : Moi, ça ne m'étonne pas. Je me disais : qu'est-ce qu'il a Georges, à avoir tout le temps mauvaise mine ? Ben y a pas à chercher plus loin. Il se drogue.

UN : Allez, allez, oublions tout ça. On n'est pas censé le savoir. Ah, j'ai pas de chance, avec l'indiscrétion. À chaque fois que je me trouve tout seul dans l'appartement de quelqu'un, je ne peux rien faire qui ne soit pas indiscret. Faut toujours que je mette le nez dessus, s'il y a des choses pas avouables.

DEUX : Moi aussi. Et puis croyez-moi, Georges,

c'est pas une exception. Dans tous les appartements, c'est pareil. Partout il y a des choses cachées. Je ne connais personne qui ne cache pas quelque chose de pas avouable, dans son salon ou dans sa salle de bains.

UN : Moi non. Moi, y en a une partie dans mon matelas, et une autre partie à Biarritz, dans un arbre.

DEUX : Moi, ce que j'ai à cacher, je le cache dans ma tête, c'est plus sûr. N'empêche que je n'aurais jamais cru que Georges, c'était à ce point-là. Lui qui nous fait tout le temps la morale. Vous curez pas les ongles avec votre couteau ! J'ai horreur de ça.

UN : Qu'est-ce que ça vous fait ?

DEUX : Ça me fait, je peux pas dire ce que ça me fait. Ça me fait une impression métaphysique dans la colonne vertébrale.

UN : Bon. Eh bien je vais continuer ma partie de carotte.

DEUX : C'est ça. Non, écoutez ! prenez pas une autre porte pour taper dedans, suffit qu'il y en ait une d'abîmée.

UN : Vous avez raison. Eh Rhan ! pfuit, boum, badaboum.

DEUX : Zéro.

UN : Zéro. Pourtant il aurait dû se planter. C'est la pointe qui a percuté.

DEUX : Oui. Elle a encore fait tomber une grande plaque de peinture, mais elle s'est pas plantée. Pour moi, c'est pas une porte en bois.

UN : Tenez ! toute tordue, elle est, la pointe. C'est pas normal.

DEUX : Ah ben oui, venez voir. C'est une porte blindée.

UN : C'est peut-être son coffre-fort, à Georges.

DEUX : On va bien voir. Il a dû oublier de la fermer à clef, le choc de votre couteau l'a fait s'entrouvrir.

UN : Ouvrez.

DEUX : Vous croyez qu'on ouvre ?

UN : Bien sûr... peut-être qu'on a été assez indiscret pour aujourd'hui...

DEUX : Oh, tant pis, j'ouvre.

UN : Bien attrapé : c'est une penderie.

DEUX : Oui. C'est les robes de sa femme.

UN : Les robes de sa femme... Voire...

DEUX : Oui. Voire. Vaut mieux refermer, hein ?

UN : Oui, refermez. Remarquez, si on nous demande quelque chose, on pourra toujours dire qu'on n'y a vu que des robes pendues à leurs cintres. On peut très bien ne pas avoir remarqué qu'il y avait des femmes dedans. Comme en plus, elles sont mortes, je ne vois pas ce qu'on aurait pu faire pour elles.

DEUX : Eh ben ! Moi je sens que j'aurai du mal à avoir l'air naturel devant Georges, tout à l'heure.

UN : Je me disais aussi : mais qu'est-ce qu'il a donc, Georges, à avoir mauvaise mine comme ça ? Eh bien ça s'explique. Il a mauvaise mine parce qu'il a des remords.

DEUX : Vous y arriverez, vous, à faire comme si vous n'aviez rien vu ?

UN : Oh, écoutez, hein ?.. soyez pas hypocrite

Vous non plus, vous n'avez pas très bonne mine, en ce moment.

DEUX : Vous non plus.

UN : Alors. Au fond, tout le monde le sait bien, que tout le monde est pareil.

DEUX : Oui. C'est pour ça, d'ailleurs, que tout le monde se tait.

PHOTOS

DEUX : Une photo.

UN : Faites voir...

DEUX : Ça ne vous dira rien. Tenez.

UN : C'est vous, ça ?

DEUX : Non, c'est l'obélisque.

UN : Oui, en effet. L'obélisque. Et vous ! alors ?... C'est ça ?

DEUX : Non, ça c'est... je ne sais pas ce que c'est. Attendez que je gratte... Non, c'est à l'intérieur. On jurerait une crotte de mouche, mais c'est à l'intérieur.

UN : Grattez pas comme ça, vous allez l'abîmer.

DEUX : Non, ma femme et moi, on est derrière l'obélisque.

UN : Là ?

DEUX : Oui, là-bas derrière vous.

UN : On ne vous voit pas.

DEUX : Forcément, c'est nous qui prenions la photographie.

UN : Vous auriez pu la prendre tout seul, on aurait vu au moins votre femme.

DEUX : J'avais pas de pied. J'aurais bien pris ma

femme, mais j'avais pas de pied. Alors je la faisais s'accroupir.

UN : S'accroupir.

DEUX : Et je posais mon appareil sur son dos. Fallait pas qu'elle respire. Je lui disais : un, deux, trois, et elle respirait pas, et clic. Sans ça, ça aurait fait des vagues, ça aurait fait du flou. L'obélisque, on l'aurait eu en tire-bouchon.

UN : Ridicule.

DEUX : Ridicule.

UN : Moi, j'ai pas eu de voyage de noces...

DEUX : Andouille. C'est ce qui reste. Les souvenirs.

UN : ... Parce que je n'avais pas d'appareil photographique.

DEUX : Et votre femme ?

UN : J'avais pas de femme non plus.

DEUX : Et là, alors, dans un genre tout à fait différent, me voici.

UN : Montrez. C'est vous ça ?

DEUX : Non, c'est le photographe.

UN : Et ça ?

DEUX : Une baleine empaillée qu'il y avait sur l'esplanade des Invalides à cette époque-là.

UN : Et vous ?

DEUX : Moi ? Eh bien c'est moi, avec ma femme ; bras dessus, bras dessous, qu'il est en train de photographier, le photographe. Il me photographiait en train de photographier la baleine empaillée et lui, le photographe. Seulement, lui, le photographe, il ne m'a jamais envoyé son cliché, de sorte que je n'ai que lui : le photographe, et pas la photo que vous le voyez qui prend ma femme et moi.

UN : On voit tout de même, dans sa lentille, un vague reflet...

DEUX : Oui, mais très vague. Ma femme se mettait tout le temps devant moi, et elle bougeait, de sorte...

UN : C'est triste. « La dona est mobile », comme disaient les anciens.

DEUX : Mobile, oui. Ma femme, ce qu'il lui aurait fallu, c'est le cinéma.

UN : Et là ?

DEUX : Là ? Attendez voir voir. Ça remue.

UN : Oui. Ça bouge. C'est une photo mobile, on dirait...

DEUX : En tout cas, ça fait partie de mon voyage de noces.

UN : On voit pas bien.

DEUX : Je crois bien que c'est encore l'obélisque. Il faut dire qu'à l'époque je buvais beaucoup.

UN : Oui, mais pas l'obélisque !...

DEUX : Et tenez, y a quelque chose qui tourne autour de l'obélisque, tenez, le voilà ! Pfuitt ! le voilà parti. À bicyclette, je me souviens ; c'était Georges.

UN : Georges ?

DEUX : Oui, Georges. Tout le long de notre voyage de noces, il n'a pas cessé de nous tourner autour, Georges.

UN : À bicyclette ?

DEUX : À bicyclette, oui, quand il ne pouvait pas se servir de sa Jaguar. Tenez, la voilà sa Jaguar. C'est moi qui l'ai photographiée au pied du Panthéon, un matin que ma femme était allée faire des courses.

UN : Et là, ce type qui sort du Panthéon, qui c'est ? Avec un pot de chambre sur la tête ?

DEUX : Ça ? C'est vous, mon vieux, vous ne vous rappelez pas ?

UN : Non. J'étais trop jeune.

DEUX : Tiens !

UN : Tiens, voilà la Jaguar qui s'en va.

DEUX : Pauvre Georges. Il n'avait qu'elle au monde. Je me rappelle, le jour où la police lui fit savoir que sa Jaguar volée gisait au fond du gouffre de Padirac... Et alors, me voici ma femme et moi grandeur nature et en pied.

UN : En pied, oui. Mais les pieds dans quoi, je n'arrive pas à distinguer.

DEUX : Les pieds dans une flaque de... J'avoue que je ne me rappelle plus.

UN : C'est ce que je dis toujours : riche ou pas riche, mes petits enfants, payez-vous un voyage de noces : il n'y a que ça qui reste.

DEUX : Il n'y a que ça qui reste.

UN : Il me reste une cigarette, en voulez-vous une ?

DEUX : Merci.

ENTRE NOUS LE BILLARD

UN : Vous dormez ?

DEUX : Non. Et vous ?

UN : Ce que vous êtes bête ! Puisque je vous parle, je ne peux pas dormir !

DEUX : Oui, eh bien moi, ce n'est pas parce que je vous parle que je ne peux pas dormir, je vous assure.

UN : Alors, pourquoi vous ne dormez pas, je vous le demande.

DEUX : Parce que c'est pas possible de dormir couché sur un billard.

UN : Mais venez donc à ma place : venez-y donc ! Si vous croyez que c'est plus facile de dormir quand on est couché dessous !

DEUX : Ça ! Vous êtes drôle ! Personne vous obligeait à vous coucher sous le billard ! C'est vous qui avez voulu. Je ne vois pas pourquoi vous avez tenu à vous mettre dessous, vous seriez aussi bien à côté ! À côté ce n'est pas plus par terre que dessous. Puisque de toute façon il fallait que vous vous couchassiez par terre, moi à votre place je n'aurais pas choisi spécialement le dessous du billard.

UN : Je suis bien tranquille que vous auriez fait comme moi. Parce que vous êtes comme moi, vous avez l'habitude de dormir dans un lit. Sur le billard, je suis sûr que c'est aussi dur que par terre. Seulement un billard ça ressemble à un lit. C'est pour ça que vous vous êtes mis dessus. Et c'est aussi pourquoi je me suis mis dessous. Je préfère dormir sous quelque chose qui ressemble à un lit, plutôt que de dormir n'importe où, là où ça ne ressemble à rien.

DEUX : Je ne vous savais pas aussi esclave du confort.

UN : Je le suis. Et notez bien que ce n'est pas au confort matériel que je tiens, c'est au confort moral. Ça me fait du bien d'être le plus près possible de ce qui ressemble le plus possible à un lit, pour dormir. Bien sûr, je préférerais être dessus. Et même dedans. Si vous aviez un cercueil à me proposer, sûrement que je préférerais me coucher dedans. Parce que si c'était possible, c'est dedans quelque chose que j'aimerais dormir, même si ça ne ressemblait pas exactement à un lit. Je tiens au dedans plus qu'au lit. Entre coucher sous un lit, même très confortable, et coucher dans un cercueil même très dur, eh bien je préférerais coucher dans un cercueil.

DEUX : Vous ne voulez vraiment pas prendre ma place ?

UN : Mais non. Un billard, vous savez, qu'on soit couché dessus ou dessous ! Ce qu'il faudrait, c'est qu'on puisse se coucher dedans. Un lit, ce n'est pas dessus, qu'on se couche. C'est dedans. Un billard, non. Vous êtes presque aussi mal que moi.

DEUX : Quand même, c'est mieux de dormir sur un

billard ou dessous, que de dormir à un endroit quelconque, sur le plancher. Je n'irai pas jusqu'à dire : sous le plancher, parce que là, c'est vraiment quelque chose de spécial.

UN : Un billard, c'est mieux que rien. Mais il faut croire que ça ne suffit pas.

DEUX : Pour dormir ?

UN : Oui.

DEUX : Non. Vous dormez, vous ?

UN : Moi ? Non. Et vous ?

DEUX : Moi non plus.

UN : Ah ça, on peut dire que nous sommes bons, tous les deux.

DEUX : Oui. Elle doit bien dormir, votre femme, là-haut, dans la chambre.

UN : Oui. La vôtre aussi.

DEUX : Ça fait plaisir.

UN : Ça fait plaisir, oui. Mais, ce n'est pas un plaisir énorme, quand même.

DEUX : Non. Ça m'est arrivé, des plaisirs qui m'empêchaient de dormir. Des plaisirs qui valaient la peine que je ne dormisse pas. Mais là, c'est pas le plaisir qui m'empêche de dormir.

UN : Non. C'est pas le billard non plus, faut dire.

DEUX : Pauvre billard, il fait ce qu'il peut.

UN : Qu'est-ce que vous voulez ! Dans ce petit lit de rien du tout, dans cette petite chambre de rien du tout, dans ce petit hôtel de rien du tout de Bar-le-Duc, je n'allais tout de même pas dormir avec votre femme !

DEUX : Non. Surtout que la présence de votre

femme dans le même lit n'aurait pas arrangé la situation.

UN : Sûrement qu'elle aurait piqué une crise de jalousie, vous pensez.

DEUX : Et puis moi aussi. Vous pensez bien que si je vous avais su dans le lit, eh bien dans le lit vous n'auriez pas tardé à vous apercevoir que moi aussi, j'y aurais été.

UN : C'est pour le coup que j'y serais allé de ma crise de jalousie à vous savoir dans le même lit que ma femme.

DEUX : Et la mienne, de femme, si vous croyez qu'elle n'aurait pas été jalouse, de me savoir dans le même lit que la vôtre.

UN : J'aurais fait mon possible pour la distraire.

DEUX : Jaloux comme vous l'auriez été ? Vous n'auriez même pas fait attention à ma femme.

UN : Ni vous à la mienne.

DEUX : Oui, au fond, tous les quatre, jaloux comme on l'aurait été, jamais on n'aurait été aussi fidèles.

UN : C'est vrai. Au fond, on aurait peut-être dû... Non.

DEUX : Non.

UN : Non, parce que de toute façon, on n'aurait pas pu dormir.

DEUX : On n'aurait pas pu.

UN : Remarquez, c'est pas qu'on dorme tellement non plus, ici.

DEUX : Non. Mais toutes les deux, là-haut, elles doivent bien dormir.

UN : Ce qu'on est bon, tout de même.

DEUX : Oui, on est bon.

UN : Si seulement on était sûr qu'elles dorment.

DEUX : Oui. Ça, moi, à leur place, j'aurais des remords. Je me dirais : ces pauvres bichons, ce qu'ils doivent mal dormir, avec leur billard.

UN : Ça sûrement. Et il y a rien qui empêche de dormir comme les remords.

DEUX : Pauvres bibiches. Sûrement qu'elles ne dorment pas.

UN : Nous, on n'a pas de remords à avoir.

DEUX : Au fond, on est mieux qu'elles.

UN : Oui. Ah ben ça y est, voilà que j'ai des remords. Vous voyez, on s'est payé la satisfaction d'être bon, et puis en plus, on est moins embêté qu'elles.

DEUX : Oui. Ça m'embête de penser qu'elles ont des remords. Remarquez, maintenant qu'on a du remords de leur avoir donné du remords, c'est nous les plus embêtés.

UN : C'est vrai. Mais si on pense ça, eh ben ça va nous enlever nos remords. Alors c'est comme si on n'avait rien fait.

DEUX : Le plus simple, ce serait d'aller voir en douce si elles dorment.

UN : Et puis zut. Si leurs remords les empêchent de dormir, eh bien nous non plus on ne dort pas.

DEUX : Et comme de toute façon, nous, c'est sur un billard qu'on ne dort pas, on a l'avantage.

UN : Surtout moi. Parce que moi, c'est pas sur un billard que je ne dors pas. C'est dessous.

DEUX : Vous n'allez pas recommencer. Allez, allez, dormez.

UN : Comment dites-vous ?

DEUX : Je dis : dormez.

UN : C'est bien ce que j'avais entendu. Vous ne le dites pas bien. Essayez de me le dire sur un ton plus autoritaire. Des fois que je ne pourrais pas m'empêcher d'obéir, ça m'arrangerait.

DEUX : Dormez ! Non mais dites donc ! Voulez-vous dormir ! Et tout de suite ! et plus vite que ça ! Allez allez ! Dormez !... Vous dormez ?

UN : Non.

DEUX : Vous savez, moi, l'autorité, je n'en ai jamais eu beaucoup.

UN : C'est ce que je constate.

DEUX : Si on essayait plutôt de compter quelque chose ?

UN : Des moutons ?

DEUX : Eh ! Où voulez-vous trouver des moutons à cette heure-ci ?

UN : C'est vrai. Faudrait quelque chose qui ressemble à des moutons. Des boutons, ça ferait pas l'affaire ? J'en ai plein ma chemise et plein mon veston.

DEUX : Les boutons et les moutons, ça devrait se ressembler, mais ça ne se ressemble pas. Oh là là ce que j'ai sommeil.

UN : Eh bien dormez. Sur votre billard, ça ne doit pas être bien difficile.

DEUX : Ce que vous êtes puéril. Vous me rappelez mon voisin du dessus et mon voisin du dessous, chez moi, à Paris. Celui du dessus, dans l'escalier, il ne me salue pas, parce qu'il me considère comme son inférieur, et celui du dessous, il ne me salue pas non plus, parce que d'habiter en dessous, ça lui donne des complexes.

UN : Eh bien ils ont raison. Moi je trouve que chacun devrait avoir sa maison. Les voisins, c'est fait pour habiter à côté, pas au-dessous, ni au-dessus.

DEUX : Commencez pas à parler politique. Pour ça, il faudrait qu'il y ait des maisons, et puis qu'on ne soit pas obligé de coucher sur des billards.

UN : Ou dessous.

DEUX : Les billards, c'est pas fait pour dormir. C'est fait pour rouler.

UN : Et encore : faut être une bille.

DEUX : Vous dormez ?

UN : Non, et vous ?

DEUX : Moi non plus. Si on faisait une partie ?

UN : De billard ?

DEUX : La seule façon raisonnable de ne pas dormir sur un billard, c'est d'y faire une partie, de billard !

UN : Oui, mais, pour ça, il ne suffit pas de ne pas pouvoir dormir, il faut pouvoir y jouer, au billard !

DEUX : Le billard on l'a !

UN : Oui, mais pas les billes.

DEUX : Et puis je ne sais pas jouer.

UN : Alors, ne m'empêchez pas de dormir.

DEUX : Vous non plus. D'ailleurs, je n'ai pas sommeil.

UN : Moi non plus. Alors on s'en va ?

DEUX : On s'en va. Venez donc. J'ai repéré un cimetière pas loin.

PRINTEMPS

UN : Quand on parle du printemps, c'est toujours du début du printemps que l'on parle.

DEUX : Heureusement que c'est un long début.

UN : À cause des arbres, qui ne partent pas tous ensemble, mais petit à petit, comme un feu d'artifice.

DEUX : Heureusement que le printemps ne se fait pas en une nuit, comme un feu d'artifice.

UN : Distrait comme on est, ce serait déjà l'été que personne ne s'en serait aperçu.

DEUX : Vous êtes-vous aperçu du printemps, cette année ?

UN : Non. Je me fais vieux. Je n'ai plus les réflexes.

DEUX : Pour s'apercevoir du printemps, il faut être un peu printanier.

UN : C'est comme l'eau. Pour aimer vraiment l'eau, il faut avoir un peu soif.

DEUX : Hélas !

UN : Hélas !

DEUX : J'ai toujours pensé que l'eau, il fallait la boire ou s'y noyer.

UN : Ce que vous pensez de l'eau, ça lui est bien

égal, à l'eau. Mais ce que l'eau pense de vous, si c'est du bien, vous êtes heureux, si c'est du mal, tâchez de l'oublier.

DEUX : C'est la raison pourquoi je ne bois que du vin.

UN : Moi aussi.

DEUX : Tous les ivrognes disent que c'est pour oublier qu'ils boivent.

UN : Ce qu'ils veulent oublier, c'est l'eau.

DEUX : Mais ça ne s'oublie pas si facilement.

UN : Pour rafraîchir la mémoire des ivrognes, il suffit d'une averse.

DEUX : Pour boire du bon whisky, il faut bien qu'on traverse la Manche.

UN : Et sans quitter Paris, quand on a bu tout le vin rouge de la rive droite, il faut bien traverser la Seine par un pont : le vin blanc de la rive gauche est à ce prix.

DEUX : Oui, l'eau se rappelle à nous, malgré les robinets que nous verrouillons à son approche, malgré les siphons où nous la gardons prisonnière, malgré les parapluies, malgré les passerelles, malgré les scaphandres.

UN : Malgré les Saharas. Car, n'y en aurait-il plus une goutte autour de nous, l'eau est là.

DEUX : Ne me tapez pas sur le ventre.

UN : Nous en sommes pleins.

DEUX : Hélas.

UN : Hélas.

DEUX : Mais le printemps...

UN : Ah, il n'est pas comme l'eau, le printemps.

DEUX : On ne peut pas dire qu'on en soit plein.

UN : Ni que de l'extérieur il nous ennuie comme la pluie.

DEUX : Discret, il est.

UN : Il arrive à la diable.

DEUX : Et il file à l'anglaise.

UN : On n'a pas le temps de l'attendre, il est déjà là.

DEUX : On n'a pas l'idée de le regretter, c'est déjà l'été.

UN : L'hiver prochain, je tâcherai de regretter le printemps de cette année.

DEUX : L'année prochaine, je tâcherai de faire attention au printemps.

UN : C'est ce qu'on dit.

DEUX : Et on ne le fait pas. Déjà, je m'étais promis de ne pas me laisser surprendre, cette année.

UN : Moi aussi. Et même, j'ai bien regardé. Une feuille est sortie d'un arbre devant moi, avenue Montaigne, le 30 mars.

DEUX : Une feuille ne fait pas le printemps.

UN : Vert billard, elle était. Elle avait l'air de sortir d'une cave. Je ne m'en suis pas approché. Je suis sûr qu'elle sentait le moisi.

DEUX : On ne fait plus de beaux printemps comme on en faisait autrefois. Les marronniers ne réussissent plus leurs feuilles.

UN : Le muguet lui-même rate ses clochettes.

DEUX : J'ai connu le temps où elles sonnaient, pourtant, les clochettes du muguet.

UN : On en mettait des bouquets au-dessus des portes, à l'intérieur des boutiques, et pas seulement les marchands de fleurs ! Même les cordonniers, quand on entrait, ça faisait ding-ding ! On disait : Ah ! le beau muguet. C'était le printemps.

DEUX : Vous dites qu'on se fait vieux, mais non. C'est le muguet qui se fait vieux.

UN : Oui. On n'a plus guère envie de le cueillir, mais il n'a plus guère envie de pousser.

DEUX : C'est peut-être parce qu'on l'a trop cueilli autrefois.

UN : C'est peut-être parce qu'il a trop poussé autrefois.

DEUX : En tout cas, le cœur n'y est plus.

UN : Ce n'est pas notre faute ni la faute au muguet.

DEUX : C'est la faute au printemps.

UN : Il se fait vieux.

DEUX : Il n'a plus d'autorité.

UN : On ne lui obéit plus.

DEUX : Il n'y a plus de printemps.

UN : C'est parce qu'il n'y a plus de saisons.

DEUX : On n'a plus que des saisons brouillées. Des hivers comme des automnes, des étés comme des automnes, des printemps comme des automnes.

UN : C'est tout le temps l'automne.

DEUX : Vous aussi, depuis quelque temps, vous ressemblez à Paulette.

UN : Et Paulette ! Avez-vous remarqué comme elle ressemble à Georges, depuis quelque temps ?

DEUX : Et depuis quelque temps, Georges me ressemble de plus en plus.

UN : Quand je me suis décidé à ressembler à Paulette, j'étais loin de me douter que c'est à vous que je finirais par ressembler.

DEUX : Bientôt, on ne se reconnaîtra plus.

UN : Pourtant, ma barbe ! Vous vous rappelez comme elle était belle, ma belle barbe verte !

DEUX : Couleur de l'été ! Et ma belle barbe, comme elle était rousse, ma belle barbe rousse !

UN : Couleur de l'automne ! Et la barbe de Georges, la belle barbe blanche, comme elle faisait bien au bas de sa figure, blanche comme elle était !

DEUX : Couleur de l'hiver ! Et vous vous rappelez comme elle était belle, la cousine Paulette, avec sa belle barbe de toutes les couleurs !

UN : Couleurs du printemps. Et maintenant, regardez les quatre barbes qu'on a, couleur de purée !

DEUX : De purée de lentilles ou de pois cassés, même qu'on ferait bien mieux de se les faire couper.

UN : Ah si seulement on était sûr que c'est resté plus joli par en dessous.

DEUX : Hélas !

UN : Hélas !

DEUX : Tout ça, ça se mélange, que c'est pas Dieu possible.

UN : La loi des vases communicants devient de plus en plus universelle.

DEUX : Le sel n'est plus tout à fait le contraire du sucre.

UN : Le melon, sur les têtes, se confond avec le haut-de-forme.

DEUX : On voit des statues dans des coquetiers et des œufs sur des socles, et personne ne s'en étonne.

UN : On ne se couche plus pour dormir, on ne se met plus debout pour veiller ; on reste assis, et on somnole.

DEUX : Ah ! Parlez-moi du printemps de 1934 ! J'étais en septième au lycée de Marseille ! On n'écrivait plus sur des feuilles de papier, on écrivait sur les feuilles de nos crayons, de nos crayons rouges d'abord, car les crayons rouges furent les premiers à bourgeonner, dans les derniers jours du mois de mars, et vers la fin de juin seulement la récolte des carbones fut faite au canif sur nos crayons noirs.

UN : Ah, parlez-moi plutôt du printemps de 1923. Le vent lui-même avait une vague couleur vert pomme ! Dans les arbres on trouvait détachées des lianes transparentes, qu'on a su plus tard être des feuilles de siroco. Aux Indes, la mousson était couverte de mousse. En Espagne, les taureaux étaient couverts de cornes. L'Orient-Express parti le 1er mai avec huit wagons ne pouvait plus se traîner le 8 mai, il lui en était poussé douze, tous de première classe, moelleux, tendres, et déjà confortables.

DEUX : Et les choux du printemps 1923 !

UN : Vous y étiez ?

DEUX : Non, moi je suis du mois de décembre.

UN : Moi j'y étais. Des choux comme ceux du printemps 23, on n'en fait plus.

DEUX : Heureusement, ma mère avait pris ses précautions : c'est dans un chou en conserve qu'elle m'a trouvé.

UN : Vous voyez : on aurait dû faire plus de conserves, quand il y avait encore des printemps.

DEUX : Oui, parce que, comme boîte de conserve, la tête, ça ne suffit pas.

UN : Forcément, c'est plein de trous. On a beau y mettre des choses, ça entre par une oreille, ça ressort par l'autre.

DEUX : Hélas !

UN : Hélas !

LE MALAISE DE GEORGES

UN : Le suppositoire ? Eh bien, non, je vous avouerai franchement que je ne suis pas partisan du suppositoire. D'abord, ce n'est pas commode, n'est-ce pas... Vous êtes par exemple dans un bureau de poste, ou n'importe où où il y a du monde, vous avez beau vous détourner, quand vous en prenez un, on vous remarque.

DEUX : C'est surtout ça qui m'a retenu. Le pharmacien m'a dit : sous cette forme-là, ce qu'ils appellent la forme torpille, l'effet est plus rapide. Je lui ai dit : oui, mais, hé-hé-hé...

UN : Ah, mais ce n'est pas douteux.

DEUX : Alors il m'a proposé des gouttes. Le même produit, mais en gouttes.

UN : En gouttes. Oui. Seulement voilà : quelle sorte de gouttes ?

DEUX : Hé ! Hé ! c'est que leurs gouttes, hein ? Y en a qui les soignent, et puis d'autres, ils vous les fournissent faut voir comment.

UN : En général, ils ne refusent pas, les pharmaciens, quand on leur demande d'en sortir quelques-unes pour qu'on voie comment elles sont faites, leurs gouttes.

DEUX : Ben oui, mais là, justement, pour ce produit-là, ce n'était pas possible. Parce que c'était vraiment la goutte à l'état brut. Je ne dis pas que c'était mal présenté, c'était dans un joli coffret façon palissandre, avec dedans, un flacon genre cristal de Bohême ; seulement, à l'intérieur du flacon, les gouttes n'étaient même pas séparées les unes des autres. Il fallait les séparer soi-même, une à une, vous pensez ! avec une pipette garnie d'une capsule élastique.

UN : On est en retard, ici en France, pour la pharmacie. Aux États-Unis, où je suis été récemment, les gouttes sont toujours vendues séparément, chacune dans sa petite ampoule en matière plastique.

DEUX : Il a bougé.

UN : Non, non. Malheureusement. C'était l'ombre de ma main qui passait sur son visage. Pauvre Georges.

DEUX : Vous croyez qu'il est bien, couché comme ça à plat ventre sur ce buffet dont le dessus est en marbre ? N'a-t-il pas froid ?

UN : Non. Depuis hier, il ne risque pas d'avoir froid.

DEUX : Pourtant, hier, c'est sur le radiateur qu'il était couché.

UN : Oui. Mais il a changé de médecin, depuis hier. Enfin... Paulette a changé de médecin, puisque c'est elle qui prend soin de Georges, maintenant que Georges ne peut plus prendre soin de lui-même, comme autrefois. Le docteur Bron a dit que le docteur Bran était un excellent praticien, mais que la chaleur était son dada. Dada un peu dangereux, parfois, a-t-il ajouté. Et lui, le docteur Bron n'a pas hésité une seconde, il a préconisé pour Georges une fraîcheur constante. C'est pourquoi vous voyez Georges aujourd'hui sur le marbre.

DEUX : Pauvre Georges. Ça n'a pas l'air de l'améliorer.

UN : Stationnaire. Il stationne.

DEUX : Et vous croyez réellement que cette prostration a bien pour cause ce que le docteur Bran disait ?

UN : La place de premier en arithmétique que son fils a obtenue à sa dernière composition, qui, si je me souviens bien, était une composition d'histoire ?

DEUX : Hélas ! pauvre petit maladroit.

UN : Eh bien, le docteur Bron, sans contredire franchement le docteur Bran sur ce point, sans mésestimer le rôle qu'a pu avoir un tel choc émotif sur la santé de notre pauvre Georges — le docteur Bron a émis l'hypothèse qu'un autre facteur avait pu jouer concurremment. Pour lui, le malaise de Georges a pu avoir pour cause, annexe ou principale, un autobus, un vulgaire autobus, comme nous en voyons des centaines, vous et moi, chaque jour. Vous savez, en effet, que ce pauvre Georges, le jour même où il apprenait le déplorable succès scolaire de son fils, est passé, très rapidement il est vrai, sous un autobus.

DEUX : Bien sûr. Ça peut être ça aussi. Est-ce que vous avez vu le docteur Brou ?

UN : Pas encore.

DEUX : Moi non plus. Je n'ai pu voir que le docteur Bru.

UN : Bru de la Pompe ?

DEUX : Non, Bru de Brie, de la famille des Bru-Madame. Pour lui, voyez-vous, qui est avant tout un chercheur, pour lui, Georges n'est pas malade. Pour lui, Georges cherche.

UN : Dans l'état où il est ? Et qu'est-ce qu'il cherche, encore, ce pauvre Georges ?

DEUX : Georges ne le sait pas encore. S'il savait ce qu'il cherche, il l'aurait déjà trouvé, n'est-ce pas ? Il ne serait plus dans cet état.

UN : Bru ! Qu'est-ce qu'il préconise, Bru ?

DEUX : Rien. Il m'a donné une ordonnance pour chez Phonostop. Une boîte d'aiguilles d'électrophone pour faire de l'acupuncture à Georges. Seulement moi, je ne sais pas où les planter, ces aiguilles.

UN : Bru ne vous l'a pas dit ?

DEUX : Non ! pensez ! c'est un secret ! c'est chinois, c'est ésotérique, l'acupuncture ! Alors je suis allé chez le docteur Brouille, et c'est lui qui m'a indiqué ce produit.

UN : Oui, mais moi, je ne suis pas partisan de...

DEUX : Ah, mais ce n'est pas des...

UN : Ni des gouttes ?

DEUX : Non plus. Ça existe sous des tas de formes. Dragées, comprimés, pastilles...

UN : Oui, mais Georges, il ne peut rien avaler. Le docteur Brin lui a mis la bouche dans le plâtre. Enfin, du plâtre dans la bouche, j'sais plus.

DEUX : Y avait aussi les injections sous-cutanées, intradermiques, intramusculaires...

UN : Pas la peine d'essayer, je lui en ai fait une hier soir dans la cuisse, dix centilitres. Une demi-heure après, les dix centilitres lui ressortaient par le nez. Il ne garde plus rien.

DEUX : C'est pourquoi, en définitive, j'ai choisi la forme sinapisme.

UN : Eh bien, collez-lui-en un sur le genou, tenez. C'est encore ce qui lui reste de plus solide, le genou.

DEUX : Oh, et puis tout ça, vous savez, hein ? Ce qu'il lui faut, surtout, à Georges, c'est du temps.

UN : Bien sûr, ce gars-là, il a une santé de fer.

ENTRETIEN

UN : J'aimerais, si vous le voulez bien, que vous nous entreteniez aujourd'hui des premières années de votre vie...

DEUX : Oui.

UN : Des secondes années de votre vie...

DEUX : Oui.

UN : Des troisièmes années de votre vie...

DEUX : Oui.

UN : Et enfin, si nous en avons le temps, des quatrièmes années de votre vie et de toutes les années en général. J'entends : de toutes les années auxquelles vous avez pris part. Je réserve pour les entretiens suivants celles où vous n'avez été pour rien, et celles où vous n'avez pas encore eu le temps d'être pour quelque chose, c'est-à-dire d'une part la période historique qui s'étend de l'ère chrétienne à la guerre de 1870, d'autre part les années 1975 et suivantes.

DEUX : Bien, bien.

UN : Soyez tranquille, nous n'en sauterons aucune. Je lis dans votre journal, à la date du 15 février 1873, une phrase assez obscure, mais qui me paraît devoir être considérée comme une phrase clef. La voici : « Ça y est, maman m'a eu ! »

DEUX : Ça y est maman quoi ?

UN : M'a eu. Qu'entendiez-vous par là ?

DEUX : Me rappelais pas avoir écrit ça. Vous savez, mon journal, hein, y a des tas de gens qui l'ont eu en main. Je l'avais prêté à Mauriac, et puis naturellement quand il l'a eu lu, il l'a refilé à Maurois, et Maurois l'a envoyé à Malraux, enfin bref, je ne l'ai jamais revu. Ces gens-là ils sont tous les mêmes, ils n'ont pas de soin. Et puis alors, pour un oui pour un non ils sortent leur stylo de leur poche, et je te fais des annotations en marge, et je te biffe, et je t'en rajoute ; et je t'arrache des pages. C'est bien simple, quand Paulhan a décidé de le publier, mon journal, moi, je suis tombé dessus par hasard, ils avaient imprimé mon nom tout de travers, m'avaient pas prévenu parce qu'ils me connaissaient pas, pour les droits d'auteur tintin, et puis alors je ne l'ai même pas reconnu, ce chose, là, d'abord parce que... et puis parce que, n'est-ce pas ? Comment que c'est, votre phrase, là ?

UN : 15 février 1873 : « Ça y est, maman m'a eu. »

DEUX : Oui, ben ça commençait pas là. Ça commençait bien avant. Le 15 février 1873, c'est le jour de ma naissance. Vous pensez bien qu'un événement pareil, on en parle bien avant que ça arrive. C'est un peu comme une première communion, on ne pense qu'à ça pendant des mois, on se prépare, on n'est pas prêt, on se demande ce que ça va vous faire, on ne se sent pas digne, on a des impatiences. Ils ont dû m'arracher une bonne quinzaine de pages avant celle-là.

UN : C'est moche.

DEUX : Je pense bien, que c'est moche.

UN : Enfin, comme je le supposais, c'est bien votre naissance que vous signalez le 15 février 1873 par la phrase : « Ça y est, maman m'a eu. »

DEUX : Oui. Parce que maman, elle m'avait eu, ce jour-là, ça se trouve comme ça.

UN : Il me semble, comme je vous le disais, que cette phrase est une clef.

DEUX : Non, c'est pas une clef. Essayez donc d'ouvrir une porte avec, mon petit, je sais bien ce que c'est qu'une clef.

UN : Je veux dire qu'elle met en lumière un trait de votre personnalité, un trait que par la suite votre vie n'a fait qu'accuser davantage...

DEUX : Jamais de ma vie je n'ai accusé un trait, voyons !

UN : Non, ce n'est pas vous, c'est votre vie qui l'a accusé, ce trait de votre personnalité.

DEUX : Ah ! ma vie ! Ah oui, ma vie. Connais pas. Ma vie, connais pas.

UN : Et ce trait de votre personnalité...

DEUX : Ma personnalité, connais pas non plus.

UN : Non. Bien sûr.

DEUX : Si ma vie a tiré des traits sur ma personnalité, ça, c'est pas moi qui l'en ai empêchée, parce que j'ai pas été prévenu. Et puis, qu'est-ce que vous voulez que ça me foute ? Qu'elles se débrouillent entre elles.

UN : Je voulais dire ceci. C'est, à mon avis, une indication sur votre nature foncièrement altruiste que d'avoir écrit, le jour de votre naissance, « Ça y est maman m'a eu », et non pas, comme l'aurait écrit un auteur foncièrement égotiste, André Gide par exemple : « Ça y est, me vlà ! »

DEUX : « Ça y est me vlà ! » Ça veut pas dire du tout la même chose.

UN : En effet. En faisant de votre maman le sujet de votre phrase, en quelque sorte vous vous dépossédiez de vous-même, vous acceptiez d'exister avant tout pour votre mère, et chez vous, comme votre œuvre l'a bien prouvé par la suite, le pour-autrui prime le pour-soi.

DEUX : À votre avis, le plus simple pour aller place du Panthéon, c'est de prendre le 84 ou le métro ?

UN : Je ne sais pas. Je ne peux pas vous dire. C'est pas mon rayon. Mon rayon, c'est la littérature.

DEUX : Faut avoir plusieurs rayons dans la vie, jeune homme. Plusieurs cordes à son arc, ce n'est pas indispensable. Mais à la roue de la bicyclette, il faut avoir plusieurs rayons.

UN : De 1873 à 1922, je ne trouve rien d'autre dans votre journal que cette note du 15 février 1881, vous aviez donc exactement huit ans : « Papa m'inquiète. Il me regarde d'un drôle d'air. Ça ne m'étonnerait pas qu'il me soupçonne d'avoir le complexe d'Œdipe. C'est bien de lui. Il faudra que j'en parle à grand-père. »

DEUX : En effet ! En effet ! C'était papa qui avait le complexe d'Œdipe, à la maison.

UN : Vous aviez, à vous en apercevoir, un certain mérite.

DEUX : Oui, d'abord parce que lui, il n'en savait rien. Et puis ensuite parce que, en 1881, l'inventeur du complexe d'Œdipe n'avait encore rien inventé du tout. Freud, vous savez ? Un médecin autrichien. Freud, d'ailleurs, c'était un pseudonyme. On l'a appelé comme ça parce qu'il a rendu beaucoup de services à un mouvement psychothérapique qui s'appelait le Freudisme. Freud. Eh bien, pour se procurer un complexe d'Œdipe à l'époque, c'était pas possible, y en avait pas. Fallait le fabriquer soi-même. Ça je peux dire que j'avais du mérite ! Mais c'est papa qui en avait encore plus que moi, parce que moi, c'était lui qui l'avait ! Le complexe.

UN : Et ça s'est bien terminé ?

DEUX : Très bien. Il a tué grand-père et il a épousé grand-mère. Moi je suis resté tout seul avec maman. Et puis mon petit frère, Benoît.

UN : C'est le 15 février 1922 que vous reprenez la rédaction de votre journal intime.

DEUX : Parce que j'avais un petit frère, qui s'appelait Benoît.

UN : Voici ce que vous écrivez à cette date : « Tagadag, tagadag, tilala, tila la, badabim, badaboum, badabadabada, bada quoi ? Badabof ! Et tsain, tsain, tsain, patapan, patapan, patapan. » Qu'est-ce que ça veut dire, tout ça ?

DEUX : Ben, ça veut dire que j'étais très gai. Oui. À l'époque, j'étais très gai, et c'est pour ça, je me suis dit : tiens, c'est le moment de me remettre à écrire mon journal. Alors j'ai repris mon journal, et j'ai essayé d'y exprimer ma gaieté, comme ça, sans fausse littérature, telle que je la sentais.

UN : Tagadag, tagadag, tilala... tsain, tsain, patapan ?

DEUX : Oui, patapan, comme ça.

UN : Il y a une question, tout de même, que le lecteur ne peut pas manquer de se poser, à propos de ces tagadag, patapan et autres badaboum. Pourquoi diable étiez-vous si gai, ce jour-là ?

DEUX : Ça s'explique. J'étais gai, vous me direz que ce n'est pas une raison, mais est-ce qu'on a jamais des raisons d'être gai ? C'est toujours plutôt des prétextes... J'étais gai parce que je venais de devenir célèbre, tout à coup.

UN : Oui. Et pourquoi étiez-vous devenu célèbre, comme ça, du jour au lendemain ?

DEUX : Eh bien la raison, n'est-ce pas... Peut-on dire qu'il y ait jamais des raisons pour que quelqu'un devienne célèbre ? C'est toujours plutôt des prétextes. Mais dans mon cas la raison était très simple, très précise. La raison, il n'y en avait pas. Je suis devenu célèbre spontanément. Exactement de la même manière que Julien Benda est devenu sourd, n'est-ce pas ? Lui-même l'avoue : il n'a jamais rien fait pour être sourd, il n'a aucun mérite à ça. Moi, le 14 février au soir je me suis couché sans me douter de rien, et le 15, je me suis réveillé célèbre. On sonnait à ma porte : c'étaient mes admirateurs. On sollicitait ma candidature à l'Académie — pas « l'académie » : l'académie ! Tout ça, je ne sais pas pourquoi, m'a rendu gai. Bien entendu, ça n'a pas duré. Je n'ai pas tardé à me rendre compte que la célébrité, c'est le ridicule moins la honte.

UN : Le 15 février 1953 vous reprenez de nouveau votre journal, et c'est pour y écrire ceci : « Après ce qui vient de m'arriver, je crois qu'il n'y a plus qu'à tirer l'échelle. Ça n'a pas été tellement désagréable, mais je crains que ça ne m'ait privé de mes plus solides raisons de vivre. » À quel événement faites-vous allusion dans ces lignes ?

DEUX : Je fais allusion à ma mort. Les bougres, ils venaient de m'enterrer au Panthéon.

UNE VICTOIRE

UN : Vous voulez une cigarette ?
DEUX : Oui, je veux bien, merci.
UN : Vous voulez une cigarette ?
DEUX : Oui, je veux bien, merci.
UN : Vous voulez une cigarette ?
DEUX : Oui, je veux bien, merci.
UN : Vous voulez une cigarette ?
DEUX : Oui, je veux bien, merci.
UN : Ti la la, tilala...

Un temps.

Vous voulez une cigarette ?
DEUX : Oui, je veux bien, merci.

UN : Ah non, mais dites donc ! Prenez donc le paquet, pendant que vous y êtes ! Ah non, mais sans blague ! Ah ça, je peux dire que j'ai jamais vu un sans-gêne pareil ! Ça vous suffit, oui ? Vous voulez pas que je continue ? Vous n'en voulez pas encore une ?

DEUX : Qu'est-ce que vous dites ? quoi, quoi, quoi ? Qu'est-ce que vous avez à me crier comme ça dans les oreilles ?

UN : Parce que vous n'avez qu'à le dire, si vous en voulez une sixième, c'est pour vous que je les achète mes cigarettes à X[1] francs le paquet !

DEUX : Mais qu'est-ce qu'il y a ? De quoi parlez-vous ?

UN : Ah, ça, il faut reconnaître que c'est une trouvaille. Je peux vous garantir que ça vous va bien, ce petit éventail de cigarettes dans la bouche. Ça fait chic. Ça fait cossu.

DEUX : Comment, un petit éventail ?... Ah oui, tiens ! qui est-ce qui m'a mis tout ça dans la bouche ?

UN : C'est vous.

DEUX : Je ne m'en étais pas aperçu. C'est drôle comme je deviens distrait, en ce moment. Aussi, fallait pas m'offrir cinq cigarettes comme ça d'un coup.

UN : Figurez-vous que je ne pensais pas du tout à ce que je faisais. On peut pas penser tout le temps à ce qu'on fait.

DEUX : Bien sûr que non. Il faut bien penser aussi un petit peu à ce qu'on ne fait pas, parce que si on n'y pensait pas du tout, on ne le ferait jamais, ce qu'on ne fait pas. Alors, on ferait toujours la même chose.

UN : C'est vrai, que je suis distrait, en ce moment. Mais moi, j'ai mes raisons.

DEUX : Moi aussi, j'ai mes raisons. Je ne me rappelle plus lesquelles, d'ailleurs, parce qu'en ce moment, j'aurais une certaine tendance à perdre la mémoire. Tenez, pendant que j'y pense, reprenez donc vos cigarettes.

1. Prix en vigueur au moment de la lecture.

UN : C'est ça ! vous les avez sucées.

DEUX : Bon, ben alors je les garde.

UN : Pas dans votre bouche, ça m'agace.

DEUX : Je ne vais tout de même pas les avaler pour vous faire plaisir.

UN : Mettez-les dans votre poche, et donnez-moi du feu.

DEUX : Ah, ça je n'en ai pas, de feu. J'ai pas de poche non plus, d'ailleurs. Comment ça se fait-il que je n'aie pas de poches, aujourd'hui ? C'est du nouveau.

UN : Pouvez pas avoir de poches, mon pauvre ami, vous êtes en chemise de nuit.

DEUX : Comment je suis en chemise ? Ah ben oui. Ça c'est du nouveau. Comment ça se fait-il que je sois en chemise ? Oh, mais ! il va falloir que je fasse attention, je deviens trop distrait. J'ai dû oublier de mettre mon complet, ce matin. Eh bien vous voyez, j'ai passé ma journée dans le métro et dans les grands magasins, il y en a pas un qui a eu l'idée de me le dire, que j'étais en chemise. Vous êtes le premier.

UN : Remarquez, il a fallu que vous me parliez de vos poches, parce que je ne m'en étais pas aperçu. Mais moi, je sais pourquoi je suis distrait.

DEUX : Ah oui ? Pourquoi ? Tenez, voilà tout de même du feu. Mes allumettes j'ai l'habitude de les ranger dans mes chaussettes, comme ça je suis sûr de ne pas les perdre. C'est encore une chance.

UN, *allume une cigarette* : Merci. Mais moi, c'est pas psychologique, ma distraction, c'est physiologique.

DEUX : Moi aussi, je me souviens, maintenant. N'éteignez pas votre allumette.

UN : C'est physiologique.

DEUX, *allume une cigarette* : Merci.

UN : Et devinez un peu ce qui me fait ça ?

DEUX : Je ne sais pas. Moi, c'est parce que j'ai renoncé à fumer, hier matin.

UN : Eh bien, à moi, ce qui me fait ça, c'est que je ne fume plus depuis hier matin.

DEUX : Mais non. Je ne vous dis pas ça. C'est moi qui ne fume pas depuis hier matin.

UN : Vous pouvez dire ce que vous voudrez, je sais bien que c'est ça qui me rend distrait.

DEUX : Eh bien qu'est-ce que vous voulez, moi aussi.

UN : Ah ! vous aussi vous avez renoncé à fumer.

DEUX : Oui.

UN : C'est bien hein ? On se sent mieux, tout de suite.

DEUX : Oui. Tout de suite, on a du tonus.

UN : Et puis je ne sais pas si pour vous c'est pareil, mais moi, ça me donne un appétit !

DEUX : C'est bien simple : je dévore. Et j'aime bien ce que je mange.

UN : Je pense bien. Les choses qu'on mange ont du goût.

DEUX : Je n'aurais jamais cru que c'était à ce point-là. J'ai dégusté à midi un de ces plats de nouilles ! ça c'était des nouilles qui avaient vraiment le goût de nouilles.

UN : Je suis content que vous ayez eu la même idée que moi. Parce que, il paraît qu'au bout de deux ou trois jours, c'est dur, de tenir le coup.

DEUX : On pourra s'épauler. Ce qui faut se dire, quand on se sent sur le point de flancher, c'est que fumer, au fond, ce n'est pas agréable. Moi, depuis une bonne dizaine d'années, ça ne me faisait plus aucun plaisir.

UN : Il n'y a rien de plus bête. C'est mauvais, ça fait tousser, ça donne tout le temps des cancers, et puis quoi : c'est un esclavage. On n'est plus libre.

DEUX : Fumer, c'est une déchéance. Ce qu'il y a de bien, quand même, dans le tabac, c'est que, s'il n'y avait pas de tabac, on ne pourrait pas décider de ne plus fumer. Et ça, c'est une grande joie.

UN : C'est vrai. Je me sens heureux !

DEUX : Heureux, et puis pourquoi ne pas le dire : on est fier.

UN : Y a de quoi. C'est une victoire. Tout à l'heure j'ai rencontré chose, là, machin. Vous savez bien qui je veux dire, on parle tout le temps de lui.

DEUX : Ah oui, chose, là, machin... Je ne me rappelle plus son prénom.

UN : Oh, mais ça, c'est le tabac, vous savez ! C'est mauvais pour la mémoire, le tabac.

DEUX : Ben oui, mais puisque nous ne fumons plus, ça devrait nous faire du bien à la mémoire.

UN : Ah oui, mais les premiers jours, forcément, la mémoire, elle sait plus très bien où elle en est, vous comprenez : on lui retire tout d'un coup l'obstacle qui l'empêchait de fonctionner, alors elle trébuche, elle vasouille.

DEUX : Oui, forcément. Alors comment il va, chose, machin ?

UN : Qui ? Ah oui, eh bien je l'ai rencontré, il fumait un de ces cigares, qu'il en avait la figure toute jaune, il te faisait une grimace, on aurait cru qu'il allait vomir... Sacré chose !

DEUX : Il a tort de fumer, machin.

UN : Comment que je jubilais, moi ! Avec ses airs supérieurs, comment que je le considérais de haut !

DEUX : Dame ! quand on a le courage et la volonté de renoncer à fumer, on n'a de leçons à recevoir de personne.

UN : Mais vous savez !... Faibles comme ils sont les gens, eh bien on devrait leur interdire purement et simplement de fumer. Ça devrait être défendu, et puni de prison.

DEUX : Oui, mais alors, y aurait plus de mérite.

UN : C'est vrai. Et le mérite, une fois de temps en temps, on peut dire que ça fait du bien, hein ?

DEUX : Et alors !

UN : L'ennui, évidemment, c'est qu'on devient distrait.

DEUX : Ah oui. Ça c'est embêtant. Et puis on n'a pas envie de travailler.

UN : C'est normal. Pourquoi est-ce qu'on travaille ? Pour le mérite. Tout de même, faut pas en abuser, du mérite. On a sa raison, quand ça fait tout de même une bonne trentaine d'heures qu'on n'a pas touché à une cigarette.

DEUX : D'accord. Ce qui m'ennuie surtout c'est la distraction. Mais je suppose qu'au bout d'un mois ou deux, on doit revenir à son état normal.

UN : Hé, hé, hé ! Je veux bien que vous soyez distrait, mais tout de même, faites attention au tapis, ma femme va être furieuse. Vous semez vos cendres partout.

DEUX : Je regrette, il n'y a pas de cendrier.

UN : Ah, ça non. Depuis que je ne fume plus, je les ai descendus à la cave, les cendriers. Tenez, faites comme moi, mettez votre mégot dans le vase de fleurs.

DEUX : Et puis vous savez, et ça ne le dites pas, je ne trouve pas que ce soit tellement difficile, de s'arrêter de fumer.

UN : Non. Il y a qu'à s'arrêter. Voilà tout. On s'arrête. C'est pas plus difficile que ça.

DEUX : C'est rien du tout. On s'en fait un monde.

UN : Je suis bien de votre avis : y a qu'une chose qui soit vraiment gênante, c'est qu'on devient distrait. Mais ça se passera.

DEUX : Dans un mois, on n'y pensera même plus. On sera redevenu exactement comme on était quand on fumait.

UN : C'est ça, qui sera chouette !

DEUX : Oui, hein ? Ah tenez, moi je n'ai jamais été aussi content de ma vie. Une cigarette ?

UN : Oui, je veux bien, merci.

DEUX : Une cigarette ?

UN : Oui...

Etc. Reprendre depuis le début en inversant les personnages, sans toutefois aller jusqu'à rejouer tout le dialogue.

SUICIDE DE GEORGES

DEUX : Alors, et Georges ?

UN : Il va bien, comme d'habitude.

DEUX : Comment ! Il nous avait promis de se suicider, pour nous donner un sujet de conversation.

UN : Vous connaissez Georges. Quand il faut qu'il change ses habitudes... Mourir, c'est partir un peu. Il s'agissait d'un voyage. Il s'est comporté vis-à-vis de lui-même comme il se comporte vis-à-vis des trains qu'il doit prendre : il s'est raté.

DEUX : Il s'est raté ! Ah, la fripouille ! On ne peut pas compter sur lui.

UN : Ça n'a pas d'importance. Qu'il soit mort ou pas, qu'est-ce que ça nous fait !

DEUX : Ben, et notre sujet de conversation ?

UN : Un suicide manqué, c'est aussi intéressant qu'un suicide réussi.

DEUX : Oui, mais c'est moins pathétique. C'est même plutôt ridicule. Moi, je n'ai pas envie de parler d'une chose ridicule aujourd'hui.

UN : Georges n'est jamais complètement ridicule ; même quand il se trompe, il y a un enseignement à tirer de sa conduite. Il avait trouvé une manière très ingénieuse de se suicider, vous savez...

DEUX : Bien sûr ! Je suppose qu'il a commencé par faire ses bagages.

UN : Oui, et il a rempli son briquet et son stylo. Ensuite il a fermé le compteur du gaz.

DEUX : À sa place, moi, je l'aurais laissé ouvert. J'aurais même ouvert tous les robinets...

UN : Vous aimez le gaz, vous ?

DEUX : Oui, j'aime bien. À chaque fois que je veux me suicider, j'ouvre le gaz en grand.

UN : Et ça vous réussit ?

DEUX : Assez bien, oui. Mais ma femme peut pas supporter l'odeur du gaz, alors elle le referme tout de suite. Et puis, elle me dit : Toi tu t'en fiches, mais qui c'est qui la paiera la note du gaz ?

UN : C'est vrai qu'un suicide au gaz, ça doit revenir cher. Et quand il ne reste personne pour payer, c'est l'État qui en est de sa poche.

DEUX : C'est pour ça qu'il parle de nous le parfumer, notre gaz.

UN : Ah ?

DEUX : Oui, sous prétexte que quand il y a une fuite, ça ne se sent pas assez. En réalité, ils vont lui donner une odeur infecte pour que personne n'ait plus envie de se suicider avec. Ça leur fera une grosse économie.

UN : En tout cas, ce n'était pas dans les intentions de Georges. Vous le connaissez ? À chaque fois qu'il se sert du gaz, ça explose.

DEUX : Je l'ai remarqué, oui. Alors, quand il a eu fermé le gaz, qu'est-ce qu'il a fait ?

UN : Eh bien, il a fermé l'eau...

DEUX : Il n'avait pas envie non plus de se noyer ?

UN : Non. D'ailleurs, par le froid qu'il fait, s'il avait voulu se noyer comme il a le chauffage central, il aurait plutôt défoncé un ou deux radiateurs.

DEUX : Tout de même !... se noyer dans l'eau bouillante, ce n'est plus une noyade à proprement parler. C'est plutôt une cuisson. Georges a trop de dignité pour se suicider comme un homard.

UN : Alors, quand tout a été fermé chez lui...

DEUX : Et le compteur électrique ?

UN : Sauf le compteur électrique !... il a ouvert la porte et il a fait entrer Paulette, qui sonnait.

DEUX : Il n'aurait pas dû ouvrir. Naturellement, il a sauté sur l'occasion, pour se dégonfler.

UN : Non, ils avaient décidé de mourir ensemble.

DEUX : Paulette et Georges ? oh, mais c'est dégoûtant ! Et sa femme le sait ?

UN : Pas encore, mais je lui ai envoyé un pneumatique anonyme il y a un quart d'heure.

DEUX : Vous avez bien fait. Oh ! je suis révolté. Cette brave petite Paulette, hein, qui a l'air si réservée ! Venir se suicider avec Georges pendant que sa femme n'est pas là ! Et alors ?

UN : Alors, ils se sont assis sur le divan du salon, et ils ont commencé à... comment dire ?

DEUX : Non ! Pas possible !

UN : Mais non. Ils ont commencé à, mettons, discuter, parce que pour se suicider, il faut avoir une raison. Ils n'en avaient pas. Ils s'en sont cherché une.

DEUX : Ça, c'est des choses qui se trouvent facilement.

UN : Ils s'en sont trouvé une chacun, assez rapidement, seulement ce n'était pas la même. Vous comprenez, quand on n'a pas la même raison de se suicider, autant se suicider chacun de son côté. C'est pas la peine de faire ça ensemble. Enfin, au bout de deux heures, ils sont tombés d'accord, et voici ce qu'ils ont fait. Vous allez voir comme c'est ingénieux.

DEUX : Allez-y.

UN : Ils ont pris un fil électrique. Ils l'ont dédoublé. Ils se sont mis tout nus. Chacun a pris un fil et s'est entouré la taille avec une des extrémités de ce fil, soigneusement dénudé. Ils ont ensuite introduit l'autre extrémité dans une prise de courant, Georges branchant la sienne dans le trou positif, Paulette dans le trou négatif. Tout était prêt. Ils se sont approchés tout doucement l'un de l'autre. Ils se sont regardés un moment, une dernière fois. Et puis, ils se sont embrassés sur la bouche.

DEUX : Aïe ! C'est horrible ! Le courant les a électrocutés, et ils sont tombés raides !

UN : Non. Ils ont fait sauter les plombs.

EN MER

La nuit, dans un canot à moteur. Onomatopées enregistrées préalablement par les deux acteurs et accompagnant leur dialogue.

LE MOTEUR : Tom-tom-tom-tom *(etc.)*.
LA SIRÈNE : Tou-oute !... Tou-oute... *(etc.)*.
LA MER : Plouf... Plou-ouf !... *(etc.)*

Sirène.

UN : Ne tirez pas tout le temps le cordon de la sirène. Ça a l'air bête.

DEUX : Faut bien que je m'occupe, non ? Naturellement, vous vous êtes emparé du gouvernail. À chaque fois qu'il y a quelque chose d'un peu amusant à faire, c'est vous qui le faites.

UN : Je vous l'ai dit : je ne vous donnerai pas le gouvernail avant que vous ayez retrouvé la boussole.

DEUX : Jamais plus je ne me promènerai en mer avec vous. Cette histoire de boussole, c'est un prétexte pour ne pas me donner le gouvernail. Vous savez très bien que je ne la retrouverai pas, puisqu'il fait complètement nuit et que vous n'avez même pas pensé à emporter la moindre bougie.

UN : Cherchez-la avec vos mains.

DEUX : Ça fait trois heures et demie que je tâte. Et en admettant même que je la retrouve, cette boussole, on ne verrait pas l'aiguille. Vous n'allez pas me dire qu'on pourrait la tâter, l'aiguille. Et puis, à quoi ça nous servirait de savoir où est le nord ? Le nord, il est toujours au même endroit. Ce qu'il faudrait savoir, c'est l'endroit où se trouve notre bateau. Hein, à votre avis, où il est, notre bateau ?

UN : En pleine mer.

DEUX : Oh... vous m'avez déjà dit ça au début de l'après-midi. Moi, je n'y crois plus. Depuis le temps qu'on marche, on devrait en être sorti.

Sirène.

UN : Le cordon de la sirène, je vais finir par y faire un nœud ! Si c'est ça que vous cherchez.

DEUX : C'est la sirène à brume ! Si on la fait pas fonctionner quand il y a de la brume, pas la peine d'avoir une sirène à brume !

UN : Alors, prévenez-moi. À chaque fois que vous faites tou-oute, comme ça, moi ça me retourne les sangs. Je perds le gouvernail.

DEUX : Ah ben c'est intelligent !

UN : Ce n'est pas intelligent, c'est pénible ! Parce qu'une fois que je l'ai perdu, moi, il me faut un moment pour le retrouver dans le noir. Et pendant ce temps-là, si le bateau fait demi-tour, comment voulez-vous que je le sache !

DEUX : Ne jamais lâcher le gouvernail, c'est une règle élémentaire dans la navigation ! Même quand le navire explose, on ne lâche pas le gouvernail !

UN : Venez donc m'aider à le retrouver, au lieu de faire la mauvaise tête.

DEUX : Vous ne l'avez pas encore retrouvé ? Eh bien nous voilà propres. Je vous garantis...

Sirène.

Je vous garantis que si je le retrouve, je ne suis pas près de vous le rendre, le gouvernail.

UN : Enfin, tout de même, où est-il ? Ça ne disparaît pas comme ça, un gouvernail. Ah ! je le tiens.

DEUX : Je vais finir par me fâcher. Lâchez-moi la jambe tout de suite.

UN : C'est votre jambe ? Vous avez une jambe qui ressemble à un gouvernail. Qu'est-ce que vous voulez que j'y fasse ? Je n'y suis pour rien.

DEUX : Ça ! On ne peut pas dire que vous soyez pour grand-chose dans quoi que ce soit. Moi, je n'appelle pas ça naviguer, ce qu'on fait en ce moment.

UN : Vous tournez tout au pire. Dites que nous naviguons sans le moindre résultat. Mais pour ce qui est de naviguer, moi je trouve que nous naviguons.

DEUX : Levez-vous, que je tâte si par hasard vous ne seriez pas assis dessus.

UN : Sur le gouvernail ? Non, je le sentirais. Ah, ben si, vous avez raison, je suis assis dessus.

DEUX : Passez-le-moi.

UN : Non. Retrouvez d'abord la boussole.

DEUX : Je m'en fiche, je vais vous envoyer un coup de sirène toutes les vingt secondes.

Le moteur cesse de faire : tom-tom.

Il fait : pim-pim.

UN : Vous entendez ?

DEUX : Quoi ?

UN : Le moteur. Tout à l'heure, il faisait tom-tom-tom.

DEUX : Oui. Il y a quelque chose de changé. Maintenant il ferait plutôt pim-pim-pim. C'est grave ?

UN : C'est grave, c'est grave !... Je ne sais pas, moi. Ça dépend. Si nous approchons de Honfleur, ce n'est pas très grave. Si nous nous approchons de Honfleur, mais que Honfleur est séparé de nous par une grande distance, c'est déjà plus grave. Si nous nous éloignons de Honfleur, c'est extrêmement grave.

Sirène.

Raté ! Cette fois, je le tenais avec mes deux mains et mes deux genoux.

DEUX : Jamais je n'aurais dû accepter de me promener en mer avec vous. À quoi ça sert, de se promener en mer ? Hein ? Vous le saviez, vous, que la mer, c'est pas fait pour ça. On voit bien que rien n'est prévu pour la promenade, dans ce machin.

Le moteur fait : pof-pof.

Ah... ah...

DEUX : Oui, il ne fait plus pim-pim.

UN : Il ferait plutôt pof-pof.

DEUX, *après un temps, le moteur se tait* : Maintenant, il ne fait plus rien du tout. C'est signe de quoi ?

UN : C'est signe de rien du tout. Du moins, je le suppose. Pom-pom-pom, ça voulait dire qu'il y avait encore du mazout dans le réservoir. Ce qu'on entend maintenant, ce doit être signe que dans le réservoir il n'y a plus rien du tout.

DEUX : Oui. Eh bien tout ça, moi : vivement qu'on soit à Honfleur, parce que j'en ai assez... Moi, demain je travaille.

UN : Si ça suffisait qu'on en ait assez pour qu'on soit vivement à Honfleur, tout le monde y serait depuis longtemps. Tirez donc le cordon, c'est le moment.

DEUX : Ne lâchez pas le gouvernail.

UN : Ça n'a plus guère d'importance, maintenant. On ne bouge plus.

DEUX : On ne sait jamais. Il peut y avoir des courants.

La sirène fait : tu-ute.

Vous avez entendu ? La sirène ? Tout à l'heure elle faisait Tou-oute. Maintenant, elle fait autre chose. Écoutez.

Sirène.

UN : Oui. C'est encore plus ridicule. Personne ne va nous prendre au sérieux.

DEUX : C'est que demain, moi, j'ai rendez-vous à Montmartre. Il faut que j'y sois.

UN : Eh bien, tirez le cordon jusqu'à ce qu'il n'y en ait plus.

DEUX : Je tire. Mais que voilà une situation pénible !

Sirène.

MARÉE MONTANTE

UN : Voilà encore la pleine lune qui revient.

DEUX : Je te vais lui donner des coups de pied dedans, moi, si elle continue.

UN : Qu'est-ce qu'elle a, hein ? Qu'est-ce qu'on lui a fait, qu'elle revienne comme ça tout le temps !

DEUX : Pour moi, c'est de la publicité.

UN : Vous croyez ? Alors, c'est de la publicité mal faite, parce qu'on sait pas pour quel produit c'est de la publicité.

DEUX : Et puis si c'est de la publicité, raison de plus pour donner des coups de pied dedans.

UN : Ah oui ! Ah oui, alors !

DEUX : Remarquez, c'est peut-être ça qu'elle veut, qu'on ait envie de lui donner des coups de pied dedans. C'est peut-être de la publicité pour une marque de ballons de football.

UN : Eh ben ! des ballons de football comme ça, faudrait me payer cher pour que j'en achète un ! Un ballon qui se dégonfle tout le temps !

DEUX : Oui, vous avez raison. C'est peut-être une réclame pour une marque de pompes à bicyclette.

UN : Alors elle est ratée, comme réclame ! Parce qu'une pompe à bicyclette qui me donnerait envie de donner des coups de pied dedans, moi, ça prouverait que c'est une mauvaise pompe. J'en voudrais pas. Je préférerais regonfler mes pneus avec ma bouche.

DEUX : Allez, venez, on va pas rester là.

UN : Ah non, on va pas rester là. Avec cette pleine lune qui nous tombe dessus. Et rien d'autre à regarder tout autour !

DEUX : Moi, si on reste là, je deviens fou.

UN : Allez, on s'en va.

DEUX : On s'en va.

UN : Oui. C'est pas très tentant, de s'en aller, comme ça, en pleine nuit.

DEUX : Ça, faut dire. Surtout qu'on a un bout de chemin à faire.

UN : On ferait peut-être mieux d'attendre.

DEUX : D'attendre quoi ?

UN : Que la marée baisse.

DEUX : Oui, si on était sûr qu'elle va baisser. Mais depuis une heure qu'on est là, sur ce petit rocher de rien du tout, eh bien ce petit rocher de rien du tout, il s'est pas arrêté de devenir de plus en plus petit. Rien ne nous dit qu'elle va pas monter encore plus, la marée, alors on sera bien avancé d'avoir attendu.

UN : Oh, ben, à ce moment-là, il sera toujours temps de s'en aller.

DEUX : C'est vrai, oui. Vous savez nager, vous ?

UN : Oui, et puis la mer est tellement calme. Y a pas une vague.

DEUX : N'empêche. Moi j'ai jamais nagé dans le noir.

UN : L'essentiel, c'est que vous sachiez nager dans l'eau.

DEUX : Oui, ben je trouve que c'est déjà pas commode de nager dans de l'eau, mais s'il faut nager dans le noir en même temps...

UN : Vous croyez que c'est plus dur ?

DEUX : J'en ai bien peur. Forcément, ça doit être plus épais.

UN : Alors, on doit flotter plus facilement. Déjà, à cause du sel, dans l'eau de mer on flotte mieux que dans l'eau douce. Avec le noir en plus, on doit flotter tout seul.

DEUX : Oui, mais pour avancer, c'est une autre question. Et puis, qui est-ce qui vous dit que le noir, c'est comme le sel ? Peut-être que ça ne fond pas, dans l'eau, peut-être que ça se mélange seulement, comme le sable. Vous avez déjà essayé de nager dans des sables mouvants, vous ?

UN : Non, j'ai pas osé. Il paraît que c'est dangereux.

DEUX : Et comment, que c'est dangereux.

UN : Oui, mais c'est un cas spécial. Ce qui est dangereux, dans les sables mouvants, c'est que c'est ambigu. On ne sait pas comment s'y prendre, on se demande s'il faut marcher dessus ou nager dedans, alors on hésite, finalement on ne fait ni l'un ni l'autre, on perd la tête et, au lieu de marcher ou de nager, on s'enfonce.

DEUX : Ça y est, va falloir qu'on se lève, je sens la marée qui me monte là où je pense.

UN : C'est frais, comme impression.

DEUX : Tant que y a que ça de frais, ça peut aller, l'impression. Mais quand ce sera nous... Vous verrez, tout à l'heure, nous aussi, on sera frais. Et ça, ça sera beaucoup moins drôle.

UN : Oh, c'est pas la première fois qu'on aura péri en mer.

DEUX : La dernière fois on avait un bateau, c'était tout de même plus confortable. Pour périr.

UN : En tout cas, vous pourrez remarquer que Georges, lui, il n'est pas venu.

DEUX : Je vous avais dit qu'il fallait se méfier des rendez-vous de Georges. Il vous dit : On va rigoler, alors des fois c'est vrai ; il vient au rendez-vous et on rigole. Mais y a des fois où pour ce qui est de la rigolade, y a que lui qui en profite. Je suis bien tranquille qu'il rigole en ce moment, Georges, il doit être installé au bout de la jetée, avec ses grosses jumelles, et il se rince l'œil avec la tête qu'on fait. Dans le noir.

UN : Eh ben alors, faites une autre tête, mon vieux, souriez.

Deux rit.

À la bonne heure. J'aime mieux vous voir comme ça. C'est beau, ça, de rire quand on n'a pas envie.

DEUX : Je ris à cause des bulles qui me remontent le long du dos. Ça chatouille. Je ne rirai plus longtemps. Ma tête est sous l'eau. Glou glou.

UN : Ah oui, oh ben ! la mienne aussi, vous savez.

DEUX : Zut alors. Glouglou.

UN : Et puis, croyez-moi, c'est pas la peine de répéter tout le temps glouglou, sous prétexte que vous avez la tête sous l'eau. C'est conventionnel. Pourquoi pas : hélas ! pendant que vous y êtes ?

DEUX : Je dis glouglou, parce que papa et maman ils m'ont appris que quand on avait la tête sous l'eau, fallait dire : glouglou. Moi, je tiens à rester civilisé.

UN : Vous avez raison. Puisque nous nous noyons, que ce soit du moins en français. Glou glou.

DEUX : Glouglou.

UN : Glouglou *(etc.)*.

L'ÎLE DÉSERTE

PREMIER ACTE

UN : Eh bien, me voilà propre. Me voilà naufragé. Me voilà sur une île déserte. Et qu'est-ce que c'est ça, là-bas ? Qu'est-ce que c'est que cette forme humaine ?

DEUX, *loin* : Allons enfants de la patri-i-e.

UN : C'est un Français. Ou si c'est un sauvage, c'est un sauvage qui a de la culture.

DEUX, *loin* : Cogito, ergo soum !

UN : Prouvons-lui à mon tour que je ne suis pas un sauvage. Deux fois un, deux, deux fois deux, quatre, trois fois quatre douze. Euh... Oui, c'est Agamemnon, c'est ton roi qui t'éveille !

DEUX, *loin* : To be or not to be.

UN : Pan pan pan pan ! *(C'est la 5e symphonie.)*

DEUX, *loin* : Pan pan pan pan !

UN : Ce n'est pas un sauvage, c'est un naufragé européen. Tant mieux. Il a une besace. Pourvu que dans sa besace il ait de l'aspirine, j'ai une de ces migraines ! Et des sandwiches au pâté, j'ai une de ces faims !

DEUX, *chante au loin sur l'air de « Sambre et Meuse »* :

Vous n'aurez pas le chauffage centra-le,
Ni l'eau ni l'gaz ni l'électricité...
Le vide-ordures, c'est pas pour les vandales.
C'est pas pour vous, la machine à laver !

UN : Oh zut. C'est lui.

DEUX, *s'approchant* : Ah c'est vous ? Zut. Pour une fois que je fais naufrage, je n'ai pas de veine.

UN : Enfin quoi ! Vous n'avez pas vu que c'était une île déserte ? Qu'est-ce que vous faites ici ?

DEUX : D'ailleurs je m'en doutais, que vous seriez là. Je ne peux pas faire un pas sans que vous fassiez le second, juste devant. On croirait qu'on est les deux pieds d'une même jambe.

UN : Naturellement, c'est de ma faute. Oh, vous me dégoûtez, tiens. Écoutez, faut que je vous dise ça une bonne fois : ça ne vous est jamais arrivé de sentir que vous étiez de trop ? Non ?

DEUX : Ah, ça, non, alors ! Quand il y a quelqu'un de trop, je vous prie de croire que ce n'est jamais moi. C'est toujours quelqu'un d'autre, et en général, c'est vous. La preuve c'est qu'en ce moment, je vous demande un petit peu ce que vous faites là, en plein devant moi, sur ma plage.

UN : Sur votre plage ! Il y a combien de temps que vous y avez mis les pieds, sur cette plage ?

DEUX : Y a exactement une minute quarante-cinq.

UN : Oui, eh bien moi aussi.

DEUX : C'est bien ce que je dis, je ne peux pas faire naufrage une minute sans que vous soyez là.

UN : J'étais là avant vous.

DEUX : Non, c'est moi.

UN : En tout cas, j'étais là avant de vous voir.

DEUX : Moi aussi. Je voyais bien quelque chose, mais si j'avais su que c'était vous, je me serais refichu à l'eau.

UN : Ah, parce que vous sortez de l'eau ?

DEUX : De l'eau de mer, oui. Le paquebot le « Hardy », c'est moi le seul rescapé de son naufrage.

UN : Ah, c'est vous qui nous avez tamponnés ?

DEUX : Mon paquebot, en effet, a tamponné quelque chose.

UN : Il a tamponné un autre paquebot, le « Laurel », dont je suis le seul rescapé.

DEUX : Comme je serais heureux de faire la connaissance du seul rescapé du « Laurel », si ce n'était pas vous.

UN : Et moi, avec quelle émotion ne pardonnerais-je pas au « Hardy » d'avoir éperonné le « Laurel », s'il vous avait englouti avec lui. Car enfin ! Une île déserte ! La première de ma vie !

DEUX : Mon île déserte ! et ça ne se représentera pas de sitôt ! Vous me gâchez mon île déserte ! La seule île déserte à laquelle j'aurai eu droit dans mon existence ! Allez-vous-en !

UN : Je ne sais ce qui me retiens de vous enfouir la tête dans le sable jusqu'à suffocation !

DEUX : Moi je le sais : il est trop tard. J'aurais beau vous enterrer profond, effacer méticuleusement vos traces sur le sable, mon île pour autant ne redeviendra pas déserte ; on ne refait pas la virginité d'une île. La partie est perdue, et même si je voulais tricher, on ne triche pas tout seul. Il faut être deux.

UN : La partie est perdue, c'est vrai. Adieu !

DEUX : Où allez-vous ?

UN : Dans le sens des aiguilles d'une montre. Je vais longer le rivage jusqu'à ce que je me retrouve au point d'où je suis parti, le point, ici ! que j'imprime avec ma godasse entre les galets. Faire le tour : c'est ainsi que le naufragé s'assure que c'est bien dans une île que les vagues l'ont miséraculeusement fait échouer.

DEUX : Eh bien, adieu ! Je pars dans l'autre sens, et du même pas que vous. Nous nous rejoindrons à l'autre bout du diamètre.

UN : Adieu. Comme il fait beau ! Pas un nuage ! pas une vague ! pas un souffle de vent ! C'était pourtant un bien beau jour, pour une naufrage.

DEUX : Et rien à l'horizon, tout autour de nous. Quelle solitude, si vous n'étiez pas là !

UN : J'en pleure de regret. C'est si beau, quand on est tout seul et que partout où l'on regarde, il n'y a rien !

DEUX : Rien.

UN : Rien.

DEUX : Sauf vous.

UN : Sauf vous, et une mouche, sur votre nez.

DEUX : Oui. Une mouche d'île déserte.

UN : Une mouche déserte comme une île. Allons ! Tournons-nous le dos.

DEUX : Une seconde. Qu'est-ce qu'il y a, dans votre besace ?

UN : Mais non. C'est vous qui avez une besace.

DEUX : Non, c'est vous. C'est bien une besace, que vous avez là ?

UN : Ah ! si, j'ai une besace. Mais moi, il n'y a rien dedans.

DEUX : Eh bien, dans ma besace, il n'y a rien non plus.

UN : Zut.

DEUX : Alors non seulement vous êtes là, mais en plus, vraiment on se demande à quoi vous servez. Ce ne serait pourtant pas le diable, qu'il y ait des boîtes de sardines dans votre besace !

UN : Et la vôtre, alors, à quoi elle servirait ? À regarder la mienne se vider ?

DEUX : Allez ! séparons-nous.

UN : Oui. Malheureusement, si c'est une île, nous aurons beau nous tourner le dos...

DEUX : Demain, nous nous retrouverons. Vous me direz ce que vous avez vu.

UN : Dans le sens inverse des aiguilles d'une montre, hein ?

DEUX, *loin* : Naturellement, les difficultés c'est toujours pour moi. Adieu !

UN, *loin* : À demain.

DEUXIÈME ACTE

UN : Eh bien vous voyez. Nous voici revenus au même point.

DEUX : Oui. C'est bien une île.

UN : Et nous avons marché exactement du même

pas, vous dans un sens, moi dans l'autre. Parce que si l'un de nous avait marché plus vite que l'autre, nous nous serions rencontrés un peu avant ou un peu après d'arriver à l'endroit d'où nous sommes partis.

DEUX : Oui, mais la moitié de circonférence que vous avez parcourue était peut-être plus petite que la mienne, de sorte que vous n'aviez pas besoin de marcher aussi vite que moi.

UN : Oui. Alors, ce serait une île un peu allongée d'un côté, et un peu aplatie de l'autre.

DEUX : C'est ça. Pour le savoir, faudrait qu'on mesure.

UN : Attendez. Ça ne me paraît pas très clair, quand même, cette histoire. J'ai marché vingt-quatre heures dans le sens des aiguilles d'une montre, le long du rivage...

DEUX : Et moi, j'ai marché vingt-quatre heures dans le sens inverse, le long du rivage également.

UN : Bon. Or, voici que nous nous rencontrons à l'endroit exact où nous nous sommes quittés il y a vingt-quatre heures. Tenez : voici l'empreinte de ma godasse entre deux galets.

DEUX : Eh bien oui, il n'y a rien d'extraordinaire là-dedans, sauf justement que la chose se soit réalisée avec une exactitude parfaite, à deux ou trois cents mètres près.

UN : Non, il y a autre chose que je n'arrive pas à m'expliquer. C'est que, avant de nous retrouver face à face, tous les deux, à notre point de départ, il me semble que nous aurions dû nous rencontrer de l'autre côté, à moitié chemin.

DEUX : Attendez... ah oui, vous avez raison. À moins que vous ne soyez resté ici à faire du surplace pendant que je faisais le tour de l'île à moi tout seul, en effet, nous aurions dû nous croiser.

UN : Avez-vous scrupuleusement suivi le bord de la mer ?

DEUX : Scrupuleusement, oui. Et avec le clair de lune, si je vous avais croisé, je vous aurais vu.

UN : Moi aussi. Attendez que je réfléchisse. Toujours rien dans votre besace, non ? J'ai faim.

DEUX : Non. Et dans la vôtre ?

UN : Non plus. Voyons, puisqu'en marchant en sens inverse l'un de l'autre le long de la mer, en nous tournant le dos, nous nous retrouvons vingt-quatre heures après face à face, pas de doute, nous sommes sur une île.

DEUX : Si c'était une presqu'île, comme le Cotentin, vous en seriez encore au Danemark et moi au Portugal. On ne se serait pas retrouvés aussi vite.

UN : Mais au lieu de nous retrouver au même point, si c'est une île, nous aurions dû nous rencontrer une fois à mi-course.

DEUX : Mais si ce n'est pas une île, qu'est-ce que ça peut être, puisque ce n'est pas une presqu'île.

UN : Ça doit être une plus-qu'île.

DEUX : Une plus-qu'île. Oui. Dites plutôt que vous avez fait une erreur dans la première phrase du dialogue et comme vous écrivez à la machine, vous avez eu la flemme de corriger. Allez, dites-le, sans ça, on ne va pas s'en sortir.

UN : Mais pas du tout. Nous pouvons très bien

avoir fait le tour d'une île, chacun de son côté, et nous retrouver au même point. Il n'y a qu'à imaginer deux îles qui se touchent, comme les deux boucles d'un huit. Et nous, nous sommes au milieu du huit, là où les lignes se croisent.

DEUX : Oh, eh ! il me semble que ça se verrait, si on était au milieu d'un huit de terre ferme, avec l'océan tout autour.

UN : Ça se verrait ! Il faudrait au moins jeter un coup d'œil.

DEUX : C'est vrai qu'on n'a pas jeté de coup d'œil. Mais tout de même, ce serait invraisemblable.

UN : Si vous trouvez que le reste est plus vraisemblable ! Vous par exemple !

DEUX : Moi ? je suis toujours vraisemblable.

UN : Oui, mais que vous soyez le seul rescapé d'un naufrage, alors que vous ne savez même pas nager !

DEUX : Et vous !

UN : Ni moi non plus !

DEUX : Vous voyez bien.

UN : Comme si je prouvais quelque chose.

DEUX : Pas vous, non, mais tous les gens avec qui je voyageais sur mon paquebot, c'étaient des très bons nageurs. Forcément, qu'ils se sont noyés. Vous savez bien qu'il n'y a que les très bons nageurs qui se noient.

UN : On dit ça.

DEUX : On dit ça parce que c'est vrai.

UN : Je ne vois pas pourquoi on le dirait, si ce n'était pas vrai, bien sûr. Enfin, ce n'est pas tout ça, jetons un petit coup d'œil sur notre île déserte.

DEUX : Oui. Ah ben, c'est pas mal !...

UN : Qu'est-ce que vous voyez ?

DEUX : Rien. Et vous ?

UN : Moi non plus. Forcément, c'est une île déserte. S'il y avait quelque chose dedans, ce ne serait plus vraiment une île déserte.

DEUX : Et la mer, où elle est ?

UN : Je ne la vois nulle part. C'est une île entourée d'eau de tous côtés, sauf qu'il n'y a pas d'eau. Vu qu'il n'y a pas de côtés non plus. Allez, on s'assoit ?

DEUX : Sur quoi ? Y a rien pour s'asseoir, tellement elle est déserte, votre île. Y a même pas de sable, sur la plage.

UN : Y a pas de plage non plus. C'est vraiment l'île déserte.

DEUX : Et l'île, où c'est que vous la voyez ?

UN : Nulle part. Y a pas d'île non plus.

DEUX : Alors, qu'est-ce qu'il y a ?

UN : Il y a l'essentiel. Le temps qui passe, et puis le quotidien, les soucis, les cinq mille francs que je dois à Georges et qu'il va falloir que j'emprunte à quelqu'un pour les lui rendre ; à vous par exemple.

DEUX : Alors c'est encore une fausse île déserte.

UN : Qu'est-ce que vous voulez, des îles vraiment désertes, de nos jours, on n'en trouve plus que dans la littérature.

VIOLENCES

UN : Ah, mon vieux, je te l'attrape par les cheveux et rhan ! je te lui refile un grand coup de genou dans le bide, il avait pas plutôt fait ouf que le voilà par terre. Chic, que je me dis — y avait des travaux, c'était du goudron frais, et quand je dis frais, je t'en fiche qu'il était frais, tellement frais, qu'il était, qu'il était fumant —, alors je te lui saute dessus, je te lui prends sa tête à pleines mains, et floc ! Je te lui enfonce son nez dans le goudron ! Tiens, mon bonhomme, je lui dis, connais-toi toi-même ! Si t'as jamais vu ta petite figure d'andouille, tiens, je te vas te l'imprimer en creux dans le trottoir. Ah, mais c'était pas fini. À peine il avait décollé sa tête de dedans le goudron, le voilà-t-il pas qui me fait : ouin ouin ! Qu'est-ce qu'il y a, je lui dis, t'en veux encore ? Je te prends un de ces pavés qui pesait bien ses huit kilos, ah mon vieux ! V'là sa femme qui arrive, heureusement ! Elle me le retire des mains — je l'aurais fini.

DEUX : Ça fait tout de même plaisir de manger des fraises, hein ? Elles sont bonnes cette année.

UN : Oui. Passez-moi le sucre en poudre.

DEUX : Je ne savais pas que vous étiez comme ça.

UN : Ben vous voyez, je suis comme ça. Faut pas qu'on m'embête.

DEUX : On ne croirait pas, à vous voir. Vous avez l'air plutôt gentil.

UN : Oui, mais faut pas qu'on m'embête.

DEUX : Dites donc, ne remettez pas des fraises comme ça dans le plat. Vous avez mordu dedans. C'est pas propre.

UN : Vous êtes sûr que c'est moi ? Ça m'étonne.

DEUX : Dites tout de suite que c'est moi.

UN : Vous fâchez pas. Si j'ai mordu dedans, rendez-la-moi.

DEUX : Dommage, elle est bien belle. Tenez. Parce que vous donnez plutôt l'impression d'une bonne pâte. Oui, vous faites un peu nouille.

UN : Faut pas se fier aux apparences. Ah ben, je sais pourquoi je l'avais laissée de côté ! Elle a le goût de moisi.

DEUX : Alors, laissez-la dans votre assiette. Passez-moi le sucre en poudre.

UN : Attention, il y en a plus beaucoup.

DEUX : Moi, je vous dirai que je n'aime pas beaucoup ça, en général.

UN : Les fraises ?

DEUX : Non, les violences.

UN : Oh, c'était pas vraiment des violences.

DEUX : Ah, si.

UN : Je n'aurais pas dû vous raconter ça. Vous n'êtes pas un tempérament à comprendre les conduites impulsives. La virilité, au fond, c'est pas votre affaire. L'énergie tout ça... Vous, vous êtes un tendre.

DEUX : Oui, la tendresse, j'aime bien.

UN : Y a qu'à regarder ce que vous mettez comme sucre en poudre sur vos fraises. Ça, c'est une indication.

DEUX : J'en mets pas plus que vous.

UN : Non, mais y a la manière. Vous, vous le mettez dessus, vous saupoudrez, comme on dit. Moi, le sucre, je le mets sur le bord de mon assiette, et regardez comment je fais, la fraise : crac, et crac, je l'écrase dans le sucre.

DEUX : C'est idiot, vous perdez du jus.

UN : Oui, mais psychologiquement, ça me fait du bien. Ça libère mon agressivité.

DEUX : Moi, j'aime trop les fraises pour la libérer dessus, mon agressivité.

UN : C'est parce que c'est une agressivité de rien du tout, votre agressivité. C'est parce que vous êtes mou.

DEUX : C'est vrai. J'aime bien être mou. Je trouve que quand on est mou, on a plus de plaisir à vivre que quand on est dur. Ainsi, quand je mange des fraises, je crois que ça me gâterait mon plaisir, si j'étais de mauvaise humeur. Prenez-la, prenez-la, on va pas se disputer pour une pauvre fraise de rien du tout.

UN : Non, non, la dernière fraise, ça se tire à pile ou face. Attendez, je crois que j'ai une pièce de dix francs.

DEUX : Mais faut pas qu'on m'embête.

UN : Pile, ou face ?

DEUX : Pile. Je suis gentil, mais faut pas qu'on m'embête.

UN : Elle est à moi.

DEUX : Il va falloir que je vous montre quelque chose.

UN : Passez-moi le sucre en poudre.

DEUX : Finissez-le. Parce que je suis bien content que vous m'ayez raconté ça. Je ne me doutais pas du tout que vous aviez du caractère.

UN : Oui, n'est-ce pas ? C'est ça qu'on appelle avoir du caractère ?...

DEUX : Oui. Et alors, je vais vous dire une chose qui va bien vous étonner : moi aussi, j'en ai, du caractère.

UN : Mais non. Saleté, va.

DEUX : Comment, saleté ?

UN : Non, c'est pas à vous que je dis ça. C'est à la fraise. Naturellement, elle a le goût de moisi.

DEUX : Ce n'est pas qu'elle a le goût de moisi, c'est qu'en effet, et ça je l'avais remarqué, c'est une fraise moisie. C'est d'ailleurs pour ça que je l'avais laissée dans le plat.

UN : Je ne savais pas que vous étiez sournois.

DEUX : Ah mais si... Si, je suis sournois. C'est pour ça que vous ne pouvez pas vous en rendre compte, que j'ai du caractère. Je le dissimule.

UN : Mais non, vous n'avez pas de caractère. Vous me dites ça pour faire le malin. Faudrait pas que je vous demande des preuves.

DEUX : Justement, il faut que je vous montre quelque chose. Tenez, vous avez combien de fraises moisies dans votre assiette.

UN : Pourquoi ?

DEUX : Mettez-les dans le cendrier, avec les miennes.

UN : Qu'est-ce que vous voulez en faire ?

DEUX : Venez voir. Je ne vous ai jamais ouvert ce petit placard, dans le mur, hein ?

UN : Non.

DEUX : Alors, je compte sur vous pour n'en parler à personne, surtout pas à ma femme.

UN : Qu'est-ce qu'il y a dedans ?

DEUX : Vous connaissez *Le Crépuscule du soir* ?

UN : Comment, le crépuscule du soir...

DEUX : Oui, y a un journal qui s'appelle *Le Crépuscule du soir.*

UN : Ah oui !... Oh, c'est pas vraiment un journal.

DEUX : Non, c'est plutôt quelque chose qui fait semblant d'être un journal. En réalité, c'est du papier. C'est le syndicat des poissonniers de la région parisienne qui commandite ça. C'est imprimé, mais c'est du papier spécial pour emballer le merlan.

UN : Y a des gens qui l'achètent, pourtant.

DEUX : Parce qu'ils ne savent pas. Enfin, n'empêche qu'il y avait un gars qui faisait semblant de faire des critiques, dans ce papier qui fait semblant d'être un journal.

UN : Oui. Cinq, il s'appelait. Pas Georges, bien sûr. Un autre Cinq, je ne sais plus son prénom.

DEUX : Eh bien, du temps où on faisait du théâtre, vous vous rappelez ?

UN : Je pense bien. C'était une vraie pourriture Chaque semaine, oui, dans le *Crépuscule*, il faisait une critique pour dire qu'il n'était pas venu nous voir, parce qu'on était trop mauvais.

DEUX : Oui. Eh bien maintenant, c'est fini. Il fait plus semblant d'écrire dans *Le Crépuscule du soir*.

UN : Pourquoi me parlez-vous de ce Cinq ? Je ne vois pas le rapport avec vos fraises moisies.

DEUX : Si. Les fraises moisies, c'est une petite gentillesse que je lui fais, à Cinq.

UN : Vous allez les lui envoyer ?

DEUX : Non, je vais les lui donner. Il est là.

UN : Cinq ?

DEUX : Oui, dans mon petit placard.

UN : C'est pas vrai !... Ouvrez...

DEUX : Tenez, voilà la clef. Ouvrez vous-même. Vous allez voir comment qu'il va les engloutir, mes fraises moisies. Il n'a pas mangé depuis trois jours.

UN : Oh ! La sale tête. Vous êtes sûr que c'est Cinq ?

DEUX : Oui. Je l'ai capturé au moment où il sortait de sa maison d'édition, avec son livre sous le bras. Un livre sur l'Histoire des dérèglements sexuels dans la Rome antique.

UN : Eh bien vous voyez, vraiment, je n'aurais jamais cru qu'il avait l'air si bête.

DEUX : Je l'ai dans mon placard depuis une semaine. Il commence à changer. Il avait l'air encore bien plus bête, quand il est entré.

UN : Qu'est-ce que vous lui faites ?

DEUX : Rien. Je l'ai mis dans le plâtre, vous voyez, jusqu'à mi-corps. Comme ça il ne crâne plus. Et puis alors, comme torture, je lui ai donné du papier et de l'encre, et je l'oblige à recopier un à un tous ses livres.

Et faut que ce soit lisible ! hein ? mon petit toto, comment ça va-t-il ? Hein, mon petit bichon... Regardez donc, l'œil qu'il me fait, si on dirait pas qu'il comprend. Dis, mon petit minet, qui c'est qui va faire miam, miam, hein ? C'est bon, ça, les fraises. Tu feras bien attention de pas avaler les mégots qui sont avec... Dommage qu'il cause plus.

UN : Vous allez le garder longtemps ?

DEUX : Je ne sais pas. Jusqu'à ce que je n'aie plus de rancune.

UN : Et quand vous n'aurez plus de rancune ?...

DEUX : Eh ben, je tirerai la chasse d'eau. C'est un placard que j'ai aménagé spécialement. Il communique avec le vide-ordures.

UN : Regardez donc comme il a faim. Il mange les queues avec !

DEUX : Surtout ne le dites pas.

UN : Ah ben ! ça ! J'étais loin de me douter que vous aviez un caractère comme ça. Vous avez l'air tellement gentil, et doux. Une vraie nouille.

DEUX : Eh bien oui, mais vous voyez, ce qu'il y a, c'est que je suis sournois.

UN : Après tout, hein ? Il avait qu'à pas commencer. Non mais regardez ! Regardez-moi ça ! Ah le dégoûtant ! Voilà qu'il mange les mégots !

DEUX : Oui. C'est pas joli joli. Je crois que demain ou après-demain, je vais tirer la chasse d'eau, parce que je l'ai assez vu.

ALTERCATION

UN : Je suis français, Monsieur !

DEUX : Eh bien moi aussi, Monsieur, je suis français !

UN : Y a sûrement pas longtemps !

DEUX : Plus longtemps que vous, Monsieur !

UN : Moi, Monsieur ?

DEUX : Avec la tête que vous avez, y a pas à chercher bien loin d'où vous venez !

UN : Et ça, Monsieur, ça ! Qu'est-ce que c'est ? Ça vous dit quelque chose ?

DEUX : Oh ! oh là là, regardez-le qui bombe le ventre ! comme si c'était une preuve !

UN : Vous n'avez pas le droit, Monsieur, d'insulter la nation française dans ce qu'elle a de plus sacré, vous qui ne savez même pas ce que c'est, pauvre métèque !

DEUX : C'est une boutonnière ! Mais si, je sais ce que c'est, c'est une boutonnière ! Et alors ? Avec des petits rubans, oui ! oui ! et oui ! Et qu'est-ce que ça prouve ?

UN : Que je suis un Français, Monsieur, et que j'ai le droit de causer, ici, et que vous, taisez-vous !

DEUX : Mais, mais, mais...

UN : Il n'y a pas de Mais-mais-mais !

DEUX : Mais mais mais, moi aussi, Monsieur, j'ai une boutonnière ! Tenez, vous allez voir si je n'en ai pas une, de boutonnière, et laquelle boutonnière des deux sera la plus forte !

UN : Ha ! elles sont jolies, vos décorations ! Vous pouvez en parler.

DEUX : Par exemple ! Ce sont les mêmes que les vôtres !

UN : Les mêmes ! Vous avez le toupet de prétendre que ce sont les mêmes ! Comparons, Monsieur, comparons !

DEUX : Mais quand vous voudrez !

UN : Aucune différence, hein ?

DEUX : Je n'en vois, personnellement, aucune. J'ai beau faire un effort, Monsieur... sans doute suis-je un imbécile, mais je ne vois aucune différence entre vos décorations et les miennes.

UN : Vous devriez avoir honte, Monsieur, de porter des rubans aussi sales ! ce n'est plus des rubans, c'est de la crasse !

DEUX : De la crasse !

UN : Vous faites honte à la nation tout entière ! On devrait les fusiller, Monsieur, les individus qui osent décorer les gens aussi sales ! On ne décore pas des gens qui ne sont pas capables de devenir des gens décorés !

DEUX : Ma Légion d'honneur, Monsieur...

UN : Votre Légion d'honneur Monsieur, n'a pas la blancheur qu'il faut. Regardez la mienne et vous verrez ce que c'est qu'une rosette rouge vraiment blanche !

DEUX : En effet, Monsieur, pour obtenir une rosette aussi somptueuse, vous avez dû y mettre le prix !

UN : Dans quelle boue avez-vous ramassé la vôtre ?

DEUX : J'étais à Dunkerque, Monsieur !

UN : Et alors ?

DEUX : Et alors ? Eh bien j'en connais qui n'y étaient pas, à Dunkerque, Monsieur.

UN : À Dunkerque ?

DEUX : Et ça ! vous ne pouvez pas le nier ! C'est historique !

UN : Et qui n'y était pas, à Dunkerque, s'il vous plaît ?

DEUX : Les Anglais, Monsieur !

UN : Monsieur, je vous prie de ne pas m'insulter !

DEUX : Je n'insulte personne, Monsieur, je me borne à rappeler un fait ! et qui se sent morveux se mouche !

UN : Je vous prie de ne pas me traiter d'Anglais, Monsieur, je ne suis pas plus anglais que vous !

DEUX : Je vous prie de ne pas m'insulter, Monsieur !

UN : C'est vous qui me traitez d'Anglais !

DEUX : Vous n'êtes pas un Anglais, Monsieur, vous êtes une andouille !

UN : Monsieur, on vous a vu ! vu ! N'essayez pas de détourner l'attention, on vous a vu ! Madame vous a vu, Monsieur vous a vu, tout le monde vous a vu !

DEUX : Personne n'a rien vu du tout, Monsieur, la salle était plongée dans l'obscurité !

UN : C'est justement ce qu'on vous reproche, Monsieur, de profiter qu'on est dans le noir pour laisser libre cours à votre sale saleté !

DEUX : Moi !

UN : Oui, vous ! D'ailleurs suivez-moi au commissariat de police.

DEUX : Voulez-vous, Monsieur, avoir l'audace de répéter devant ces jeunes filles ce que vous venez d'insinuer !... *(Détourné :)*

Monsieur, voulez-vous me servir de témoin ?

UN : Ces étrangers, si on les laissait faire, c'est bien simple, on ne pourrait plus aller au cinéma.

DEUX : Monsieur, je m'appelle Duconnet, François Duconnet. Mon père et ma mère sont nés dans le XVe. Nous sommes français de père en fils depuis la prise de la Bastille, Monsieur, et je vous somme de vous expliquer !

UN : Français, hein ? Français ! Eh bien ça ne m'étonne pas ! Vous avez tout ce qu'il faut pour ça : la lâcheté, la veulerie, la lubricité ! Ah elle est belle, la France ! Ah ils sont propres, les Français ! Y a qu'à vous regarder, avec votre petite tête de rond-de-cuir ! Le bon Français moyen, hein ? Vous puez le vin à dix mètres. Le Français, avant d'aller au cinéma, il faut qu'il boive !

DEUX : Le Français, Monsieur, vous savez ce qu'il vous dit, le Français ?

UN : Dites-le pour voir ? Je suis sûr que j'ai deviné, rien qu'à voir votre figure de petite gouape !

DEUX : Le Français, il vous dit : vive la France ! Monsieur. Oui, Monsieur, je suis un rond-de-cuir...

UN : Moi aussi, Monsieur !

DEUX : Et je n'en ai pas honte ! Monsieur.

UN : Moi non plus !

DEUX : Je gagne honnêtement ma vie, et celle de ma femme et de mes trois enfants, que voici, Monsieur. *(Détourné :)*

Viens, bibiche, amène-les qu'on les voie !

UN : Moi aussi, Monsieur, j'ai une femme, et trois enfants. *(Détourné :)*

Venez donc ici, qu'est-ce que vous faites là-bas ! Et c'est justement pour ça, Monsieur, que je vous ai à l'œil ! On vous a vu, Monsieur ! on vous a vu vous asseoir sur le strapontin de ma fille, dans le noir ! Sur le même strapontin, pendant tout le film !

DEUX : Possible, Monsieur. Je ne m'en suis pas aperçu. Et si ça l'avait gênée, j'espère qu'elle me l'aurait dit. Seulement voilà, elle ne s'en est pas aperçue non plus. Il n'y a que vous, Monsieur qui vous en êtes aperçu. Parce que vous êtes bien comme tous les Français !...

UN : Moi, Monsieur ?

DEUX : Vous voyez le vice partout. Vous ne pensez qu'à ça !

UN : Ha ! vous me faites rire ! Ha ! ha ! ha !

DEUX : D'ailleurs voilà la police !

UN : Ah ben, c'est pas dommage ! Monsieur l'agent !

DEUX : Monsieur l'agent !

Ils sortent en criant cela.

SAINT GEORGES

UN : Qu'est-ce que vous en pensez ? Hé ! Qu'est-ce que vous en pensez ?

DEUX : Hein ?

UN : Hé, bougez pas.

DEUX : Je bouge pas.

UN : Qu'est-ce qu'il y a ? Vous dormiez ?

DEUX : Je m'endormais, oui.

UN : Ça m'étonne.

DEUX : Moi aussi. Attendez que je me concentre. C'est difficile de ne pas bouger quand on se réveille. J'ai bougé, non ?

UN : Non, je ne crois pas. Vous avez de la présence d'esprit, je n'aurais pas cru.

DEUX : Oui, je suis maître de moi, en général.

UN : C'est surtout que vous vous soyez endormi, qui m'épate.

DEUX : Ah oui ? Ça n'a pourtant pas grand-chose d'extraordinaire, il me semble. Moi, je m'endors au moins une fois par jour. Souvent plus.

UN : Oui. Moi aussi. Je ne pense pas que ce soit exceptionnel. Le sommeil est une des choses du monde le mieux partagée. Mais sur un pied. S'endormir sur un pied, comme ça, spontanément, tout le monde n'en est pas capable, vous savez ? Je vous tire mon chapeau.

DEUX : Ce serait tout de même malheureux qu'un homme ne soit pas capable de faire ce que font quotidiennement des animaux très bêtes, comme les hérons.

UN : C'est vrai. Il faudra que j'essaye. On se demande pourquoi ils font ça, les hérons, d'ailleurs. Parce que moi, sur un pied, je tiens debout, et encore, avec bien du mal. Mais dormir comme ça, il faut vraiment aimer la difficulté.

DEUX : C'est peut-être qu'ils ne peuvent pas faire autrement. Moi, je ne pouvais pas faire autrement.

UN : Il fallait me le demander, je vous aurais donné la permission de poser l'autre pied à terre.

DEUX : Mais non, je n'allais pas vous retarder. Je sais bien que vous n'avez pas de temps à perdre. Le 23 avril, ça n'arrive qu'une fois par an.

UN : C'est vrai. Mais si j'avais su, je ne vous aurais pas réveillé.

DEUX : Oui, pourquoi m'avez-vous réveillé, au fait ?

UN : Pour vous demander ce que vous en pensiez.

DEUX : Montrez voir.

UN : Attendez, je vais tourner le truc. C'est commode. C'est monté sur pivot. Voilà.

DEUX : Pas mal, pas mal. Ça avance. Mais vous devriez mettre plus d'huile, c'est ça qui donne la sensualité.

UN : Oui, eh ben ça, je suis désolé, mais dans l'aquarelle, on ne met pas d'huile.

DEUX : On devrait.

UN : Ça serait plus de l'aquarelle.

DEUX : Ça serait quoi ?

UN : De la peinture à l'huile.

DEUX : C'est ce que je dis. Ce serait bien plus beau.

UN : Peut-être. Mais dans la vie, il faut savoir ce qu'on veut, ce qu'on veut faire, et ce qu'on fait. Vous me rappelez ce monsieur qui disait à un fabricant de paratonnerres : Monsieur, si vous leur mettiez des petites ailes, vos paratonnerres voleraient mieux. — Mais Monsieur, qu'il lui répond l'autre, s'ils volaient, ce ne seraient plus des paratonnerres.

DEUX : Non, mais votre peinture, si elle était à l'huile, ce serait toujours de la peinture. L'huile, ce n'est pas comme les ailes. Si vous ajoutez de l'huile à un paratonnerre, il restera paratonnerre.

UN : Jamais je n'ajouterai de l'huile à un paratonnerre. C'est pas ça qui rendrait la foudre plus douce à recevoir. Et puis, moi, l'huile, ça me gênerait de la gâcher dans des choses qui ne se mangent pas. C'est comme si vous me demandiez de faire de la peinture à l'ail. Je trouve ça immoral, quand on pense à tous les gens qui n'ont pas d'huile à mettre dans leur salade.

DEUX : Bon. Va pour l'aquarelle.

UN : Alors ? Qu'est-ce que vous dites de la ressemblance ?

DEUX : Quelle ressemblance ?

UN : Eh bien, celle que j'ai essayé de mettre dans mon aquarelle.

DEUX : Vous auriez mieux fait d'essayer d'y mettre de l'huile. Parce que comme ressemblance, moi...

UN : Il faut toujours que vous parliez de vous. S'agit pas de vous, il s'agit de Georges.

DEUX : Ah oui, c'est vrai. Ça doit ressembler à Georges, pas à moi. Oui. Eh bien... Oui, c'est bon. Ça ressemble à Georges. C'est Georges tout craché. Dans la mesure où...

UN : Dans la mesure où quoi ?

DEUX : Dans la mesure où justement Georges ne ressemble à rien.

UN : Oui.

DEUX : C'est frappant. Maintenant, si vous me permettez une petite remarque personnelle...

UN : Faites, faites...

DEUX : Par amitié pour moi, il me semble que vous auriez pu commencer votre aquarelle par le bas. Par le pied sur lequel je suis debout dessus. Comme ça, j'aurais pu le reposer à terre, et même, au bout d'un moment, m'en servir pour partir avec. Parce que j'ai rendez-vous avec ma femme dans une heure et demie.

UN : Vous en faites pas, vous y serez. Votre pied, il n'est pas fini, mais tout de même, j'en ai fait une solide ébauche.

DEUX : Où ?

UN : Là, en bas à droite.

DEUX : Ah ? C'est mon pied, ça ?

UN : Ben oui.

DEUX : Et mon autre pied, où c'est qu'il est ?

UN : En haut à gauche, là.

DEUX : Ah bon. Quelle drôle d'idée vous avez eue de me faire un pied violet et l'autre vert pomme.

UN : Le vert pomme, c'est pour indiquer que c'est un pied en l'air. Parce que le violet, c'est une couleur lourde. Celui-là il est violet parce qu'il est par terre.

DEUX : Ah oui ! C'est pas ça qu'on appelle de l'expressionnisme ?

UN : Si. Ça exprime.

DEUX : Oui. Dommage que je ne reconnaisse pas mes pieds, sur votre ébauche.

UN : Heureusement, que vous ne les reconnaissez pas, vos pieds ! Faut pas oublier que c'est le portrait de Georges, tout ça. Il a bien fallu que je transpose.

DEUX : Oui, c'est une transposition, bien sûr. Où avais-je la tête ? Et Georges, la tête, où c'est-il qu'il l'a ?

UN : Georges ? La tête ? Là. Tout simplement, là. En plein milieu.

DEUX : Non... Je vois le pot de yaourt, avec la petite cuillère, mais je ne vous demande pas ce qu'il est en train de manger, Georges, je vous demande où est sa tête.

UN : Tiens, ça, c'est rigolo. Je n'avais pas remarqué que la tête de Georges ressemblait à un pot de yaourt. C'est que c'est pourtant vrai.

DEUX : Oui. C'est peut-être vrai que la tête de Georges ressemble à un pot de yaourt. Mais franchement, je ne trouve pas que ce pot de yaourt, là, ressemble à la tête de Georges.

UN : Vous savez, je suis un peintre des dimanches. Ça va bien que le 23 avril tombe un vendredi cette année, mais habituellement je ne fais de la peinture que le dimanche. Je ne suis pas un professionnel.

DEUX : Vous en faites pas. Ça lui fera tout de même plaisir, qu'on ait pensé à lui pour son anniversaire.

UN : Pour sa fête.

DEUX : Non, pour son anniversaire.

UN : Pour sa fête. Le 23 avril, c'est la Saint-Georges.

DEUX : Oui, mais non.

UN : Comment, « oui, mais non » ?

DEUX : Est-ce que je peux reposer mon pied par terre ?

UN : Non, s'il vous plaît, j'en ai pour une seconde, pour une demi-heure tout au plus. Vous voyez, je ne vous mens pas, mon pinceau trempe dans le violet.

DEUX : Allez-y. Mais croyez-moi, mettez-y de l'huile.

UN : Je vais y mettre du beurre si vous continuez ! Qu'est-ce que vous disiez ?

DEUX : Je disais que la Saint-Georges, c'est peut-être le 23 avril, mais ce n'est pas le même saint Georges que Georges. Vous comprenez, il y en a des tas, de saints Georges. Celui du 23 avril, c'est le martyr, celui qui a coupé le cou au dragon pour enlever la petite demoiselle qui se sauve dans le fond, entre les arbustes... Vous connaissez Raphaël ? Eh bien c'est ce saint Georges-là qu'il a mis en peinture, au Louvre, et à l'huile.

UN : À l'huile ?

DEUX : Oui, et au Louvre. Mais Georges, c'est pas ce saint-là qu'il a, lui. C'est celui du 10 novembre dans le Velay. Vous connaissez le Velay ?

UN : Non. Mais je connais la verveine.

DEUX : Eh bien c'est lui qui l'a évangélisé. Pas la verveine, le Velay.

UN : Et c'est le 10 novembre qu'il a fait ça ?

DEUX : Oui. On ne sait pas exactement si c'est au premier siècle de l'ère chrétienne ou au quatrième, mais sa fête, c'est le 10 novembre, ça on en est sûr.

UN : Ah ben zut, alors. Mais qu'est-ce que je vais faire de mon tableau, moi ?

DEUX : Eh bien, vous allez le donner à Georges.

UN : Mais puisque c'est pas sa fête, le 23 avril !

DEUX : Ça ne fait rien, puisque je vous dis que le 23 avril c'est son anniversaire !

UN : Comment ! Georges est né le jour de la Saint-Georges ?

DEUX : Oui, mais pas du même Georges.

UN : Quand même ! C'est pas ordinaire ! Comment il a fait ?

DEUX : Il ne l'a pas fait exprès. Il est né ce jour-là par hasard. Vous ne le saviez pas ?

UN : Non.

DEUX : Eh bien on peut dire que vous avez de la chance.

UN : Moi ?

DEUX : Pour votre tableau.

UN : Oui, mais c'est que moi, dans mon tableau, j'y ai mis des allusions au Georges que je croyais que c'était sa fête, à Georges. Tenez, par exemple, ça, vous voyez ce que c'est ?

DEUX : Je vois quelque chose, oui.

UN : Eh bien, c'est une jarretière.

DEUX : Comment, une jarretière !

UN : Oui, parce que saint Georges, celui du 23 avril, c'est le patron de l'ordre de la Jarretière.

DEUX : Zut. C'est moche.

UN : Si Georges s'en aperçoit, susceptible comme il est, il va voir que je me suis trompé et il va piquer une crise.

DEUX : Oui, mais crédule comme il est, il ne s'en apercevra pas. D'autant plus que pour reconnaître que c'est une jarretière, il faut être expert en peinture.

UN : Qu'est-ce que ça peut être d'autre qu'une jarretière ?

DEUX : Vous en faites pas. Je dirai à Georges que c'est sa femme. Il sera ravi.

UN : C'est vrai qu'elle ressemble à la femme de Georges, cette jarretière. En plus abstrait.

DEUX : Toutes les jarretières ressemblent à la femme de Georges, en plus abstrait. Je peux reposer mon pied ?

UN : Une seconde. Je trouve qu'il n'est pas assez violet. Je vous le finis en trois coups de pinceau.

LES OISEAUX

UN : Vous avez l'air triste.

DEUX : Je suis triste. Si vous saviez pourquoi, vous seriez triste aussi. J'hésite à vous le dire.

UN : Vous m'offensez. Je ne veux pas rester gai une minute de plus, s'il y a quelque chose que j'ignore, et dont je devrais être triste. M'estimez-vous si peu, que vous préfériez pour moi l'ignorance à l'épreuve amère de la vérité ?

DEUX : Du moins ne pleurez pas ! Le moineau de Georges est mort.

UN : Hélas !

DEUX : Il est mort, le moineau de Georges, celui dont il faisait ses délices, qu'il chérissait plus que ses yeux. Car il était doux, ce moineau, comme le miel, et il connaissait son maître aussi bien qu'un petit garçon connaît son papa ; il ne s'éloignait jamais de son épaule, mais, sautillant de-ci de-là, il ne cessait de pépier pour lui seul. Maintenant, le voilà parti par la route ténébreuse, vers le pays d'où personne, dit-on, ne revient.

Ah ! quelles soient maudites, les cruelles ténèbres

de la mort, qui dévorent toutes les jolies choses ; car il était bien joli, le moineau qu'elles viennent d'engloutir. Quel malheur, pauvre petit moineau ! Voilà maintenant qu'à cause de toi les yeux de ce pauvre Georges sont continuellement gonflés et tout rouges de larmes.

Un petit temps.

UN : C'est traduit du latin, ça, non ?

DEUX : Oui. C'est un petit poème de Catulle, que j'ai adapté pour Georges. Vous croyez qu'il sera content ?

UN : Ça lui fera sûrement plaisir. Vous avez bien fait de chercher dans les poètes latins. Les modernes ne savent pas parler des moineaux. Ils y mettent toujours des arrière-pensées sexuelles.

DEUX : Pauvres petites bêtes. Il n'y a pas plus pur.

UN : Oh, ça ! hein ?... il paraît que c'est assez porté sur la chose, les moineaux.

DEUX : On dit ça de tout le monde.

UN : Je ne l'ai jamais entendu dire de vous.

DEUX : Je vous assure ! Avec vous, c'est toujours la gaudriole ! On était bien parti, pour une fois. C'était joli, ce qu'on disait. C'était poétique. Ça vous ennuie tellement, de parler des petits oiseaux ?

UN : Vous vexez pas, mon vieux. Puisque ça vous fait plaisir, soyons tristes. On va parler des petits oiseaux, hein ? Posez-moi des questions sur les petits oiseaux, vous verrez comme ça sera joli, ce que je vous répondrai.

DEUX : Ça vous est égal, à vous, la mort du moineau de Georges. Moi, j'en ai les yeux humides.

UN : Non, vous vous trompez, je suis sensible.

DEUX : Allons ! Quelle place les oiseaux occupent-ils, dans votre vie ?

UN : Attendez. Quelle place les oiseaux occupent-ils dans ma vie. Eh bien... La leur, à peu près.

DEUX : C'est-à-dire ? Une place importante ?

UN : Non. Je crois que je me passerais des oiseaux.

DEUX : On dit ça. Mais s'il n'y avait plus d'oiseaux, tout à coup, je suis sûr que ça vous ferait quelque chose. Un grand vide.

UN : Un vide, peut-être. Mais pas grand. Comment la disparition d'un petit oiseau pourrait-elle laisser un grand vide ? Ce serait un vide à la taille d'un oiseau.

UN : Mais ce vide, par quoi le combler ? Qu'est-ce qui pourrait remplacer un oiseau disparu ? Qu'est-ce qui pourra jamais remplacer le moineau de Georges, par exemple ?

DEUX : Je ne sais pas. Les larmes de Georges, peut-être. Il aimait tant son moineau.

UN : Les larmes ne remplacent rien. Ah... il y a des moments où j'aimerais avoir autour de moi tous les oiseaux que j'ai connus.

DEUX : Je suis sûr qu'ils ne s'entendraient pas.

UN : Vous, vous avez connu trop de choses.

DEUX : Non, pas trop. Juste ce qu'il fallait pour les distinguer bien.

UN : Pauvre Georges. Avoir un oiseau, quelle illusion ! J'en avais un autrefois : il s'est envolé. Celui de Georges est mort. Les oiseaux, ce n'est pas le verbe avoir qu'il faut leur appliquer, c'est le verbe être. Je voudrais être un oiseau.

DEUX : On peut souhaiter d'être un oiseau. Les oiseaux nous prouvent que c'est facile. Ce qui est difficile, c'est de devenir un oiseau.

UN : Tout de même. On imagine. Si vous aviez des ailes sur le dos, vous, qu'est-ce que vous feriez ?

DEUX : Je me les ferais couper. J'aime passer pour quelqu'un de normal.

UN : Moi, si j'étais un épervier, je crois que je serais plus heureux.

DEUX : Je vous connais. Tout le monde vous prendrait pour un aigle, et vous vivriez dans la peur qu'on ne découvre enfin votre vraie nature d'épervier. Et même, secrètement, vous auriez la conviction absurde mais toujours présente de n'être au fond qu'une buse.

UN : Non. Je suis sûr que je me souviendrais de mon œuf.

DEUX : Les éperviers n'ont pas de mémoire.

UN : Qu'en savez-vous ?

DEUX : Ça ne leur servirait à rien : le ciel est trop grand.

UN : Vous ne vous êtes jamais arraché les cheveux, à l'idée qu'un œuf, chose qui semble tellement simple, restera toujours pour vous un projet irréalisable ?

DEUX : Les cheveux, non, je ne me les suis pas arrachés. Voyez-vous, le projet de faire une cocotte en papier me séduit parfois. Le projet de faire un œuf, même en papier, ne m'est jamais venu.

UN : C'est dur, un œuf.

DEUX : Et si simple, pourtant ! Si simple qu'il

semble absurde de vouloir faire un œuf : si simple qu'on dirait qu'il suffit d'y penser.

UN : Oh, vous, quand vous dites pas des gaudrioles, faut tout de suite que vous découvriez l'Amérique.

POUR LE GONCOURT

UN : Voyez : j'ai apporté mon stylo, du papier, un œuf dur pour tenir le coup plusieurs nuits, et cette pile de romans, enfin, qui devraient nous montrer l'exemple.

DEUX : J'ai plusieurs titres pour notre roman.

UN : Dites-les.

DEUX : « Le Bœuf », roman.

UN : « Le Bœuf » ! voilà un sujet qui ne me tente pas.

DEUX : Ce n'est pas un sujet, c'est un titre. J'ai aussi « Le rouge et l'infini ». « Le zéro et le noir ». « Le grand môme ». Et puis alors dans le genre moderne : « Je passais au parc Monceau, ma belle ». « Tu feras tintin pour le riz au carry ». « Mignonne, tu vas voir si j't'arrose ».

UN : Moi, je pensais plutôt à un titre genre 1925. Exemple : « Les loisirs dirigés ». « L'air supérieur ». « Les côtes en long ». « La bouche en cœur ». « Les cheveux en quatre ». « La poutre dans l'œil ». « Les rôles renversés ». « Le futur antérieur ». « À boire et à manger ». « À tu et à toi ». « La fortune du pot ». « Les abonnés absents ». « Le dénominateur commun ». « La dose prescrite »...

DEUX : La dose prescrite, ça me plairait bien, à cause de l'allure ésotérique que ça prend, si on y pense, mais tout ça, vraiment ça fait trop 1925.

UN : Qu'est-ce que vous diriez de « Roman à vendre ». C'est simple, c'est direct, c'est franc.

DEUX : Écoutez, on a tout le temps, pour le titre, de se décider. L'essentiel, c'est tout de même, le roman, qu'il existe.

UN : Ouais. « L'essentiel c'est tout de même, le roman, qu'il existe. » Moi, ce qui m'inquiète, c'est vos fautes de français et l'espèce de dilection que vous avez pour.

DEUX : Mes fautes de français, c'est le français qui les fait. Ce n'est pas moi. Et ce sont des fautes officielles. Elles ont toutes un nom, dans les manuels de rhétorique classique. Un nom dont je ne me rappelle pas, parce que c'est toujours un nom compliqué.

UN : Un nom « dont vous ne vous rappelez pas », hein ?

DEUX : Oui. Celle-là, par exemple, de faute de français, je vous paye mon billet qu'elle a un nom. Quelque chose comme, mettons : une fouthèse. Se rappeler de quelque chose, c'est une entorse à la langue, qui s'appelle quelque chose comme : une fouthèse. Eh bien, du moment que quelque chose a un nom, je trouverais bête de ne pas m'en servir.

UN : Vous me dégoûtez.

DEUX : L'art d'écrire, vous savez, c'est comme Paulette. C'est souple.

UN : Je veux bien qu'on soit souple, mais pas jusqu'à la mollesse. Il faudrait tout de même que nous tombassions un peu d'accord sur le style, avant de nous y jeter dedans, à notre roman.

DEUX : Écoutez... J'en ai déjà écrit un bout.

UN : J'espère qu'il est lisible. Rentable, quoi.

DEUX : Je ne sais pas. De ce côté-là, je suis d'une grande noblesse. J'écris comme je sens. Le succès, il viendra s'il veut.

UN : C'est comme ça qu'on se ramasse. Lisez, lisez !...

DEUX : Chapitre Premier. Où Georges se demande ce qu'il lui manque quand Paulette n'est pas là. Où Paulette s'efforce de comprendre ce qu'elle a dans la tête quand elle dit : Nous, Georges et Paulette. Avec diverses considérations sur le nombre deux.

UN : Ah ben, ça va être drôle.

DEUX, *lisant* : « Au petit matin du bout de la rue de Médicis, dans la tristesse, un peu après avoir jeté un coup d'œil sur la bouquetière, non pour la bouquetière, mais pour ses bouquets et encore, car ce qui m'intéresse moi, surtout, c'est une marguerite isolée (tu sais bien ce que je veux dire ? ô ma chère lectrice)... et à l'instant où le nuage, pareil à tous les nuages, ne m'intéressait pas plus que cela, pas plus que le lendemain matin, où je me levais l'âme ensoleillée, et ma femme, qui était là, me demandait "pourquoi — parce que", et en effet c'est bien elle qui me disait "parce que", et en effet c'est bien elle qui me disait "parce que", et "pourquoi" elle portait un tailleur bleu foncé dans un taillis de la forêt de Fontainebleau, à l'aube, quand nous étions jeunes et que la fermeture des magasins d'alimentation nous faisait monter aux joues une rougeur qui devait moins de son feu à la faim qu'à la honte de n'avoir pas assez d'argent pour aller au restaurant le plus économique, dirigé par un Grec dont la barbe me faisait penser à la Fontaine de Médicis, justement, qui coule, et qui est fleurie continuellement comme le temps lui-même, et qui, comme le temps, a des soubresauts de bonheur et des vertiges de malheur, la pauvre, et qui se mélange au milieu de tout ce qui a un milieu, moi, vous, et toi, chère lectrice, et qui a le murmure du temps, aussi, non pas du temps qu'il fait et qui dans son eau ne fait que se refléter, mais du temps qui passe et m'obligera bientôt à mettre un bout à ma phrase ; non pas que ma phrase ne puisse aller plus loin, ce n'est pas la force qui lui manque, la brave, la vigoureuse phrase, mais ce qui lui manque c'est plutôt la mémoire, de sorte que je vous paye un sachet de marrons si vous vous souvenez du temps où je la commençais, si vous vous rappelez ce qui la commençait, de même que je serais bien étonné si vous pouviez, ma chère lectrice, vous souvenir de ce qui t'a commencée toi-même, moi-même je n'en sais plus rien, et si je pense à quelqu'un en ce moment, ce n'est pas à toi, ce n'est pas à moi, c'est à Marcel, le Grand Marcel des aubépines et du temps perdu : Proust. »

UN : Écoutez, écoutez, je ne veux pas vous décourager, mais si vous continuez comme ça, notre roman, il vaudrait mieux se mettre tout de suite à le réécrire en commençant par la fin et de préférence sur un rouleau de papier euh... hein ? On en fait du très joli depuis quelque temps.

DEUX : Bon. Eh bien, qu'est-ce que vous me proposez de mieux ?

UN : Hier, j'ai interviewé Aurel Saint Cyran pour lui demander comment ça s'écrit, les romans qui se vendent. Ah ! mon pauvre ami !

DEUX : Appelez-moi Jules.

UN : Jules ?

DEUX : Oui : Jules.

UN : Si ça vous fait vraiment plaisir que je vous appelle Jules...

DEUX : Ce n'est pas que ça me fasse plaisir, Edmond, c'est que réellement je crois que ça leur fera plaisir à eux, de voir que nous nous appelons comme les Goncourt, à l'Académie Goncourt.

UN : Vous vous exagérez l'importance de ces petites choses. Moi ça m'étonnerait que ces Messieurs de l'Académie Goncourt soient tous des demeurés comme tout le monde le dit. D'abord, ce ne serait pas possible.

DEUX : Oui : faut pas croire tout ce qu'on dit. Il y a sûrement de l'exagération dans ce qu'on raconte sur eux. Mais croyez-moi, Edmond, ça ne vous fera pas de mal, malgré tout, de les flagorner. L'homme de lettres, ça aime qu'on le flagorne.

UN : C'est à Bar-le-Duc, qu'on en fait de bonnes,

des flagorneries. Vous savez, ça se présente comme des petites billes molles, parce que tout autour y a de la pâte d'amandes, mais à l'intérieur, ça croustille, c'est un genre de meringue, et alors, à la place du noyau, vous avez un tout petit, tout petit, euh... comment appelle-t-on ça ?

DEUX : Alvéole ?

UN : Non, pas une alvéole, ni un alvéole, d'ailleurs...

DEUX : Un trou.

UN : Non, un petit truc, qui ne se mange pas, mais c'est ça qui donne son parfum à la flagornerie. Succulent. Vous avez des flagorneries au marron, des flagorneries à la pistache, au jus de viande, au kirsch, à la cervelle, des flagorneries panachées...

DEUX : Oui, les flagorneries de Bar-le-Duc, c'est renommé.

UN : Vous avez même des flagorneries de Bar-le-Duc parfumées à la bêtise de Cambrai...

DEUX : Oui, de toute sorte. On pourra toujours en envoyer un paquet à chaque académicien, en même temps que notre roman. Mais quand je dis qu'il faut les flagorner, ce n'est pas à ce genre de flagornerie que je pense. Ce qu'il faut, voyez-vous, Edmond...

UN : Oui, Jules...

DEUX : Ce qu'il faut, c'est les flagorner directement. Avec une flagorne.

UN : Oui, mais dites, c'est dangereux.

DEUX : Non. Il suffit d'avoir une flagorne, et de savoir viser.

UN : On n'en fabrique plus, des flagornes.

DEUX : J'en ai une qui me vient de mon ancêtre, le Connétable. Oh ! une toute petite flagorne ; tenez, la voilà.

UN : Ce que c'est joli !

DEUX : Toute damasquinée. Vous voyez, on bourre à la main, ou avec un cure-pipe.

UN : C'est plutôt une Flagornette. Et elle marche encore ?

DEUX : Mais je pense bien. Je vous montrerai ça. Faudra que je rachète de la flagornerie pour mettre dedans.

UN : Et il s'en servait, votre ancêtre, le Connétable ?

DEUX : Il s'en est servi plusieurs fois, oui. Pas pour avoir le prix Goncourt, bien sûr. Mais c'est avec cette flagorne qu'il a flagorné Henri II.

UN : Henri II ?

DEUX : Oui, il avait besoin d'un buffet, et comme les buffets dans ce temps-là c'était comme Renault, n'est-ce pas, c'était une Régie nationale, tous les buffets sortaient de chez Henri II, eh ben : un bon coup de flagorne et le lendemain, le buffet venait se ranger gratuitement le long de son trottoir.

UN : Quand même, Jules, vous savez, ça ne suffira pas de les flagorner pour l'avoir, le Goncourt. Faudra tout de même écrire quelque chose.

DEUX : J'ai de quoi, j'y ai pensé. J'ai acheté une machine à écrire. Avec du papier.

UN : Alors, allons-y, ne perdons pas de temps.

DEUX : Alors vous êtes allé voir Aurel Saint Cyran,

pour lui demander comment on les fait, les gros romans qui se vendent comme des petits pains ?

UN : Oui. Il m'a répondu qu'il n'en savait rien.

DEUX : Comment ! Mais il ne fait que ça.

UN : Aurel Saint Cyran ? Oui, mais il m'a dit : « Vous comprenez, on ne peut pas faire deux choses à la fois. Moi, quand j'écris, je n'ai pas le temps de m'étudier : je vais trop vite. C'est bien simple, d'ailleurs (il m'a dit), j'écris tellement vite que je n'ai pas le temps de lire ce que j'écris. Et c'est la bonne méthode, allez : faites comme moi, écrivez d'abord, droit devant vous, sans vous arrêter, sans essayer de comprendre ce que vous écrivez. Plus tard, quand votre roman sera fini, vous pourrez toujours le lire si ça vous amuse. » Alors, je lui ai demandé s'il les lisait quelquefois, ses livres, quand ils étaient finis. Il m'a répondu : « J'ai essayé plusieurs fois, mais vous savez, moi, les romans, je trouve ça ennuyeux. C'est un genre faux. »

DEUX : Pourquoi il en écrit, alors ?

UN : Il ne me l'a pas dit.

DEUX : Quand même, quand même, vous savez, Aurel Saint Cyran, il n'a jamais eu le prix Goncourt.

UN : Non. D'ailleurs, quand je lui ait dit que c'est nous qui l'aurions cette année, il n'a pas eu l'air vexé du tout. Il nous laisse le champ libre.

DEUX : Tant mieux. Parce que nous, avec tous nos soucis d'argent, si en plus il fallait que nous n'eussions pas le prix Goncourt, cette année, vraiment ce ne serait pas juste.

UN : Allez ! au travail. Regardez ma machine, je vais ouvrir la boîte.

DEUX : Oh là ! eh ben ! Y en a des lettres ! « Azertyuiop »... Vous croyez qu'on va se servir de tout ça ?

UN : Oui, vous verrez. Ça effraie, au début, on se dit vingt-six lettres, c'est au moins une douzaine de trop, et puis finalement, elles y passent toutes.

DEUX : Reste à savoir dans quel ordre.

L'ASCENSEUR

Nuit. Un appuie sur la sonnette d'une porte d'immeuble moderne.

DEUX : Vous êtes sûr que c'est sur le bouton de la sonnette de Georges que vous appuyez ?

UN : J'ai tâté. Il n'y a pas d'autre bouton. À part celui que vous avez sur le nez.

DEUX : Laissez mon nez où il est. Et avec quoi lui appuyez-vous dessus, à ce bouton ?

UN : Avec mon doigt.

DEUX : Ça n'a pas l'air très efficace.

UN : Je ne vais tout de même pas appuyer avec mon nez pour vous faire plaisir.

DEUX : Oh moi, le plaisir ! Il y a longtemps que j'en suis revenu. Du reste, dans le noir...

UN : Oui, je ne vois pas ce que ça pourrait avoir de comique pour vous, mon nez plissé en accordéon dans le trou de ce bouton, dans le noir.

DEUX : Oh mais la lune va venir ! Un nuage qui se déplace et c'est comme en plein jour.

UN : Taisez-vous qu'on entende.

Un temps.

Rien. Vous êtes bien d'accord ? Vos oreilles ?

DEUX : Rien. C'est peut-être un concierge qui ne fait pas de bruit.

UN : Veut pas dire qu'il est sourd.

DEUX : Alors il est de mauvaise volonté.

UN : Pas forcément. Chez vous, c'est tout de suite le sabotage.

DEUX : On n'a pas le droit de dormir dur comme ça quand on est concierge.

UN : Qu'est-ce que vous en savez ? Pauvre homme ! Il est peut-être mort.

DEUX : Mort ? Alors pas la peine d'appuyer sur le bouton. Il ne viendra pas. En admettant même qu'il repose au cimetière le plus proche et que son caveau soit relié électriquement à votre bouton, il lui faudra du temps pour venir ici du cimetière. Bien que dans un sens, il est minuit, c'est l'heure des fantômes. Ils reviennent quelquefois à cette heure-ci.

UN : Pas pour tirer le cordon. Si vous aviez tiré le cordon toute votre vie, avec votre conscience professionnelle ! je vous connais : décédé, on aurait beau sonner, vous resteriez peinard dans votre cercueil.

DEUX : C'est ce que je dis. Ne sonnez plus. Y a plus d'espoir.

UN : Bon. D'accord. Je cesse d'appuyer sur le bouton. D'autant qu'il n'y a plus de bouton. À force d'appuyer dessus, il a disparu dans son trou. Votre briquet.

DEUX : Tenez le voici. Vous appuyez : clic.

UN : Clic ?

DEUX : Clic.

UN : Marche pas. Ah si. Clic. Mais c'est pas un briquet, ça, c'est un cadenas.

DEUX : Ça ressemble.

UN : Oui, mais ça fait pas de lumière.

DEUX : Non. Mais pour ce qui est d'ouvrir une porte, un cadenas, c'est plus indiqué qu'un briquet.

UN : Vous croyez qu'on peut l'ouvrir, cette porte, avec votre cadenas ?

DEUX : Sûrement : j'ai la clef. Tenez...

UN : Si seulement j'y voyais clair.

DEUX : Attendez ! Voilà le clair de lune !...

UN : Quel beau clair de lune !...

DEUX : Vous avez vu là-haut ?

UN : Où ?

DEUX : Sur la lune. Juste au sommet de la grue. Tout noir. Un chat...

UN : Un chat !... c'est beau, la nuit !...

DEUX : Et la petite fumée qui lui sort de la queue...

UN : C'est pas un chat, ça, ni une grue...

DEUX : C'est quoi ?

UN : Une cheminée d'usine.

DEUX : Sur la lune ?

UN : Ce doit être de la publicité.

DEUX : Une publicité pour quoi ?

UN : Je ne sais pas. Une publicité pour quelqu'un qui serait comme la lune...

DEUX : Georges ?

UN : Ou vous. Parce que je ne sais pas si vous avez remarqué de quoi vous avez l'air, en ce moment...

DEUX : Moi ?

UN : Oui. Vous. Moi. Nous.

DEUX : Vous allez fort ! C'est vous qui !...

UN : Oui, mais c'est nous qu'on...

DEUX : D'ailleurs, je suis désolé d'y revenir, mais ce bouton !... Vous êtes sûr que c'est l'adresse de Georges ?

UN : Oui. Il n'y a pas de numéro. Donc, pas moyen de se tromper. C'est ce qu'il m'a dit : là où il n'y a pas de numéro, c'est là. Que j'habite. Georges.

DEUX : C'est moderne.

UN : C'est peut-être ce qui explique qu'il n'y a pas de concierge.

DEUX : Essayez d'ouvrir.

UN : J'essaye.

DEUX : Alors ?

UN : Pas de serrure.

DEUX : Une porte qui ne s'ouvre pas, pour moi ce n'est pas une porte. C'est une fermeture.

UN : Pour moi, nous sommes en présence d'une porte qui ne s'ouvre que de l'intérieur.

DEUX : Nous voilà bien ! Parce que nous, c'est à l'extérieur, qu'on est.

UN : Attendez-moi là. Je vais faire le tour de la porte, essayer de voir à l'intérieur si je trouve le moyen.

Il fait le tour de la porte.

Hou-hou !

DEUX : Vous y êtes ?

UN : J'y suis. Éclairez-moi.

DEUX : Je vous ai donné mon cadenas.

UN : Alors éclairez-moi avec votre briquet.

DEUX : Vous avez raison. Voilà, voilà.

UN : Merci ! Je le tiens. Il y a un verrou...

DEUX : Chic ! C'est gagné.

UN : Attendez que je vous ouvre.

Il ouvre la porte. Deux entre.

Voilà !

DEUX : Voilà ! Eh bien on pourra dire qu'on aura eu de la chance.

UN : Chut !... Chut !... Des fois qu'on réveille le concierge !...

DEUX : Je referme la porte ?

UN : Oh, maintenant qu'on est passé, elle ne peut plus nous servir à rien.

DEUX : Bon. Alors, je la pousse dans un coin, comme ça elle ne nous gênera plus si on veut ressortir.

UN : Allez, venez, on a assez perdu de temps.

DEUX : C'est là qu'il habite, Georges ?

UN : Oui. Ne posez pas toujours la même question.

DEUX : Je ne la pose pas toujours au même endroit. Georges. — Où ?

UN : Là-haut.

DEUX : Mais dans quel immeuble ?

UN : Comment quel immeuble ?

DEUX : Je ne vois pas d'immeuble.

UN : Vous regardez mal. Ce que vous ne voyez pas, c'est le rez-de-chaussée. Regardez plus haut.

DEUX : Je ne vois rien.

UN : Forcément, on ne voit pas très clair... L'immeuble commence au vingtième étage. Là-haut dans le noir. Parce que l'entrepreneur, comme il n'avait pas le droit de construire à cet endroit-là, il s'est dit : si je commence à bâtir à partir du trente-cinquième en laissant le terrain libre, ça créera une situation de fait. Et puis du trente-cinquième, il s'est mis à descendre sournoisement, petit à petit, trentième, vingt-cinquième... Le vingtième vient tout juste d'être terminé.

DEUX : Mais comment qu'on y monte ?

UN : Y a un ascenseur. Et tout autour, voyez, quand même, un hall d'entrée. Avec de la boue, des graviers, de la... j'ai failli marcher dedans, et un peu de carrelage.

DEUX : On lui a permis de bâtir l'ascenseur ?

UN : Tout de suite. Et la cave dessous et, au-dessus, l'immeuble se sont construits autour de l'ascenseur. Bzit ! jusque-là-haut, et vroum autour du bzit jusqu'au vingtième et ici, et là-bas par en bas.

DEUX : Quand même pour l'ascenseur, il lui a fallu un terrain ?

UN : Oui, le terrain d'une pissotière qui se trouvait à vendre, à cet endroit-là. Propriété de la municipalité, bien sûr, mais la municipalité a besoin d'argent pour bâtir des écoles.

DEUX : C'est moral.

UN : Oui.

DEUX : Seulement moi, je ne vois pas d'ascenseur. Où êtes-vous ? C'est à peine si je distingue mon index quand j'appuie dessus avec mon œil.

UN : Attention, je l'entends qui vient !

DEUX : Georges ?

UN : L'ascenseur.

DEUX : Vous l'entendez, mais vous ne le voyez pas. C'est pas suffisant.

UN : Vous tenez à voir Georges, ou vous n'y tenez pas ?

DEUX : Ah ben dites ! Surtout avec ce qu'il m'a dit de lui apporter.

UN : Où c'est ?

DEUX : Là dans un coin.

UN : Silence.

DEUX : Le chat qui miaule.

UN : Alors, avançons.

DEUX : Oui, mais dans quoi ?

UN : Attendez, je vais allumer une allumette.

DEUX : Vous ne trouvez pas votre lampe électrique ?

UN : Avec une allumette, je la trouverai.

DEUX : Allez-y.

Détonation.

Dites donc, c'est des allumettes de course, vos allumettes ! J'ai à peine eu le temps de vous voir.

UN : Ça ne devait pas être mes allumettes, ça. Ça devait être une boîte d'autre chose, j'en avais une que je ne savais pas ce que c'était.

DEUX : Vous le savez, maintenant...

UN : Notez bien, je savais que c'était de la publicité, mais je ne savais pas le genre de publicité que c'était. Je trouve ça bête. Surtout quand on pense que c'est pour une marque de briquet.

DEUX : Et vos allumettes, où elles sont ?

UN : Je ne sais pas. Écoutez voir si vous entendez quelque chose quand je me secoue...

Bruit métallique.

DEUX : Oui, mais ce n'était pas un bruit d'allumettes, ça...

UN : Tâchez de le ramasser quand même, je crois bien que c'était un bruit de lampe électrique qui tombe.

DEUX : Je vais essayer. D'autant que moi aussi j'ai perdu quelque chose.

UN : Qu'est-ce que c'est ?

DEUX : Je ne sais pas, mais je suis en train de marcher dessus. Même, c'est en miettes. Ah ben oui, forcément, c'est un biscuit.

UN : Hé ! Comment ça se fait que vous perdez vos biscuits ?

DEUX : Je ne sais pas. Ça doit être une mauvaise boîte.

UN : C'est pourtant des biscuits de chez Biscuit, y a pas mieux.

DEUX : Vieille maison, vieil emballage, mon vieux.

UN : Pas possible, j'ai demandé des biscuits pour voyage en radeau. Chaque biscuit emballé séparément dans son sachet de matière plastique, et tous les sachets imbriqués dans un coffret de polyester avec un pointillé autour, pour les détacher un à un.

DEUX : Ça n'empêche qu'ils se sont détachés tous ensemble.

UN : Elle doit pourtant pas être loin, cette lampe électrique.

DEUX : C'est rageant, quand on pense au clair de lune qu'il y a dehors.

UN : Vous êtes sûr que c'est pas un vieux biscuit qui traînait dans votre poche revolver ?

DEUX : J'ai pas de poche revolver. Je la tiens !

UN : La lampe ?

DEUX : Oui. Oh, c'est mieux qu'une lampe, hein, c'est ce qu'on appelle une torche !

UN : Oui, je l'ai chipée à mon beau-frère, pas celui qui est mort, l'autre, le gendarme. Allumez-la. Faut appuyer sur une espèce de targette qui dépasse.

DEUX : Je tiens la targette. On pousse, ou on tire ?

UN : Tirez à fond.

Détonation.

DEUX : Ah... c'est curieux.

UN : Oui, ben ça, c'était pas la torche électrique. C'était le pistolet de haute précision. Mettez-le dans votre poche revolver et n'y touchez plus.

DEUX : Je vous dis que je n'en ai pas, de poche revolver !

UN : Eh bien, dans votre poche à biscuits !

DEUX : La voilà !

UN : La torche ?

DEUX : Oui. Elle était dans ma poche à biscuits. Vous dites qu'il y a une targette ?...

UN : Oui, mais ne tirez pas dessus avant d'être sûr que ce n'est pas le pistolet.

DEUX : Je ne peux pas me tromper : j'ai le pistolet dans la main gauche et la torche dans la main droite.

UN : Bon.

DEUX : Euh... non : le pistolet dans la main droite et la torche dans la main gauche.

UN : Faites pas l'andouille.

DEUX : D'ailleurs, c'est bien simple, il y a un moyen de ne pas se tromper. Vous êtes prêt ?

UN : S'il y a un moyen de ne pas se tromper, allez-y.

DEUX : Voilà.

Détonation.

Oh, dites donc : ce qu'elle éclaire bien cette torche !

UN : Eh oui, elle éclaire bien. Seulement si elle fait ce bruit-là à chaque fois qu'on l'allume, moi, je la rends à mon beau-frère.

DEUX : Mais non ! c'est le pistolet qui a fait ça.

UN : Vous aviez pourtant trouvé un moyen de ne pas vous tromper, hein ?

DEUX : Oui, j'ai tiré sur les deux targettes en même temps.

UN : Rendez-moi ce pistolet.

DEUX : Voilà, voilà.

UN : Et regardez voir par terre si vous n'avez pas perdu autre chose.

DEUX : Non, vous voyez. À part un biscuit. Deux biscuits. Trois biscuits. Quatre biscuits. Cinq biscuits.

UN : Quand vous aurez fini de compter les biscuits ! D'abord, ils ne sont pas à nous, ces biscuits : c'est pas les nôtres. Ils ne sont pas de chez Biscuit.

DEUX : Ah non... C'est vrai. C'est des biscuits de chez Fiat. D'où peuvent-ils bien sortir ?

UN : Sans doute qu'ils étaient déjà là quand on est arrivé.

DEUX : Eh bien comme ça, on peut marcher dessus ! Crac ! Crac ! Ah c'est pas nos biscuits, hein ? Eh bien voilà ce que j'en fais de « pas nos biscuits » ! Crac ! Crac ! En miettes ! Ah ! Il y a longtemps que j'avais pas piqué une colère pareille. Ah ! ça fait du bien. Crac ! Maintenant si quelqu'un veut ramasser la poussière, à lui le plaisir ! Ah bon Dieu que ça fait du bien !

UN : C'est pas ça qui nous rendra nos biscuits.

DEUX : Non ! Mais j'aime pas que des métèques viennent me marcher sous les pieds avec leurs biscuits. On se passera de biscuits ! Le premier qui me parle de biscuits, vous verrez ce que j'en ferai !

UN : Quoi ?

DEUX : On verra. L'inspiration.

UN : Ça me fait plaisir de vous voir dans cet état-là. Mais quand même, vous êtes sûr d'avoir rien perdu d'autre ?

DEUX : On verra.

UN : Les saucissons ?

DEUX : Les saucissons, ils sont là, cher Monsieur, ils sont là tous les six, dans le porte-saucissons.

UN : Le pain.

DEUX : Dans son étui.

UN : Oui. Mais l'étui ?

DEUX : L'étui à pain ?

UN : Oui.

DEUX : C'est vous qui l'avez dans le dos.

UN : Bon, alors en route.

DEUX : Tiens, j'avais pas vu votre ceinture. C'est une cartouchière ?

UN : Non. C'est une ceinture, mais avec des petits tubes autour.

DEUX : Des tubes de quoi ?

UN : Des tubes de bœuf.

DEUX : Ah.

UN : Vous aimez le bœuf en tube ?

DEUX : Je ne sais pas. Comment ça marche ?

UN : Comme la pâte dentifrice, mais c'est du bœuf.

DEUX : Du bœuf comment ?

UN : En tube, je vous dis.

DEUX : Ça ne doit pas être si bon qu'en daube.

UN : En daube ! En tout cas, c'est sûrement meilleur que du bœuf en plâtre ! Et puis regardez ma ceinture : tous les cinq tubes, il y a un tube rouge. C'est un tube de moutarde. J'ai trouvé ça au salon du Camping, le mois dernier.

DEUX : Et de quoi boire ? Vous avez apporté de quoi boire ?

UN : Oui, ne vous en faites pas. Nous avons de l'eau pour plus d'un mois.

DEUX : Je ne la vois pas, l'eau...

UN : Elle est dans ma poche revolver.

DEUX : L'eau ?

UN : Oui. C'est de l'eau en poudre.

DEUX : Ben dites donc ! Vous nous avez bien équipés !

UN : Oui, j'ai fait ça soigneusement.

DEUX : C'est un équipement, on ferait la conquête de l'Everest avec ça !...

UN : C'est possible, en effet.

DEUX : Enfin !...

UN : « Enfin » : quoi ?

DEUX : Oui, « enfin », je me demande si c'était bien la peine de s'équiper comme ça, rien que pour prendre l'ascenseur.

UN : Mais c'est pas simplement pour prendre l'ascenseur ! Vous ne savez pas ce qui nous attend là-haut !

DEUX : Ça c'est vrai. Mais ça m'étonnerait bien que Georges n'ait rien à manger chez lui.

UN : Et puis même, l'ascenseur ! On ne le connaît pas l'ascenseur ! On peut très bien rester en panne dedans pendant plusieurs mois ! Et puis, écoutez, si je vous ai confié ma torche électrique, c'est parce qu'il fait noir ! Alors j'aimerais que vous la dirigiez un peu autour de nous, et pas seulement en plein milieu de ma figure ! Ça fait mal aux yeux, et puis vous le connaissez, mon nez ! vous n'avez pas besoin de le regarder comme ça !

DEUX : Je n'avais jamais vu votre nez en pleine nuit, figurez-vous. D'ailleurs, je suis sûr que si vous pouviez le voir, votre nez, en ce moment, il vous intéresserait bien, vous aussi.

UN : Qu'est-ce qu'il a mon nez ?

DEUX : On jurerait qu'il a été peint au minium.

UN : Ça doit être ma fausse allumette. Je me débarbouillerai là-haut. Trouvez-moi l'ascenseur, en vitesse.

DEUX : Mais je cherche, mon cher ami !... Malheureusement je ne trouve pas.

UN : Tenez, là, là ! C'est pas sa cage, ça ? La cage de l'ascenseur ?

DEUX : Si ! Mais l'ascenseur n'est pas dedans.

UN : Alors où est-il ?

DEUX : Il s'est peut-être envolé...

UN : On l'entendait, pourtant, tout à l'heure, il faisait : cui ! cui ! Avec ses ailes, son câble.

DEUX : Les ascenseurs ça monte et ça descend. C'est comme les hirondelles, ça dépend du printemps.

UN : Ça dépend du bouton ! Trouvez-moi le bouton. Faudra bien qu'on le prenne un jour ou l'autre, cet ascenseur.

DEUX : Appuyez sur le bouton, je vous l'éclaire.

UN : Je vous ferai remarquer que c'est encore moi qui m'y mets.

DEUX : Ça y est le voilà qui fait vromb ! Vromb ! Vous entendez ? Vromb ! Ce que c'est qu'un bouton, quand même. Le bouton ! En voilà une invention pratique !

UN : Éteignez la torche électrique, c'est pas la peine de gaspiller la pile.

DEUX : C'est vrai. Vromb... Vromb... C'est tout de même rigolo, vous m'avouerez. Je voudrais bien voir la tête qu'ils ont, les gars qui l'ont construit, cet immeuble. Parce que faut pas être très normal pour installer l'ascenseur d'un immeuble avant d'y installer l'électricité.

UN : Oui. D'autant plus que sans électricité, on se demande comme il marche, cet ascenseur.

DEUX : C'est peut-être un ascenseur à gaz. Vromb..

UN : Un ascenseur à gaz, ça s'appelle un ballon.

DEUX : Pas quand c'est une cage d'ascenseur.

UN : Et puis vous vous rendez compte, faudrait le dégonfler, en haut, pour qu'il redescende, et en bas, pour qu'il remonte, à chaque fois faudrait le regonfler...

DEUX : Parce que... même les ascenseurs hydrauliques, c'est à l'électricité qu'ils fonctionnent... Vromb...

UN : Enfin, l'essentiel c'est qu'il marche.

Le bruit cesse.

Allons bon, le voilà qui ne marche plus.

DEUX : Il s'est peut-être rendu compte tout d'un coup.

UN : De quoi ?

DEUX : Qu'il y avait pas d'électricité.

UN : Rallumez votre torche, que je rappuie sur le bouton.

DEUX : Voilà. Attendez, ce coup-ci, c'est mon tour. Là.

Bruit d'ascenseur.

UN : Ce qui m'étonne, ce n'est pas qu'il remarche, c'est qu'il se soit arrêté tout seul, avant. Tout seul...

DEUX : Y a peut-être quelqu'un dedans ?

UN : Mais non. Il ne marchait pas quand on est arrivé et on est resté au moins dix minutes devant. Il a bien fallu que quelqu'un !...

DEUX : Vous êtes sûr que c'est lui qui fait ce bruit-là ?...

UN : Mais oui. Pas la peine de me poser tout le temps la même question.

DEUX : C'est pas la même que tout à l'heure. Combien elle a d'étages cette maison ?

UN : Vingt-quatre.

DEUX : En admettant que tout à l'heure il était au vingt-quatrième, il y a longtemps qu'il devrait être là.

UN : En fait, y en a pas vingt-quatre, y en a quarante-huit, parce que, au-dessus du rez-de-chaussée, on croit que c'est le premier, et puis en réalité c'est l'entresol. Et alors, comme ils ont collé des entresols partout, entre le premier et le second, entre le second et le troisième, et ainsi de suite, ça vous fait tout de suite quelque chose de plus conséquent.

DEUX : Quand même, Georges, c'est quel étage ?

UN : Georges, c'est pas un étage, c'est une annexe.

DEUX : Comment une annexe ?

UN : Oui, c'est un petit bungalow qui est suspendu par-dessus le balcon du dix-septième. Mais enfin, pour y accéder, c'est au dix-septième. Dix-sept et dix-sept, trente-quatre.

DEUX : On pourrait peut-être prendre l'escalier...

UN : Non, on ne pourrait pas, figurez-vous ! Parce que l'escalier, y en a pas. Il existe à l'état de projet, mais il n'est pas construit.

DEUX : C'est curieux. Moi, si j'avais à construire un immeuble, je commencerais par l'escalier. L'essentiel, c'est de monter, après on s'installe tout autour, et on s'agrandit.

UN : Ça, ça dépend des architectes. Et puis, pour cet immeuble, c'est pas qu'ils avaient décidé de poser l'escalier en dernier, c'est qu'ils ont oublié, tout simplement. Et alors, qui c'est qui est bien embêté, maintenant ?

DEUX : C'est nous.

UN : Oui, mais c'est surtout eux. Parce que ils n'ont pas oublié l'escalier seulement. Ils ont aussi oublié la place de l'escalier. Vous pouvez fouiller le vestibule avec la torche électrique, vous verrez, y a pas la place.

DEUX : C'est pourtant vrai.

UN : Alors, ils vont être obligés de faire un trou à travers les appartements. Vous vous imaginez les frais. Et puis les locataires, la tête qu'ils font.

DEUX : Moi, à leur place, je supprimerais l'ascenseur.

UN : Si vous trouvez que c'est une solution.

DEUX : Oui. Je laisserais la cage de l'ascenseur, mais je la viderais. Et quand j'aurais extirpé l'ascenseur de sa cage, je t'y ficherais un bon petit escalier en tire-bouchon.

UN : C'est sûrement pas possible.

DEUX : Je vous garantis que cette cage d'ascenseur peut contenir un escalier très convenable. Tenez ! regardez !...

L'ascenseur passe en faisant : pfuitt !

UN : Ah !

DEUX : Vous avez vu ?

UN : Oui, il vient de passer.

DEUX : Il était beau, hein ?

UN : Oui, c'est un bel ascenseur.

DEUX : Sous le nez, il nous a passé.

UN : Il va vite.

DEUX : Oui... C'est drôle, tout de même, qu'il continue à descendre...

UN : Oui... Oh, il ne va pas tarder à s'arrêter maintenant... Il n'ira pas plus bas que le sous-sol...

DEUX : Est-ce qu'il y a aussi un entresol, entre le rez-de-chaussée et le sous-sol ?

UN : Je ne crois pas non.

DEUX : Ça a l'air rudement profond, dites donc...

UN : Ah oui... Ça ne doit pas être vrai... Sûrement pas.

DEUX : Il a bien fallu qu'il s'arrête, quand même...

UN : Laissez la torche électrique braquée dessus. Des fois qu'il remonterait.

DEUX : Peut-être que ce que nous entendons là, c'est le bruit d'un autre ascenseur. Y en a peut-être deux.

UN : Non, je crois que ce n'est pas possible, deux ascenseurs fonctionnant dans la même cage. Enfin, c'est possible, si on veut, mais ils ne pourraient pas se croiser. Alors ce ne serait pas la peine. Il y aurait sûrement des accidents.

DEUX : Oui. Je ne pense pas, tout de même, que les caves soient disposées en étages, comme les étages... C'est pas possible qu'il y ait quarante-huit étages de caves...

UN : Non. Peut-être que c'est un ascenseur très puissant. Il aura fait un trou en arrivant en bas, et il continue à creuser.

DEUX : Non, sûrement pas. On sentirait l'odeur de la terre remuée. Ça doit être plutôt qu'il patine.

UN : Vous penchez pas comme ça, vous allez vous faire guillotiner s'il remonte tout à coup en vitesse.

DEUX : Vous en faites pas. Tenez, regardez là-haut.

UN : Vous voyez un ascenseur ?

DEUX : Non, je vois quelque chose de bleu, tout là-haut...

UN : Ah oui ! Ça doit être la clarté de l'aube à travers la verrière.

DEUX : Oui. Déjà !... On n'arrivera jamais chez Georges, vous savez.

UN : Mais si. On a tout son temps.

Le bruit cesse.

UN *et* DEUX : Ah !

UN : Vite, appuyez sur le bouton !

DEUX : Cette fois nous l'aurons.

Bruit.

Ça y est, le voilà qui remonte.

UN : Pourvu qu'il s'arrête !

DEUX : Ce que je suis ému !...

UN : S'il ne s'arrête pas, je le bloque en ouvrant la porte !

DEUX : Oui, mais ne l'abîmez pas ! C'est l'ascenseur de Georges...

L'ascenseur remonte et passe en faisant zioupe !

UN : Zioupe ! Il a filé..

Un temps.

UN, *tout à coup oratoire* : Et quand bien même,

jeune homme, je vous le demande ! cet ascenseur, et quand bien même l'eussions-nous, par quelque habileté diabolique, bloqué ! Que dis-je, cet ascenseur ! bloqué à notre étage ? Je vous le demande : qu'en résulterait-il ? Je vois glisser la porte à glissière !... Je vois votre main la maintenir et votre pied s'immiscer, soit ! et moi-même à votre suite, m'introduire dans ce véhicule, prompt à nous propulser vers les sommets d'un immeuble inconnu que nous appellerons pour simplifier l'immeuble de Georges, oui ! — quand bien même cet ascenseur ! l'eussions-nous, vous et moi, bien réduit à notre merci, et pour parler vulgairement, n'eussions-nous plus, cet ascenseur, qu'à enfoncer l'un de ses boutons dans l'un des trous de ses nombreux boutons, pour qu'il nous propulsât vers les hauteurs ! quoi ! toutes ces conditions réunies, enfin, je vous le demande : comment dans cet ascenseur, outre votre corpulence et la mienne, comment et où pourrions-nous prétendre introduire le volume de ces deux énormes pièces à conviction que je réservais pour la fin de ma plaidoirie ! le volume de cette gigantesque paire de pneus qu'il est convenu que nous devions lui transmettre, à Georges ! de la part de Paulette ! — car ces pièces à conviction sont deux et ne font qu'une, c'est une paire ! — comment donc et où nous serait-il loisible de l'introduire avec nous, ou nous avec elle, dans cet ascenseur, cette paire de pneus, que dis-je : de pneus ! — je vous le demande, dans cet ascenseur, cette paire de pneus de tracteur agricole ! Comment, dans cet ascenseur, je vous le demande, serions-nous en mesure de l'introduire cette paire de pneus ?

DEUX : Ça va être duraille !

UN : De l'introduire !...

DEUX : Duraille.

UN : Duraille...

DEUX : Oui.

UN : C'est tout l'effet que ça vous fait ?...

DEUX : Ça dépend du volume de l'ascenseur.

UN, *calmé* : Voilà. Comment vous expliquer ça, vous ? À chaque fois que je fais un effort pour être éloquent — passez-moi votre mouchoir —, y en a qu'un que je fais pleurer, y en a qu'un que je mets dans tous ses états, y en a qu'un qui n'en peut plus tellement c'était — y a pas de nom pour ça —, c'est moi. Non ! non ! C'est pas vous ! Ne faites pas de politesses, votre mouchoir, je vous le rends ! — C'est moi. Maintenant j'en ai bien pour une minute à m'en remettre.

DEUX : J'appuie toujours sur le bouton. Ne vous mettez pas dans des états pareils. Un pneu, c'est un pneu. Deux pneus, c'est un pneu, c'est tout. Avec un pneu en plus. Quant au tracteur agricole, estimons-nous heureux que Paulette n'ait pas pensé à le joindre aux pneus pour faire un ensemble.

UN : Est-ce que vous voulez être raisonnable une seconde ?

DEUX : Mais oui Mais...

UN : Sous le balcon d'un trente-quatrième étage, si grand que soit son bungalow, voudriez-vous m'expliquer pour quelle raison raisonnable, Georges, raisonnable comme nous le connaissons, pourrait avoir une raison d'avoir l'usage de deux pneus de tracteur agricole ? Je dis : voudriez-vous me l'expliquer ?

DEUX : Non, je ne veux pas.

UN : Vous ne voulez pas !

DEUX : Non. Et même si je le voulais, je ne le pourrais pas !

UN : Alors ?...

DEUX : Il y a des choses qu'on fait sans se poser de questions. Par amitié. Amenez-les-moi, ces pneus. Je crois que je l'entends qui redescend.

UN : Qui ?

DEUX : L'ascenseur.

UN : D'ailleurs j'y crois plus. Je me suis donné trop de mal pour une entreprise dont je ne comprends pas le sens. Un bungalow suspendu au balcon d'un trente-quatrième étage, Georges dedans et, par un caprice de Paulette, deux gros pneus de tracteur à lui livrer par ascenseur ! un ascenseur qui ne marche pas ! et par amitié, une amitié qui marche faut voir comme ! dans le sens de la descente pour Georges, oui ! Nous, l'amitié on la remonte !

DEUX : Allez les chercher, le voici. Je le bloque ! Le voici, je l'ai ouvert, il bouge plus.

UN : Les voilà, vos pneus ! Les voilà ! Comparez !

DEUX : Entrez, entrez vite

UN : « Entrer ». Qui ? Les pneus ? Vous ? Moi ?

DEUX : Entrons les pneus d'abord. Après, pour entrer, nous aurons besoin d'une intelligence de la situation que les pneus n'ont pas. Car un pneu est un pneu. Roulez-les, s'il vous plaît. Je dis intelligence : c'est plutôt de pénétration qu'il s'agit.

UN : Alors pénétrons ! En vrac. Si c'est de ça qu'il s'agit ! Chacun son pneu et vlan !

Ils essayent de se loger.

C'est trop petit.

DEUX : Vous manquez de pénétration, voilà tout. C'est ce que je vous ai dit. C'est pas aux pneus de faire un effort. Observez-les un peu ces pneus ! Eux, ils sont ronds, mais à l'intérieur du rond ils sont quoi ? Ils sont rien. C'est là que nous, il faut qu'on se roule en boule. Allez venez, je vous donne l'exemple. Je prends le pneu du fond.

UN : Ah ben vous êtes beau ! Ah ben vous êtes chouette ! Si vous croyez que vous ressemblez à un rond !

DEUX : Je fais mon possible. Allez mon vieux, un effort !

UN : Oh !

DEUX : Quoi : Oh ?

UN : Je dis « Oh » parce que je prends la force d'un O.

DEUX : Ça y est.

UN : Ça y est.

DEUX : Alors fermez la porte.

UN : On va plus rien voir. Ni vous, ni moi, ni rien !

DEUX : Tant mieux ! schématiques comme nous voilà réduits...

UN : Soit ! Voilà ! En route !

DEUX : Appuyez sur le bouton.

UN : Quel bouton ?

DEUX : Du trente-quatrième

UN : Y en a pas.

DEUX : Dix-sept, sans les entresols — on les saute.

UN : Appuyez avec quoi ?

DEUX : Avec n'importe quoi, imbécile ! mais vite ! j'ai le coccyx qui me remonte dans le larynx. Appuyez !

UN : Avec quoi ? C'est trop haut !

DEUX : Vous voyez mon pied ?

UN : Je l'ai sous le menton. Faudrait être aveugle.

DEUX : Déchaussez-le.

UN : Quand même ! Je veux bien ! mais dites-moi pourquoi !

DEUX : Faites ! Je vous dis. Avec mon orteil, ce bouton, je l'ai à portée de la main. Je veux dire : de la main de mon pied.

UN : Voilà.

DEUX : Merci. Et maintenant, hop ! En route pour les hauteurs de chez Georges ! Trente-quatre étages, pour un ascenseur comme celui où nous sommes, confortable et tout, et rapide comme il est, on en a pour vingt minutes. Trente. Enfin, dans les quarante.

UN : Sacré Georges, il va pas en revenir de nous voir arriver à l'heure.

DEUX : Avec les pneus de Paulette.

UN : Et notre casse-croûte. C'est tout de même long, hein ?

DEUX : Mais ça va rudement vite.

UN : Vous n'avez pas l'impression...

DEUX : Si.

UN : Vous êtes sûr de ne pas vous être trompé de bouton ?

DEUX : En tout cas, on descend.

UN : Rappuyez, voir...

DEUX : ... Non, ça descend toujours.

UN : Vous trouvez pas que ça descend un peu vite ?

DEUX : Si. Et en plus j'ai l'impression que je m'enfonce.

UN : Moi aussi. C'est le plancher qui se décolle, on dirait.

DEUX : Oui. Et savez-vous ce que je me dis ?...

UN : Dites-moi... ce que nous faisons en ce moment, ce n'est pas ce qui s'appelle tomber ?

DEUX : ... Je me dis que nous tombons un peu plus vite que l'ascenseur.

UN : Peut-être. Mais nous tombons, n'est-ce pas ?

DEUX : Oui. L'ascenseur aussi, mais moins vite.

UN : Relativement, oui. Mais nous tombons malgré tout de plus en plus vite.

DEUX : C'est certain. Nous devons nous trouver maintenant non plus à trente-quatre étages en dessous du bungalow de Georges, mais à environ dans les soixante-quinze, soixante-seize.

UN : Soixante-dix-sept, soixante-dix-huit, soixante-dix-neuf.

DEUX : Je n'aurais jamais cru que les sous-sols de cet immeuble fussent aussi profondément profonds.

UN : On devrait déjà être arrivés.

DEUX : En bas ?

UN : En bas, oui. Là où c'est dur.

DEUX : On devrait. C'est vrai. C'est agaçant d'attendre.

UN : Je n'aime pas ça du tout.

DEUX : Sacré Georges, va !

UN : Je cherche le bouton « stop ».

DEUX : Ne cherchez pas. Mon orteil est appuyé dessus.

UN : On tombe quand même.

DEUX : Oui.

UN : On devrait peut-être tenter de faire quelque chose. Vous aussi, vous avez une tendance à la passivité. Maman me le reprochait toujours. Elle me le reproche toujours d'ailleurs. Je me demande pourquoi j'en parle au passé comme si j'étais mort.

DEUX : Oh ! j'ai confiance en Georges. Ce n'est pas lui qui nous laisserait tomber comme ça, dans une situation inquiétante.

UN : Il nous a tirés de situations, oh pas tout à fait aussi graves, mais quand même. C'est le brave type, Georges. Quand même moi, c'est la première fois que je tombe à ce point-là.

DEUX : J'aimais mieux la maison où il habitait avant.

UN : Je sais bien que Georges c'est le bon gars, mais faudrait pas qu'il perde trop de temps, parce qu'à force de tomber...

DEUX : Oui, on risque de...

UN : On pourrait peut-être essayer de l'appeler ?

DEUX : Peut-être, oui. Georges !

UN : Georges !

DEUX : Georges... (*etc.*).

Ils disparaissent vers le bas en appelant Georges.

LES DIABLOGUES

AUTRES INVENTIONS
À DEUX VOIX

DU MÊME AUTEUR

Aux Éditions Gallimard

NAÏVES HIRONDELLES *suivi de* SI CAMILLE ME VOYAIT !

LA MAISON D'OS.

JE DIRAI QUE JE SUIS TOMBÉ.

LE JARDIN AUX BETTERAVES.

SI CAMILLE ME VOYAIT... *suivi de* LES CRABES ou LES HÔTES ET LES HÔTES.

« ... OÙ BOIVENT LES VACHES ».

OLGA MA VACHE — LES CAMPEMENTS — CONFESSIONS D'UN FUMEUR DE TABAC FRANÇAIS.

CARNETS EN MARGE.

Dans la collection Le Manteau d'Arlequin

IL NE FAUT PAS BOIRE SON PROCHAIN, *fantaisie monstrueuse en quatre tableaux.*

Aux Éditions l'Arbalète/Gallimard

LA BOÎTE À OUTILS.

LES DIABLOGUES et autres inventions à deux voix.

LES NOUVEAUX DIABLOGUES.

Aux Éditions Julliard

MÉDITATION SUR LA DIFFICULTÉ D'ÊTRE EN BRONZE.

Composition Nord Compo.
Impression Bussière Camedan Imprimeries
à Saint-Amand (Cher),
le 30 juillet 2002.
Dépôt légal : juillet 2002.
1er dépôt légal dans la collection : octobre 1998.
Numéro d'imprimeur : 023414/1.
ISBN 2-07-040693-8./Imprimé en France

15390